A ASCENSÃO DOS REIS

TÍTULO ORIGINAL *Kings Rising*
© 2016 C. S. Pacat
Todos os direitos reservados, incluindo o direito de reprodução de toda a obra ou parte dela, em qualquer formato. Esta edição é publicada mediante acordo com The Berkley Publishing Group, um selo da Penguin Publishing Group, uma divisão da Penguin Random House LLC.
© 2018 VR Editora S.A.
© 2023 VR Editora S.A. (2ª edição)

Plataforma21 é o selo jovem da VR Editora

DIREÇÃO EDITORIAL Marco Garcia
EDIÇÃO Thaíse Costa Macêdo
PREPARAÇÃO Isadora Próspero
REVISÃO Juliana Bormio de Sousa, João Rodrigues e Marina Constantino
COLABORAÇÃO Raquel Nakasone
ARTE DE CAPA © Studio JG
DESIGN DE CAPA Carolina Pontes
DIAGRAMAÇÃO DE CAPA Balão Editorial
PROJETO GRÁFICO E DIAGRAMAÇÃO DE MIOLO Pamella Destefi

Dados Internacionais de Catalogação na Publicação (CIP)
(Câmara Brasileira do Livro, SP, Brasil)

Pacat, C. S.
A ascensão dos reis / C. S. Pacat; tradução Edmundo Barreiros. — 2. ed. — Cotia, SP: Plataforma21, 2023. —
(Príncipe cativo; 3)

Título original: Kings Rising
ISBN 978-65-88343-47-0

1. Ficção australiana I. Título II. Série.

22-137490   CDD-A823

Índices para catálogo sistemático:
1. Ficção: Literatura australiana A823
Aline Graziele Benitez — Bibliotecária — CRB-1/3129

Todos os direitos desta edição reservados à
VR EDITORA S.A.
Via das Magnólias, 327 – Sala 01 | Jardim Colibri
CEP 06713-270 | Cotia | SP
Tel. | Fax: (+55 11) 4702-9148
plataforma21.com.br | plataforma21@vreditoras.com.br

C. S. PACAT

A Ascensão dos Reis

VOLUME TRÊS DA TRILOGIA **PRÍNCIPE CATIVO**

TRADUÇÃO Edmundo Barreiros

PLATA
FORMA21

Para Vanessa, Bea, Shelley e Anna.

Este livro foi escrito com a ajuda de grandes amigas.

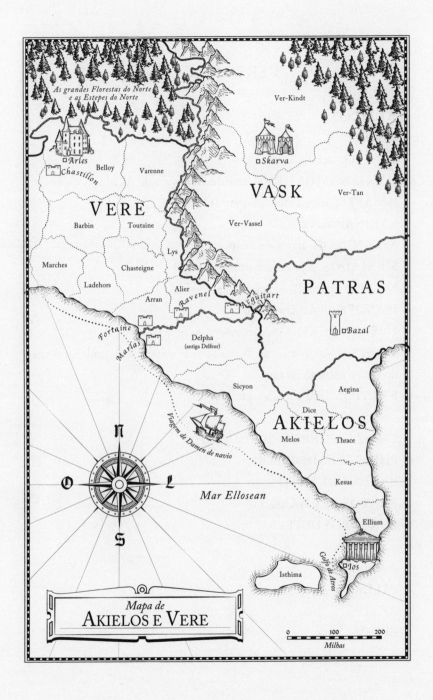

Personagens

Akielos

A CORTE
KASTOR, rei de Akielos
DAMIANOS (DAMEN), herdeiro do trono de Akielos
JOKASTE, uma dama da corte akielon
KYRINA, sua criada
NIKANDROS, kyros de Delpha
MENIADOS, kyros de Sicyon
KOLNAS, guardião de escravizados
ISANDER, um escravizado
HESTON DE THOAS, um nobre de Sicyon
MAKEDON, general de Nikandros e comandante independente do maior exército no norte
STRATON, um comandante

CHEFES GUERREIROS DE DELPHA
PHILOCTUS DE EILON
BARIEUS DE MESOS
ARATOS DE CHARON
EUANDROS DE ITYS

SOLDADOS
PALLAS
AKTIS
LYDOS

ELON
STAVOS, um capitão da guarda

DO PASSADO
THEOMEDES, antigo rei de Akielos e pai de Damen
EGERIA, antiga rainha de Akielos e mãe de Damen
AGATHON, primeiro rei de Akielos
EUANDROS, antigo rei de Akielos, fundador da casa de Theomedes
ERADNE, antiga rainha de Akielos conhecida, como a Rainha dos Seis
AGAR, antiga rainha de Akielos, conquistadora de Isthima
KYDIPPE, antiga rainha de Akielos
TREUS, antigo rei de Akielos
THESTOS, antigo rei de Akielos, fundador do palácio em Ios
TIMON, antigo rei de Akielos
NEKTON, seu irmão

VERE
A CORTE
O REGENTE de Vere
LAURENT, herdeiro do trono de Vere
NICAISE, escravizado de estimação do regente
GUION, senhor de Fortaine, membro do Conselho Veretiano e ex-embaixador em Akielos
LOYSE, senhora de Fortaine
AIMERIC, seu filho
VANNES, embaixadora em Vask e primeira conselheira de Laurent
ESTIENNE, membro da facção de Laurent

O CONSELHO VERETIANO
AUDIN
CHELAUT
HERODE
JEURRE
MATHE

OS HOMENS DO PRÍNCIPE
ENGUERRAN, capitão da Guarda do Príncipe
JORD
HUET
GUYMAR
LAZAR
PASCHAL, um médico
HENDRIC, um mensageiro

NA ESTRADA
GOVART, ex-capitão da Guarda do Príncipe
CHARLS, um mercador de tecidos veretiano
GUILLAIME, seu assistente
MATHELIN, um mercador de tecidos veretiano
GENEVOT, uma aldeã

DO PASSADO
ALERON, antigo rei de Vere e pai de Laurent
HENNIKE, antiga rainha de Vere e mãe de Laurent
AUGUSTE, ex-herdeiro do trono de Vere e irmão mais velho de Laurent

Capítulo Um

—D<small>AMIANOS</small>.
Damen estava parado na base dos degraus do tablado enquanto seu nome se espalhava em tons de choque e descrença pelo pátio. Nikandros se ajoelhou diante dele; seu exército se ajoelhou diante dele. Era como voltar para casa, até que seu nome, propagando-se em ondas pelas fileiras dos soldados akielons reunidos, atingiu o povo veretiano que se aglomerava nas bordas do espaço, onde mudou.

O choque foi diferente, um choque duplo, um impacto ondulante de raiva e alarme. Damen ouviu o primeiro protesto, a difusão da violência, uma nova expressão nas bocas da multidão agora:

– O matador do príncipe.

O silvo de uma pedra arremessada. Nikandros se ergueu, sacando a espada. Damen ergueu a mão. O gesto deteve Nikandros instantaneamente, sua espada mostrando 15 centímetros de aço akielon.

Ele podia ver a confusão no rosto de Nikandros enquanto o pátio ao redor deles começava a se desintegrar.

– Damianos?

– Ordene a seus homens que se contenham – disse Damen, então o som pronunciado de aço ao seu lado o fez girar rápido.

Um soldado veretiano de capacete cinza tinha sacado a espada e estava olhando fixamente para Damen como se estivesse diante de seu pior pesadelo. Era Huet; Damen reconheceu o rosto branco sob o capacete. Huet brandia a espada à sua frente do jeito que Jord segurara a faca: com duas mãos trêmulas.

– Damianos? – perguntou Huet.

– Contenham-se! – ordenou Damen outra vez, gritando para ser ouvido acima da multidão, acima do novo grito rouco em akielon:

– *Traição!* – Sacar uma arma para um membro da família real akielon significava a morte.

Ele ainda estava contendo Nikandros com a mão estendida, mas podia sentir cada tendão no outro se retesar em seu esforço para se manter no lugar.

Agora havia gritos furiosos, o perímetro fino se rompendo enquanto a multidão em pânico se agitava com a necessidade de fugir, de sair do caminho do exército de Akielon. Ou de atacá-lo. Ele viu Guymar examinar o pátio, o medo nítido em seus olhos. Soldados podiam ver o que uma multidão de camponeses não podia: que a força akielon dentro dos muros – *dentro* dos muros – superava os números da esquelética guarnição veretiana em uma proporção de quinze para um.

Outra espada foi sacada junto à de Huet, essa por um soldado veretiano horrorizado. Raiva e incredulidade estavam nítidas no rosto de alguns guardas veretianos; no de outros havia medo, enquanto olhavam uns para os outros à procura de orientação.

E, no primeiro rompimento do perímetro, com o frenesi da multidão crescendo sem parar e os guardas veretianos não mais completamente sob seu controle, Damen viu como havia subestimado o efeito de sua identidade sobre os homens e mulheres do forte.

Damianos, o matador do príncipe.

Sua mente, acostumada a tomar decisões no campo de batalha, avaliou a extensão do pátio e fez a escolha de um comandante: minimizar as perdas, limitar o derramamento de sangue e o caos e controlar Ravenel. Os guardas veretianos estavam além de suas ordens, e o povo veretiano... Se aquelas emoções amargas e furiosas podiam ser aplacadas, não seria Damen quem faria isso.

Havia apenas um jeito de impedir o que estava prestes a acontecer, e era conter a situação, controlar aquele lugar de uma vez por todas.

Damen disse para Nikandros:

– Tome o forte.

◆ ◆ ◆

Damen seguiu pela passagem, flanqueado por seis guardas akielons. Vozes akielons ecoavam nos corredores e bandeiras akielons vermelhas tremulavam sobre Ravenel. O soldados akielons dos dois lados da porta bateram os calcanhares quando ele passou.

O controle de Ravenel agora tinha mudado duas vezes no mesmo número de dias. Dessa vez, o processo foi rápido; Damen sabia exatamente como dominar o forte. A pequena força veretiana tinha rapidamente se rendido no pátio, e Damen ordenara que os dois soldados mais veteranos, Guymar e Jord, fossem levados a ele, sem armadura e sob guarda.

Quando Damen entrou na pequena antecâmara, os guardas akielons agarraram seus dois prisioneiros e os jogaram bruscamente no chão.

– *De joelhos* – ordenou um dos guardas em um veretiano ruim. Jord se esparramou no chão.

– Não, deixem que eles fiquem de pé. – Damen deu a ordem em Akielon.

Obediência instantânea.

Foi Guymar quem se recuperou primeiro e ficou novamente de pé. Jord, que conhecia Damen havia meses, estava mais circunspecto e se levantou devagar. Guymar olhou nos olhos de Damen. Ele falou em veretiano, não dando nenhum sinal de ter entendido akielon.

– Então é verdade. Você é Damianos de Akielos.

– É verdade.

Guymar cuspiu no chão, e como recompensa levou um tapa forte do punho coberto de malha de um soldado akielon.

Damen deixou que isso acontecesse, consciente do que teria acontecido se um homem tivesse cuspido no chão na frente de seu pai.

– Você está aqui para nos destruir?

As palavras foram ditas enquanto os olhos de Guymar retornavam a Damen. O olhar de Damen passou por ele, depois por Jord. Ele viu a sujeira nos dois rostos, as expressões cansadas e tensas. Jord tinha sido o capitão da Guarda do Príncipe. Já Guymar ele não conhecia tão bem: o homem tinha sido comandante do exército de Touars antes de passar para o lado de Laurent. Mas os dois tinham sido promovidos a oficiais. Foi por isso que ele havia ordenado que fossem levados ali.

— Eu quero que vocês lutem comigo — disse Damen. — Akielos está aqui para ficar ao seu lado.

Guymar exalou, trêmulo.

— Lutar com quem? Você quer usar nossa cooperação para tomar o forte.

— Eu já tenho o forte — disse Damen. Seu tom era calmo. — Você sabe que tipo de homem é o regente — continuou. — Seus homens têm uma escolha. Eles podem permanecer prisioneiros em Ravenel ou podem cavalgar comigo para Charcy e mostrar ao regente que estamos juntos.

— Nós não estamos juntos — disse Guymar. — Você traiu nosso príncipe. — Então, quase como se não conseguisse dizer: — Você o tinha...

— Levem-no daqui — interrompeu Damen, brusco. Ele dispensou os guardas akielons também, e eles saíram em fila até que a antecâmara ficou deserta, exceto pelo único homem com permissão para permanecer.

No rosto de Jord não havia nada da desconfiança nem do medo que estavam marcados com tanta clareza nos outros veretianos, mas uma procura cautelosa pela compreensão.

Damen disse:

— Eu fiz uma promessa a ele.

— E quando ele souber quem você é? — perguntou Jord. — Quando souber que está enfrentando Damianos no campo?

– Então ele e eu vamos nos encontrar pela primeira vez – disse Damen. – Isso também foi uma promessa.

◆ ◆ ◆

Quando terminou, ele se viu dando uma parada, apoiando a mão no batente da porta para recuperar o fôlego. Pensou em seu nome, espalhando-se por Ravenel, pela província, até atingir seu alvo. Tinha a sensação de que devia aguentar firme – que, se apenas pudesse manter o forte, manter aqueles homens juntos por tempo suficiente para chegar a Charcy, então o que viria em seguida...

Ele não podia pensar no que viria em seguida; tudo o que podia fazer era manter sua promessa. Abriu a porta e entrou no pequeno corredor.

Nikandros se virou quando Damen entrou, e seus olhos se cruzaram. Antes que Damen pudesse falar, Nikandros se abaixou em um joelho; não espontaneamente, como tinha feito no pátio, mas de modo deliberado, curvando a cabeça.

– O forte é seu – disse Nikandros. – Meu rei.

Rei.

O fantasma do pai parecia formigar na pele de Damen. Era o título dele, mas ele não estava mais sentado no trono em Ios. Olhando para a cabeça baixa do amigo, Damen percebeu pela primeira vez que não era mais o jovem príncipe que andava pelos corredores do palácio com Nikandros depois de um dia lutando juntos na serragem. Não havia príncipe Damianos. A vida para a qual ele estava lutando para voltar não existia mais.

Perder tanto e ganhar tanto no espaço de um instante. Essa é a sina de todos os príncipes destinados a um trono.

Damen observou os traços familiares e classicamente akielons de Nikandros, o cabelo e as sobrancelhas escuras, a pele oliva e o nariz akielon reto. Quando crianças, eles corriam descalços pelo palácio. Quando ele imaginara um retorno a Akielos, imaginara cumprimentar Nikandros, abraçar o amigo sem levar em conta a armadura. Seria como enfiar os dedos na terra de casa e senti-la nas mãos.

Em vez disso, Nikandros estava ajoelhado em um forte inimigo, sua escassa armadura akielon incongruente no ambiente veretiano, e Damen sentiu o abismo de distância que os separava.

– Levante-se – diz Damen. – Velho amigo.

Ele queria dizer tantas coisas. Sentia as palavras crescerem dentro de si, uma centena de momentos em que conteve o temor de que jamais tornaria a ver Akielos, os penhascos elevados, o mar opalino e os rostos, como esse, daqueles que chamava de amigos.

– Achei que você estivesse morto – disse Nikandros. – Eu chorei sua morte. Acendi o ekthanos e fiz a longa caminhada ao amanhecer quando achei que você tivesse partido. – Nikandros ainda parecia assombrado ao se levantar. – Damianos, o que aconteceu com você?

Damen se lembrou dos soldados entrando em seus aposentos, dos grilhões nos banhos dos escravizados, da jornada escura e abafada de navio até Vere. Ele se lembrou de ser confinado, o rosto pintado e o corpo drogado e exposto. Ele se lembrou de abrir os olhos no palácio veretiano e do que tinha acontecido com ele ali.

– Você tinha razão sobre Kastor – disse Damen.

Isso foi tudo o que ele disse.

– Eu o vi ser coroado no Encontro dos Reis – disse Nikandros. Seus olhos estavam sombrios. – Ele parou junto da pedra do rei e disse: "Essa tragédia dupla nos ensina que todas as coisas são possíveis".

Parecia algo que Kastor diria. Que Jokaste diria. Damen pensou em como devia ter sido em Akielos, com os kyroi reunidos entre as pedras antigas do Encontro dos Reis. Kastor no trono com Jokaste ao seu lado, o cabelo dela imaculado e a barriga inchada coberta enquanto escravizados a abanavam no calor imóvel.

Ele disse a Nikandros:

– Conte-me.

Ele ouviu. Ele ouviu tudo. Ouviu sobre seu próprio corpo, embalado e levado em procissão através da acrópole, então enterrado ao lado do pai. Ouviu sobre a afirmação de Kastor de que ele tinha sido morto pela própria guarda. Ouviu sobre como sua guarda foi morta em seguida, assim como seu treinador de infância, Haemon, seus escudeiros e seus escravizados. Nikandros falou de confusão e massacres por todo o palácio e, no rastro dos mortos, os soldados de Kastor tomando o controle, dizendo, sempre que eram desafiados, que estavam contendo o derramamento de sangue, não o causando.

Ele se lembrou do som dos sinos ao anoitecer. *Theomedes está morto. Vida longa a Kastor.*

Nikandros disse:

– Tem mais.

Nikandros hesitou por um momento, examinando o rosto

de Damen. Então sacou uma carta de seu peitoral de couro. Ela estava surrada e em péssimo estado devido ao método de transporte, mas quando Damen a pegou e desdobrou, entendeu por que Nikandros a mantinha perto.

Para o kyros de Delpha, Nikandros, de Laurent, príncipe de Vere.
Damen sentiu os pelos do corpo se arrepiarem. A carta era velha. A escrita era velha. Laurent devia ter mandado a carta de Arles. Damen o imaginou, sozinho, politicamente encurralado, sentado à sua mesa e começando a escrever. Ele se lembrou da voz límpida de Laurent. *Você acha que eu me daria bem com Nikandros de Delpha?*

De um jeito horrível, fazia sentido tático para Laurent formar uma aliança com Nikandros. Laurent sempre fora capaz de um pragmatismo implacável. Ele conseguia deixar a emoção de lado e fazer o que tinha de ser feito para ganhar, com a habilidade perfeita e nauseante de ignorar qualquer sentimento humano.

Em troca da ajuda de Nikandros, dizia a carta, Laurent iria oferecer prova de que Kastor havia entrado em conluio com o regente para matar o rei Theomedes de Akielos. Era a mesma informação que Laurent jogara sobre ele na noite anterior. *Seu pobre brutamontes ignorante. Kastor matou o rei, depois tomou a cidade com as tropas de meu tio.*

– Houve perguntas – disse Nikandros. – Mas para cada pergunta, Kastor tinha uma resposta. Ele era filho do rei e você estava morto. Não havia mais ninguém – explicou Nikandros. – Meniados de Sicyon foi o primeiro a jurar sua lealdade. Além disso...

Damen completou:

– O sul pertence a Kastor.

Ele sabia o que estava enfrentando. Nunca imaginou ouvir que a história da traição do irmão fosse um erro: que Kastor ficaria jubiloso com a notícia de que ele estava vivo e lhe daria as boas-vindas.

Nikandros disse:

— O norte é leal.

— E se eu pedir que vocês lutem?

— Então nós lutaremos — disse Nikandros. — Juntos.

Aquela sinceridade simples o deixou sem palavras. Ele havia esquecido como era se sentir em casa. Tinha esquecido como era ter confiança, lealdade, parentesco. Amigos.

Nikandros pegou algo de uma dobra da roupa e empurrou para a mão de Damen.

— Isso é seu. Eu guardei... É uma lembrança boba. Eu sabia que era traição, mas queria me lembrar de você. — Um meio sorriso enviesado. — Seu amigo é um tolo e corteja a traição por uma lembrança.

Damen abriu a mão.

Os cachos de juba, o arco de uma cauda — Nikandros tinha dado a ele o broche de leão de ouro usado pelo rei. Theomedes o passara para Damen em seu aniversário de 17 anos para indicar que ele era seu herdeiro. Damen se lembrava do pai prendendo-o em seu ombro. Nikandros devia ter arriscado a vida para encontrá-lo, pegá-lo e levá-lo com ele.

— Você oferece sua lealdade a mim rápido demais. — Ele sentiu as bordas duras e brilhantes do broche na mão fechada.

— Você é meu rei — afirmou Nikandros.

Ele viu a verdade refletida de volta nos olhos de Nikandros, como a havia visto nos olhos dos homens. Ele a sentiu no jeito diferente como Nikandros se comportava em relação a ele.

Rei.

O broche agora era dele, e logo os chefes guerreiros iriam chegar e jurar fidelidade a ele como rei, e nada jamais seria como antes. *Perder tanto e ganhar tanto no espaço de um momento. Essa é a sina de todos os príncipes destinados a um trono.*

Ele apertou o ombro de Nikandros, o toque sem palavras era tudo o que iria se permitir.

– Você parece uma tapeçaria de parede. – Nikandros puxou a manga de Damen, divertido com o veludo vermelho, as fivelas de granada e as pequenas fileiras franzidas costuradas com requinte. Então ficou imóvel.

– Damen – disse Nikandros em uma voz estranha. Damen olhou para baixo. E viu.

Sua manga se erguera, revelando uma algema de ouro pesada.

Nikandros tentou recuar, como se tivesse sido queimado ou picado, mas Damen segurou seu braço, prevenindo a retirada. Ele podia ver o impensável partindo o cérebro de Nikandros.

Com o coração acelerado, tentou deter e salvar a situação.

– Sim – disse ele. – Kastor me tornou um escravo. Laurent me libertou. Ele me deu o comando deste forte e de suas tropas, um ato de confiança em um akielon que ele não tinha razão para promover. Ele não sabe quem eu sou.

– O príncipe de Vere o libertou – disse Nikandros. – Você foi escravo dele? – A voz dele se embargou. – *Você serviu ao príncipe de Vere como escravo?*

Outro passo para trás. Houve um som chocado vindo da porta. Damen girou nessa direção, soltando Nikandros.

Makedon estava parado na porta, um horror crescente no rosto, e atrás dele vinham Straton e dois dos soldados de Nikandros. Makedon era general de Nikandros, seu chefe guerreiro mais poderoso. Ele tinha ido jurar lealdade a Damianos como os chefes guerreiros haviam jurado fidelidade ao pai de Damen. Damen se levantou, exposto, diante de todos eles.

Ele corou. Muito. Um bracelete de ouro no pulso tinha apenas um significado: uso e submissão, do tipo mais privado.

Ele sabia o que eles viram – uma centena de imagens de escravizados submetendo-se, abaixando-se e afastando as coxas; a facilidade despreocupada com que aqueles homens teriam tomado escravizados em suas próprias casas. Ele se lembrou de si mesmo dizendo: *Deixe essa aí*. Sentiu um aperto no peito.

Ele se forçou a desamarrar os laços, puxando a manga mais para cima.

– Isso choca vocês? Eu fui um presente pessoal para o príncipe de Vere. – Ele havia desnudado todo o antebraço.

Nikandros se virou para Makedon, sua voz dura:

– Você não vai mencionar isso. Nunca vai mencionar isso fora deste aposento...

– Não, isso não pode ser escondido – disse Damen, encarando Makedon.

Um homem da geração de seu pai, Makedon era o comandante de um dos maiores exércitos provincianos do norte. Atrás dele, o desprazer de Straton parecia náusea. Os dois oficiais secundários tinham os olhos fixos no chão, pertencendo a um escalão inferior demais para fazer qualquer outra coisa na presença do rei, especialmente diante do que eles estavam vendo.

– O senhor era *escravo* do príncipe? – A repulsa estava estampada no rosto de Makedon, deixando-o branco.

– Sim.

– O senhor... – As palavras de Makedon ecoaram perguntas implícitas nos olhos de Nikandros, perguntas que nenhum homem jamais faria em voz alta a seu rei.

O rubor de Damen mudou de qualidade.

– Você ousa perguntar isso?

Makedon disse, com a voz embargada:

– O senhor é nosso rei. Isso é um insulto a Akielos que não pode ser suportado.

– Mas você vai suportá-lo – disse Damen, olhando Makedon nos olhos. – Como eu suportei. Ou você se acha acima de seu rei?

"Escravo", dizia a resistência nos olhos de Makedon. O homem sem dúvida tinha escravizados em sua própria casa e fazia uso deles. O que ele imaginava entre príncipe e escravizado era desprovido de todas as sutilezas da rendição. Usarem seu rei daquele forma era quase como se o tivessem usado também, e seu orgulho se revoltava contra disso.

– Se isso se tornar de conhecimento comum, não garanto que posso controlar as ações dos homens – disse Nikandros.

– *É* de conhecimento comum – disse Damen. Ele observou o impacto das palavras em Nikandros, que não conseguia engoli-las por completo.

– O que gostaria que fizéssemos? – Nikandros forçou-se a perguntar.

– Façam seu juramento de obediência – disse Damen. – E, se são meus, reúnam os homens para lutar.

◆ ◆ ◆

O plano que ele desenvolvera com Laurent era simples e havia previsto aquele momento. Charcy não era um campo como Hellay, com uma única e clara posição favorável. Charcy era uma armadilha confinada e montanhosa, parcialmente protegida na retaguarda pela floresta, onde uma força bem posicionada podia rapidamente cercar tropas que se aproximassem. Era a razão de o regente ter escolhido Charcy como o lugar para desafiar o sobrinho. Convidar Laurent para uma luta justa em Charcy era como sorrir e convidá-lo para dar uma volta sobre areia movediça.

Então eles dividiram suas forças. Laurent tinha partido dois dias antes para se aproximar do norte e inverter o cerco do regente, chegando pela retaguarda. Os homens de Damen eram a isca.

Ele olhou por um longo tempo para o bracelete no pulso antes de subir no tablado. Era de ouro brilhante, visível a distância sobre a pele de seu pulso.

Ele não tentava escondê-lo. Tinha descartado as manoplas que cobriam os pulsos. Agora usava o peitoral akielon, a saia curta de couro e as sandálias akielons altas amarradas até o joelho. Seus braços estavam nus, assim como as pernas, do joelho ao meio da coxa. A capa vermelha curta estava presa ao ombro pelo leão de ouro.

Com armadura e pronto para a batalha, ele caminhou sobre o tablado e olhou para o exército que estava reunido abaixo, com as linhas imaculadas e as lanças reluzentes, todos esperando por ele.

Ele deixou que vissem o bracelete em seu pulso, assim como os deixou vê-lo. Já estava acostumado com o sussurro onipresente: *Damianos, erguido dos mortos*. Ele observou o exército ficar em silêncio diante dele.

Deixou cair o príncipe que tinha sido e sentiu seu novo papel, permitindo que o novo eu se assentasse sobre ele.

– Homens de Akielos – disse ele, as palavras ecoando pelo pátio. Ele olhou para a fileira de capas vermelhas, e a sensação foi a mesma de pegar uma espada ou calçar uma luva. – Eu sou Damianos, verdadeiro filho de Theomedes, e voltei para lutar por vocês como rei.

Um urro ensurdecedor de aprovação, cabos de lanças batendo no chão. Ele viu braços erguidos, soldados vibrando, e captou um vislumbre do rosto impassível de Makedon, coberto pelo capacete.

Damen subiu na sela. Ele tinha escolhido o mesmo cavalo que montara em Hellay, um grande baio castrado capaz de aguentar seu peso. O cavalo bateu o casco dianteiro nas pedras do calçamento, como se quisesse revirar as pedras, arqueando o pescoço, talvez sentindo, como todos os grandes animais, que eles estavam à beira da guerra.

As trombetas soaram. Os estandartes se ergueram.

Houve um chacoalhar repentino, como se um punhado de bolas de gude tivesse sido jogado numa escada, e um pequeno grupo de veretianos em azul surrado entrou a cavalo no pátio.

Não Guymar. Mas Jord e Huet. Lazar. Examinando seus rostos,

Damen viu quem eram. Esses eram os homens da Guarda do Príncipe, com quem Damen tinha viajado por meses. E havia apenas uma razão para que tivessem sido liberados do confinamento. Damen ergueu uma mão e Jord teve permissão de se aproximar, então por um momento seus cavalos circundaram um ao outro.

– Nós viemos cavalgar com o senhor – disse Jord.

Damen olhou para o pequeno grupo de azul agora reunido em frente às fileiras de vermelho no pátio. Não havia muitos deles, apenas vinte homens, e ele viu imediatamente que tinha sido Jord quem os havia convencido, de modo que eles estavam ali, montados e prontos.

– Então nós cavalgaremos – disse Damen. – Por Akielos e por Vere.

◆ ◆ ◆

À medida que se aproximavam de Charcy, a visibilidade de longo alcance piorou e eles tinham de confiar em cavaleiros avançados e batedores para conseguir informação. O regente estava se aproximando do norte e do noroeste; as forças de Damen, agindo como isca, estavam encosta abaixo e em posição inferior. Ele nunca levaria homens para esse tipo de desvantagem sem um plano. Naquelas circunstâncias, seria uma luta dura.

Nikandros não gostava daquilo. Quanto mais perto chegavam de Charcy, mais óbvio ficava para os generais akielons o quanto o terreno era ruim. Se alguém quisesse matar seu pior inimigo, o atrairia para um lugar daqueles.

Confie em mim, foi a última coisa que Laurent dissera.

Ele visualizou o plano como eles o haviam elaborado em Ravenel: o regente comprometendo todas as suas forças, e Laurent descendo do norte no momento perfeito. Damen queria isso, queria uma luta difícil, queria procurar o regente no campo, encontrá-lo e derrubá-lo, para acabar com seu reino em uma única luta. Se apenas fizesse isso, se apenas mantivesse sua promessa, então depois...

Damen deu ordem para entrarem em formação. Logo haveria o perigo de flechas. Eles receberiam a primeira saraivada do norte.

– Esperem – foi seu comando. O terreno incerto era um vale de dúvidas, margeado por árvores e encostas perigosas. O ar estava carregado com uma expectativa tensa, e com o estado de ânimo ansioso e exposto que antecedia a batalha.

Ao longe, o som de trombetas.

– Esperem – disse Damen outra vez, enquanto seu cavalo se remexia embaixo dele, incontrolável. Eles deviam enfrentar todas as forças do regente ali no terreno plano antes de contra-atacar, atraí-los todos para aquele ponto a fim de permitir que os homens de Laurent formassem um cerco.

Em vez disso, ele viu o flanco oeste começar a se mover, cedo demais, sob o grito de ordem de Makedon.

– Chame-os de volta para a linha – ordenou Damen, cravando os calcanhares no cavalo. Ele o conduziu em torno de Makedon, num círculo pequeno e apertado. Makedon olhou de volta para ele, tão indiferente quanto um general diante de uma criança.

– Nós vamos nos mover para oeste.

– Minhas ordens são para esperar – disse Damen. – Deixaremos o regente atacar primeiro, para que saia de posição.

– Se fizermos isso e seu veretiano não chegar, estamos todos mortos.

– Ele virá – disse Damen.

Do norte, o som de trombetas.

O regente estava perto demais, cedo demais, e não chegara nenhuma informação dos batedores. Havia alguma coisa errada.

Ação explodiu à esquerda de Damen, movimento projetando-se das árvores. O ataque veio do norte, avançando pela encosta e a linha das árvores. À frente deles havia um cavaleiro solitário, um batedor disparando veloz pelo capim. Os homens do regente estavam em cima deles, e Laurent não estava a menos de 150 quilômetros da batalha. Laurent nunca planejara vir.

Era isso o que o batedor estava gritando, pouco antes de ser atingido por uma flecha nas costas.

– Esse é seu príncipe veretiano exposto pelo que realmente é – disse Makedon.

Damen não teve tempo de pensar antes que a situação estivesse formada. Gritou ordens, tentando assumir o controle do caos inicial à medida que a primeira chuva de flechas os atingia, sua mente tentando compreender a nova situação, recalculando números e posição.

Ele virá, dissera Damen, e acreditava nisso, mesmo quando a primeira onda os atingiu e os homens à sua volta começaram a morrer.

Havia uma lógica sombria naquilo. Fazer com que seu escravizado convencesse os akielons a lutar. Deixar que seus inimigos lutassem por você, que as baixas fossem sofridas por pessoas que você desprezava, derrotando ou enfraquecendo o regente e eliminando os exércitos de Nikandros.

Só quando a segunda onda os atingiu de noroeste ele percebeu que estavam completamente sozinhos.

Damen se viu ao lado de Jord.

– Se quiser viver, corra para leste.

Com o rosto pálido, Jord examinou a expressão dele e disse:

– Ele não vem.

– Estamos em inferioridade numérica – disse Damen. – Mas, se correr, ainda pode sair dessa.

– Se estamos em inferioridade numérica, o que o senhor vai fazer?

Damen tocou o cavalo adiante, pronto para assumir seu próprio lugar na linha de frente. Ele disse:

– Lutar.

Capítulo dois

Laurent despertou lentamente, sob luz mortiça, com a sensação de restrição – suas mãos estavam amarradas às costas. Um latejar na base do crânio fez com que ele soubesse que tinha sido atingido na cabeça. Algo também estava inconveniente e invasivamente errado com seu ombro. Ele estava deslocado.

Enquanto seus cílios piscavam e seu corpo se movia, ele se tornou vagamente consciente de um cheiro bolorento e da temperatura fria, que sugeriam que ele estava no subsolo. Seu intelecto cada vez mais dava sentido àquilo: houvera uma emboscada, ele estava no subsolo, e como seu corpo não parecia ter sido transportado por dias, isso significava...

Ele abriu os olhos e se deparou com o nariz achatado de Govart.

– Olá, princesa.

Pânico acelerou seu pulso, uma reação involuntária, seu sangue pulsando sob sua pele como se estivesse aprisionado. Com muito cuidado, ele se obrigou a não reagir.

A cela em si era um quadrado de três metros e possuía uma porta com grades, mas nenhuma janela. Além da porta havia uma passagem de pedra tremeluzente. O tremeluzir vinha de uma tocha do outro lado das barras, não do fato de que ele tinha sido atingido na cabeça. Não havia nada em sua cela exceto a cadeira à qual ele estava amarrado. A cadeira, feita de carvalho pesado, parecia ter sido arrastada até ali para seu benefício, o que era civilizado ou sinistro, dependendo de como ele encarasse a situação. A luz da tocha revelava a sujeira acumulada no chão.

Ele foi atingido pela lembrança do que tinha acontecido com seus homens, e fez um esforço para afastar isso da cabeça. Ele sabia onde estava. Aquelas eram as celas da prisão de Fortaine.

Ele entendeu que estava diante da morte, antes da qual haveria um intervalo longo e doloroso. Uma esperança infantil e absurda de que alguém iria ajudá-lo se ergueu, e, com cuidado, ele a eliminou. Desde os 13 anos, ninguém viera em seu resgate, pois seu irmão estava morto. Ele se perguntou se seria possível recuperar alguma dignidade naquela situação, e dispensou o pensamento assim que ele surgiu. Aquilo não seria digno. Então pensou que, se as coisas ficassem muito ruins, estava dentro de suas capacidades precipitar o fim. Não seria difícil provocar Govart a usar violência letal. Nem um pouco.

Ele pensou que Auguste não ficaria com medo, estando sozinho e vulnerável diante de um homem que planejava matá-lo; isso não devia perturbar seu irmão mais novo.

Foi mais difícil deixar de lado a batalha, deixar seus planos no meio do caminho, aceitar que o prazo chegara e se fora, e que, independentemente do que acontecesse na fronteira, ele não seria parte disso. O escravizado akielon iria (é claro) imaginar traição das forças veretianas, e depois lançaria algum tipo de ataque nobre e suicida contra Charcy que provavelmente iria vencer, contra probabilidades ridículas.

Ele pensou que, se apenas ignorasse o fato de que estava ferido e amarrado, era um contra um, o que não era uma probabilidade tão terrível para ele, exceto que podia sentir naquilo, como sempre podia sentir, a mão condutora de seu tio.

Um contra um: ele precisava pensar sobre o que podia conquistar de fato. Mesmo em seu melhor dia, ele não podia enfrentar Govart em uma luta e ganhar. E seu ombro estava deslocado. Lutar para se livrar de suas amarras nesse momento não lhe valeria absolutamente nada. Ele disse isso a si mesmo uma vez, depois outra, para acalmar um instinto básico e profundo de lutar.

– Nós estamos sozinhos – disse Govart. – Só você e eu. Olhe ao redor. Dê uma boa olhada. Não há saída. Nem mesmo eu tenho a chave. Eles vêm abrir a cela quando eu acabar com você. O que tem a dizer sobre isso?

– Como está seu ombro? – perguntou Laurent.

O golpe o balançou para trás. Quando ele levantou a cabeça, saboreou a expressão que havia provocado no rosto de Govart, como tinha saboreado, pela mesma razão – mesmo que de forma um pouco masoquista –, o golpe. Como não conseguia tirar isso dos olhos, Govart o atingiu outra vez. Ele tinha de conter o impulso de histeria, ou aquilo ia acabar muito rápido.

– Eu sempre me perguntei o que você tinha contra ele – disse Laurent. Ele se forçou a manter a voz firme. – Lençóis ensanguentados e uma confissão assinada?

– Você acha que eu sou burro – disse Govart.

– Acho que você tem alguma coisa contra um homem muito poderoso. Acho que o que quer que tenha contra ele não vai durar para sempre.

– Se quiser pensar assim – disse Govart. Sua voz estava carregada de satisfação. – Quer que eu lhe diga por que você está aqui? Porque eu o pedi para mim. Ele me dá o que eu quero. Ele me dá qualquer coisa que eu queira. Até mesmo seu sobrinho intocável.

– Bom, eu sou uma inconveniência para ele – disse Laurent. – Você também é. Por isso ele nos juntou. Em algum momento, um de nós vai despachar o outro.

Ele se obrigou a falar sem emoção indevida, apenas uma leve observação sobre os fatos.

– O problema é que, quando meu tio for rei, nada que tenham contra ele neste mundo vai detê-lo. Se você me matar, o que quer que você tenha contra ele não vai importar. Vão ser apenas você e ele, e ele estará livre para fazer você desaparecer numa cela escura também.

Govart sorriu devagar.

– Ele falou que você diria isso.

O primeiro passo errado, e foi dele mesmo. Estava distraído pelas batidas do coração.

– O que mais meu tio falou que eu diria?

– Ele disse que você ia me fazer continuar falando. Disse que você tem a boca de uma prostituta. Disse que você mentiria, me adularia, me trataria com respeito. – O sorriso lento se alargou. – Ele disse: "O único jeito de garantir que meu sobrinho não consiga falar até escapar é cortar sua língua". – Enquanto falava, Govart sacou uma faca.

O ambiente em volta de Laurent se acinzentou; toda sua atenção se estreitou, seus pensamentos se atenuando.

– Exceto que você quer ouvir – disse Laurent, porque aquilo estava apenas começando, e seria uma estrada longa e sinuosa até o fim. – Você quer ouvir tudo. Até a última sílaba. É uma coisa que meu tio nunca entendeu sobre você.

– É? O quê?

– Você sempre quis estar do outro lado da porta – disse Laurent.

– E agora está.

◆ ◆ ◆

Ao fim da primeira hora (embora parecesse mais), ele sentia muita dor e havia perdido a noção de quanto estava atrasando ou controlando os acontecimentos – se é que estava.

Sua camisa agora estava desamarrada até a cintura e pendia aberta, e sua manga direita estava vermelha. Seu cabelo era uma confusão emaranhada coberta de suor. Sua língua ficara intacta, porque a faca entrara em seu ombro. Ele considerou isso uma vitória, quando aconteceu.

Era preciso ter prazer nas pequenas vitórias. O cabo da faca se projetava em um ângulo estranho. Estava em seu ombro direito, já deslocado, de modo que respirar era doloroso. Vitórias. Ele chegara tão longe, causara ao tio algumas pequenas consternações, o detivera uma ou duas vezes, forçara-o a refazer seus planos. Não facilitara as coisas para ele.

Havia camadas grossas de pedra entre ele e o mundo exterior.

Era impossível ouvir qualquer coisa. Era impossível ser ouvido. Sua única vantagem era que ele tinha conseguido liberar a mão esquerda das amarras. Ele não podia deixar que isso fosse descoberto, não lhe traria nenhum proveito. Só faria com que ganhasse um braço quebrado. Estava ficando mais difícil manter uma linha de ação.

Como era impossível ouvir qualquer coisa, ele chegou à conclusão — ou havia chegado quando estava mais objetivo — de que quem quer que o houvesse colocado ali com Govart iria voltar com um carrinho de mão e um saco para levá-lo embora, e que isso iria acontecer em um horário preestabelecido, pois não havia como Govart sinalizar quando terminasse. Portanto, ele tinha um único objetivo, como se mover na direção de uma miragem que sempre se afastava: alcançar esse momento vivo.

Passos se aproximando. O arrastar metálico de uma dobradiça de ferro.

A voz de Guion:

— Isso está demorando demais.

— Não aguenta ver? — perguntou Govart. — Nós só estamos começando. Você pode ficar e assistir, se quiser.

— Ele sabe? — indagou Laurent.

Sua voz estava um pouco mais rouca do que antes; sua resposta à dor havia sido convencional. Guion franziu o cenho.

— Sabe do quê?

— O segredo. Seu segredo inteligente. O que você tem contra meu tio.

— Cale a boca — disse Govart.

– Do que ele está falando?

– Você nunca se perguntou – disse Laurent – por que meu tio o manteve vivo? Por que o manteve regado a vinho e mulheres por todos esses anos?

– Eu disse para calar a boca. – Govart fechou a mão em torno do cabo da faca e a girou.

A escuridão o tomou, então Laurent estava apenas distantemente consciente do que se seguiu. Ele ouviu Guion perguntar em uma vozinha longínqua:

– O que ele está dizendo? Você tem algum acordo privado com o rei?

– Você fique fora disso. Não é da sua conta – disse Govart.

– Se você tem algum outro acordo, vai contar para mim agora.

Ele sentiu Govart soltar a faca. Levantar a própria mão foi a segunda coisa mais difícil que ele já fizera, depois de erguer a cabeça. Govart estava se movendo para encarar Guion, bloqueando seu caminho até Laurent.

Laurent fechou os olhos, agarrou o cabo com a mão esquerda trêmula e arrancou a faca do ombro.

Ele não conseguiu conter o som baixo que escapou. Os dois homens se viraram quando suas mãos desajeitadas cortaram as amarras restantes e ele se levantou tropeçando e parou atrás da cadeira. Laurent segurava a faca na mão esquerda no mais próximo de uma posição defensiva correta que conseguia manter no momento. A cela estava girando. O cabo da faca estava escorregadio. Govart sorriu, divertido e satisfeito, como um espectador entediado diante de algum ato final inesperado de uma peça.

Guion disse, com um pouco de irritação, mas absolutamente nenhuma urgência:

– Ponha-o novamente sob controle.

Eles se encararam. Laurent não tinha ilusões sobre sua habilidade de lutar com faca usando o braço esquerdo. Sabia que representava uma ameaça insignificante para Govart, mesmo em um dia em que não estivesse cambaleando. Na melhor das hipóteses, atingiria um único golpe antes que Govart se aproximasse dele. Isso não faria diferença. O volume estrutural de músculos de Govart era coberto por um segundo volume de gordura. Govart podia assimilar um único corte de faca de um oponente enfraquecido, mais fraco, e continuar lutando. O resultado daquela breve excursão à liberdade era inevitável. Ele sabia disso. Govart sabia disso.

Laurent deu seu único golpe desajeitado com a mão esquerda, que Govart defendeu brutalmente. E, de fato, foi Laurent que gritou com a dor lancinante, além de qualquer coisa que já tivesse conhecido...

... quando, com o braço direito arruinado, ele golpeou com a cadeira.

O carvalho pesado atingiu Govart na orelha, com o som de um malho atingindo uma bola de madeira. Govart cambaleou e caiu. Laurent também saiu aos tropeções, o peso do golpe o impelindo pela cela. Guion saiu desesperadamente de seu caminho, apertando as costas contra a parede. Laurent concentrou toda sua força restante na tarefa de chegar à porta de grades e se colocar no outro lado dela, arrastando-a e fechando-a às suas costas, girando a chave que ainda estava na fechadura. Govart não levantou.

Na imobilidade que se seguiu, Laurent encontrou o caminho das grades para o corredor aberto, até atingir a parede em frente, na qual deslizou. Percebeu a meio caminho que havia um banco de madeira, que recebeu seu peso. Ele estava esperando o chão.

Seus olhos se fecharam. Ele estava vagamente consciente de Guion puxando a grade da cela, que chacoalhou e fez barulhos metálicos e permaneceu irremediavelmente fechada.

Então ele riu, um som baixo, com a sensação doce e fresca da pedra às suas costas. Sua cabeça tombou.

– ... *como ousa, seu traidor ordinário, você é uma mancha na honra de sua família, seu...*

– Guion – disse Laurent sem abrir os olhos. – Você me amarrou e me trancou em uma cela com Govart. Acha mesmo que xingamentos vão me incomodar?

– Deixe-me sair! – As palavras ricochetearam nas paredes.

– Eu tentei isso – disse Laurent calmamente.

Guion disse:

– Eu lhe dou qualquer coisa que quiser.

– Eu tentei isso também – disse Laurent. – Não gosto de pensar em mim mesmo como uma pessoa previsível, mas aparentemente eu percorro todas as respostas habituais. Será que devo lhe dizer o que você vai fazer quando eu enfiar a faca pela primeira vez?

Ele abriu os olhos. Guion deu um único e gratificante passo para longe da grade.

– Sabe, eu queria uma arma – disse Laurent. – Não esperava que uma fosse entrar em minha cela.

– Você é um homem morto quando sair daqui. Seus aliados

akielons não vão ajudá-lo. Você os conduziu à morte como ratos em uma emboscada em Charcy. Eles vão caçá-lo – disse Guion – e matá-lo.

– Sim, tenho consciência de que perdi meu encontro – disse Laurent.

A passagem tremeluziu. Ele se lembrou de que aquilo era apenas a tocha. Ouviu o som vago da própria voz.

– Havia um homem que eu devia encontrar. Ele tem todas essas ideias sobre honra e jogo limpo, e tenta me impedir de fazer a coisa errada. Mas ele não está aqui, neste momento. Infelizmente para você.

Guion deu outro passo para trás.

– Não há nada que você possa fazer comigo.

– Não? Eu me pergunto como meu tio vai reagir ao descobrir que você matou Govart e me ajudou a fugir. – Então, na mesma voz vaga: – Acha que ele vai machucar sua família?

As mãos de Guion estavam em punhos, como se ainda estivessem agarrando as grades.

– Eu não ajudei você a escapar.

– Não? Eu não sei como esses rumores começam.

Laurent olhou para ele através das barras. Estava consciente da volta de suas faculdades críticas, no lugar onde até então havia a fidelidade tenaz a uma única ideia.

– Veja o que ficou extremamente claro. Meu tio instruiu que, se você me capturasse, devia deixar que Govart ficasse comigo. Foi um erro tático, mas meu tio estava com as mãos amarradas, graças a seus acordos particulares com Govart. Ou talvez ele apenas gostasse da ideia. Você concordou em fazer sua vontade.

"Entretanto, torturar o herdeiro até a morte não era um ato que você queria ligado a seu próprio nome. Não sei ao certo por quê. Posso apenas supor, apesar de uma grande quantidade de provas em contrário, que ainda resta alguma racionalidade ao Conselho. Eu fui posto em um conjunto vazio de celas, e você mesmo veio com a chave, porque mais ninguém sabe que eu estou aqui."

Ele apertou a mão esquerda sobre o ombro, afastou-se da parede e deu alguns passos à frente. Guion, dentro da cela, estava com a respiração entrecortada.

– Ninguém sabe que estou aqui. O que significa que ninguém sabe que você está aqui. Ninguém vai procurar, ninguém vai vir, ninguém vai encontrar você.

Sua voz estava firme enquanto ele olhava nos olhos de Guion através da grade.

– Ninguém vai ajudar sua família quando meu tio chegar, cheio de sorrisos.

Ele podia ver a expressão aflita de Guion, a tensão em seu queixo e em torno dos olhos. Ele esperou. As palavras saíram em uma voz diferente, com uma expressão diferente, sem rodeios.

– O que você quer? – perguntou Guion.

Capítulo Três

Damen olhou para a extensão do campo. As forças do regente eram rios de vermelho mais escuro, suas linhas avançando nas fileiras dele, misturando os dois exércitos como uma torrente de sangue atingindo água, em seguida se espalhando. Toda a vista era de destruição, um fluxo infinito de inimigos, numerosos como um enxame.

Mas ele tinha visto em Marlas como um homem podia manter um exército unido, como se apenas pela força de vontade.

– *O matador do príncipe!* – gritavam os homens do regente. No início, eles tinham se jogado na direção dele, mas quando viram o que acontecia com os homens que faziam isso, se transformaram em uma massa agitada de cascos tentando recuar.

Eles não chegaram longe. A espada de Damen atingia armadura, atingia carne; ele procurava os centros de força e os rompia, impedindo formações antes que elas começassem. Um comandante veretiano o desafiou, e ele permitiu um contato ressonante antes que sua espada cortasse o pescoço do homem.

Rostos eram clarões impessoais, parcialmente protegidos por capacetes. Ele tinha mais consciência de cavalos e espadas, a maquinaria da morte. Ele matava, e os homens simplesmente saíam de seu caminho ou eram mortos. Tudo se estreitava a um único propósito, determinação sustentando poder e concentração além da resistência humana, durante horas, mais tempo do que o adversário, porque o homem que cometia um erro estava morto.

Ele perdeu metade de seus homens na primeira onda. Depois disso, encarou de frente as investidas, matando tantos quanto necessário para deter a primeira onda, e a segunda e a terceira.

Novos reforços que chegassem naquele momento teriam conseguido matá-los todos como cãezinhos de uma semana de vida, mas Damen não tinha reforços.

Se ele tinha consciência de algo além da luta era uma ausência, uma falta que persistia. Os vislumbres de brilho, o trabalho indiferente com a espada, a presença luminosa ao seu lado em vez de uma lacuna, parcialmente preenchida pelo estilo mais constante e prático de Nikandros. Ele havia se acostumado com algo que tinha sido temporário, como o brilho de euforia em um par de olhos azuis captando os seus por um momento. Tudo isso se emaranhava em seu interior e se apertava, conforme as mortes ocorriam, em um único nó forte.

– Se o príncipe de Vere aparecer, eu vou matá-lo. – Nikandros praticamente cuspiu as palavras.

As flechas agora eram em menor número, porque Damen tinha rompido fileiras o suficiente para que disparar no meio do caos fosse perigoso para os dois lados. Os sons eram diferentes também – não mais urros e gritos, mas grunhidos de dor, exaustão, respirações entrecortadas, o clangor de espadas mais pesado e menos frequente.

Horas de morte; a batalha entrou em seu estágio final, brutal e exaustivo. Fileiras se rompiam e se dissolviam em uma bagunça, uma geometria degradada, sulcos de carne estendida onde era difícil diferenciar inimigo de amigo. Damen permanecia montado, embora houvesse tantos corpos no chão que os cavalos patinavam. O chão estava molhado, suas pernas estavam salpicadas de lama até acima dos joelhos – lama no verão seco, porque o chão era sangue. Cavalos feridos se debatiam e berravam mais alto que os homens. Ele manteve juntos os homens à sua volta e matou, forçando o corpo além do físico, além do pensamento.

No lado oposto do campo, ele teve um vislumbre de vermelho bordado.

É assim que akielons ganham guerras, não é? Por que enfrentar todo o exército, quando se pode simplesmente...

Damen enfiou as esporas no cavalo e atacou. Os homens entre ele e seu objetivo eram um borrão. Ele mal ouvia o retinir da própria espada, mal percebeu as capas vermelhas da guarda de honra veretiana antes de atacá-los e derrubá-los. Ele simplesmente os matou, um depois do outro, até não restar ninguém entre ele e o homem que procurava.

A espada de Damen cortou o ar em um arco inescapável e partiu o capacete coroado do homem em dois. Seu corpo desmoronou de forma não natural, atingindo o chão.

Damen desmontou e arrancou o capacete do homem.

Não era o regente. Ele não sabia quem era; um peão, um fantoche, seus olhos mortos arregalados, pego no meio daquilo como todos eles. Damen jogou o capacete para o lado.

– Acabou. – A voz de Nikandros. – Acabou, Damen.

Damen ergueu os olhos às cegas. A armadura de Nikandros exibia um corte aberto sobre o peito, sem a placa frontal, e o talho sangrava. Ele usou o apelido pelo qual Damen era chamado quando menino; seu nome de infância, reservado aos íntimos.

Damen percebeu que estava de joelhos, seu próprio peito arquejante como o do cavalo. Sua mão estava fechada em torno do brasão na roupa do homem morto. Era como fechar as mãos ao redor de nada.

– Acabou? – Sua voz saiu com dificuldade. Tudo em que podia pensar era que, se o regente ainda vivia, nada estava acabado. A capacidade de raciocinar voltou devagar depois de tanto tempo agindo por impulso na tensão daqueles momentos. Ele precisava voltar a si. Homens estavam largando armas em torno dele.

– Mal consigo saber se a vitória é nossa ou deles.

– É nossa – disse Nikandros.

Havia uma expressão diferente nos olhos de Nikandros. E enquanto Damen olhava ao redor, para o campo de batalha em destroços, ele viu os homens o encarando a distância, a expressão nos olhos de Nikandros ecoando em cada face.

Com a volta da consciência, ele viu como se pela primeira vez o corpo dos homens que tinha matado para chegar àquele que tomara o lugar do regente e, depois disso, as provas do que ele tinha feito.

O campo era um terreno cheio de sulcos cobertos de mortos. O chão era uma massa confusa de carne, armaduras ineficientes e cavalos sem cavaleiros. Depois de matar sem cessar por horas, ele não tinha ideia da dimensão daquilo, do que ele tinha feito acontecer ali. Ele teve vislumbres do rosto dos homens que havia matado. Os que restavam de pé eram todos akielons; e eles olhavam fixamente para Damen como para algo impossível.

– Encontrem o veretiano de maior escalão ainda vivo e digam a ele que eles têm permissão para enterrar seus mortos – disse Damen. Havia um estandarte akielon caído no chão ao lado dele.

– Charcy é reivindicada por Akielos. – Ao se levantar, Damen fechou as mãos em seu mastro de madeira e o fincou na terra.

O estandarte estava rasgado e ficou torto, desequilibrado devido à lama respingada no tecido, mas se manteve de pé.

E foi então que ele viu, como em um sonho, aparecendo da neblina de sua exaustão, na extremidade oeste mais distante do campo.

O mensageiro chegou a meio-galope pela paisagem devastada em uma égua branca e reluzente com pescoço curvo e uma cauda alta e esvoaçante. Belo e intocado, ele zombava do sacrifício dos homens corajosos no campo. Um estandarte tremulava às suas costas, e o brasão era a estrela de Laurent, em azul e ouro reluzente.

O mensageiro freou diante dele. Damen olhou para o pelo brilhante da égua, que não estava coberta de terra, arquejante nem escurecida de suor, e depois para o uniforme do mensageiro, imaculado e intocado pela poeira da estrada. Ele sentiu a pergunta subir no fundo da garganta.

– *Onde está ele?*

As costas do mensageiro atingiram o chão. Damen o havia puxado do cavalo para a terra, onde o homem ficou atônito e sem fôlego, com o joelho de Damen em seu estômago, a mão de Damen em torno de seu pescoço.

Sua própria respiração estava pesada. Ao seu redor, toda espada estava sacada, toda flecha posicionada e pronta. Sua pegada se apertou antes de se abrir o suficiente para permitir que o mensageiro falasse.

O mensageiro rolou de lado e tossiu quando Damen o soltou. Ele puxou algo do interior da jaqueta. Pergaminho, com duas linhas sobre ele.

Você tem Charcy, eu tenho Fortaine.

Ele olhou fixamente para as palavras, escritas em uma letra familiar e inconfundível.

Eu vou recebê-lo em meu forte.

◆ ◆ ◆

Fortaine eclipsava até mesmo Ravenel, poderosa e bela, suas torres elevadas, suas ameias alcançando o céu. Ela se elevava a uma altura enorme, impossível, e, em todos os pontos altos, tremulavam estandartes de Laurent. As flâmulas pareciam flutuar sem esforço no ar, seda em padrões azuis e dourados.

Damen freou quando chegaram ao topo da colina, seu exército uma fileira escura de estandartes e lanças às suas costas. Sua ordem para cavalgar tinha sido impiedosa, chamando os homens logo depois da batalha.

Dos 3 mil akielons que lutaram em Charcy, apenas pouco mais da metade sobreviveu. Eles montaram, lutaram e montaram outra vez, deixando para trás apenas uma guarnição para cuidar dos corpos, das armaduras espalhadas e das armas sem dono. Jord e os outros veretianos que tinham ficado para lutar estavam cavalgando com eles em um pequeno grupo, nervosos e sem saber ao certo o que fazer.

A essa altura, Damen havia recebido a contagem dos mortos: 1.200 dos nossos, 6.500 dos deles.

Ele sabia que os homens estavam se comportando de maneira diferente com ele depois da batalha, abrindo caminho quando ele passava. Ele vira suas expressões de medo e assombro. A maioria não havia lutado com ele antes. Talvez eles não soubessem o que esperar.

Agora eles estavam ali; tinham chegado, cobertos de terra e sujeira, alguns deles feridos, lutando contra a exaustão, porque era isso o que a disciplina exigia deles, para olhar a imagem que os recebeu.

Fileiras após fileiras de tendas coloridas com o topo pontudo estavam montadas em frente aos muros de Fortaine, o sol iluminando os pavilhões, os estandartes e as sedas de um acampamento gracioso. Era uma cidade de tendas, e abrigava a força descansada e intacta dos homens de Laurent, que não haviam lutado e morrido durante a manhã.

A arrogância construída da demonstração era intencional. Ela dizia, de modo refinado: "Vocês se empenharam em Charcy? Eu estava aqui examinando minhas unhas".

Nikandros freou o cavalo ao lado dele.

– O tio e o sobrinho são iguais. Mandam outros homens para lutar por eles.

Damen estava em silêncio. O que sentia no peito era uma dureza como raiva. Ele olhou para a cidade elegante de seda e pensou nos homens morrendo no campo em Charcy.

Algum tipo de grupo de mensageiros estava cavalgando em sua direção para recebê-los. Ele agarrou o estandarte ensanguentado e rasgado do regente na mão.

– Só eu – disse Damen e cravou os calcanhares no cavalo.

A meio caminho no campo, ele foi recebido pelo mensageiro, que chegou com um grupo ansioso de quatro acompanhantes dizendo algo urgente sobre protocolo. Damen ouviu quatro palavras daquilo.

– Não se preocupe – disse Damen. – Ele está esperando por mim.

Dentro do acampamento, ele desceu do cavalo e jogou as rédeas para um criado que passava, ignorando a agitação provocada por sua chegada e os mensageiros galopando desesperados atrás dele.

Sem nem tirar as luvas, caminhou até a tenda. Ele conhecia suas dobras altas recortadas; conhecia o estandarte da estrela. Ninguém o deteve. Nem mesmo quando ele chegou à tenda e dispensou o soldado na entrada com uma única ordem.

– Vá. – Ele não se deu ao trabalho de ver se a ordem foi obedecida. O soldado o deixou passar: é claro que sim; tudo aquilo tinha sido planejado. Laurent estava pronto caso ele chegasse docilmente atrás do mensageiro ou, como ele estava fazendo naquele momento, com a sujeira e o suor da batalha ainda no corpo, sangue seco nos lugares onde uma limpeza rápida com um pano não alcançara.

Ele puxou para trás a aba que fechava a tenda e entrou. Houve certa privacidade quando a aba da tenda se fechou atrás dele. Ele estava em um pavilhão, seu teto alto abobadado como uma flor, sustentado por quatro estacas grossas internas envoltas em seda espiralada. Era confinante apesar do tamanho, a queda da aba da entrada suficiente para abafar os sons do exterior.

Esse era o lugar que Laurent tinha escolhido. Damen se familiarizou com ele. Havia poucos móveis, assentos baixos, almofadas e, no fundo, uma mesa sobre cavaletes coberta de toalhas e arrumada com tigelas rasas de peras e laranjas açucaradas. Como se eles fossem beliscar docinhos.

Ele ergueu os olhos da mesa até a figura impecavelmente vestida com um dos ombros apoiados contra a estaca da tenda, observando-o.

Laurent disse:

– Olá, amante.

Não ia ser simples. Damen se forçou a aceitar aquilo. Ele se forçou a aceitar tudo aquilo e caminhar para dentro da tenda, até parar no ambiente elegante em sua armadura completa, esmagando delicadas sedas bordadas sob os pés enlameados.

Sobre a mesa, ele jogou o estandarte do regente, que caiu com um estrondo em uma bagunça de lama e seda manchada. Em seguida, virou os olhos para Laurent. Ele se perguntou o que Laurent via quando olhava para ele. Ele sabia que parecia diferente.

– Charcy foi vencida.

– Eu achei que seria.

Ele se obrigou a respirar fundo.

– Seus homens acham que você é um covarde. Nikandros acha que você nos enganou. Que nos mandou para Charcy e nos deixou lá para morrer sob a espada de seu tio.
– E é isso que você acha? – perguntou Laurent.
– Não – disse Damen. – Nikandros não conhece você.
– E você conhece.

Damen olhou o modo como Laurent se portava, o jeito cuidadoso como mantinha o corpo. A mão estava despreocupadamente apoiada contra a estaca da tenda.

De modo deliberado, ele deu um passo à frente e apertou o ombro direito de Laurent.

Nada, por um momento. Damen apertou mais forte, cravando o polegar. Mais forte. Ele viu Laurent empalidecer. Finalmente, Laurent disse:
– Pare.

Ele o soltou. Laurent tinha se encolhido e apertava a mão sobre o ombro, onde o azul do gibão tinha escurecido. Sangue brotava de algum lugar escondido sob um curativo recente, e Laurent o estava encarando, seus olhos estranhamente arregalados.

– Você não quebraria um juramento – disse Damen, superando a sensação em seu peito. – Nem para mim.

Ele teve de se forçar a recuar. A tenda era grande o bastante para acomodar o movimento, que deixou quatro passos entre eles.

Laurent não respondeu. Ele ainda tinha uma das mãos no ombro, seus dedos grudentos de sangue.

Laurent perguntou:
– Nem para você?

Ele se forçou a olhar para Laurent. A verdade era uma presença horrível em seu peito. Ele pensou na única noite que eles haviam passado juntos. Pensou em Laurent, se entregando, em seus olhos escuros e vulneráveis, e no regente, que sabia como derrotar um homem.

Do lado de fora, dois exércitos estavam posicionados para lutar. O momento tinha chegado e não havia nada que ele pudesse fazer para detê-lo. Ele se lembrou da sugestão constante do regente: *Leve meu sobrinho para a cama.* Damen tinha feito isso: cortejara-o, conquistara-o.

Charcy, ele percebeu, não importava para o regente. Não significava nada. A verdadeira arma do regente contra Laurent sempre tinha sido o próprio Damen.

– Eu vim lhe dizer quem eu sou.

Tudo em Laurent era intensamente familiar: o tom de seu cabelo, a roupa amarrada, os lábios cheios que ele mantinha tensos ou cruelmente reprimidos, o ascetismo implacável, os olhos azuis insuportáveis.

– Eu sei quem você é, Damianos – disse Laurent.

Com essas palavras, o interior da tenda pareceu mudar, de modo que todos os objetos nela assumiram uma forma diferente.

– Você acha – continuou Laurent – que eu não reconheceria o homem que matou meu irmão?

Cada palavra era uma lasca de gelo – dolorosa, afiada. A voz de Laurent estava perfeitamente firme. Damen recuou cegamente. Sua cabeça girava.

– Eu sabia no palácio, quando eles o arrastaram à minha frente

– disse Laurent. As palavras continuaram, firmes e rígidas. – Eu sabia nos banhos quando mandei que o açoitassem. Eu sabia...
– Em Ravenel? – perguntou Damen.

Inspirando com dificuldade, ele encarou Laurent enquanto os segundos se passavam.

– Se você sabia – disse Damen –, como pôde...
– Deixar que você me fodesse?

O próprio peito dele doía, tanto que ele quase não percebeu os mesmos sinais em Laurent, o controle, o rosto – sempre pálido, mas agora branco.

– Eu precisava de uma vitória em Charcy. Você a forneceu. Valeu suportar – disse Laurent, as palavras terríveis e lúcidas. – suas atenções desajeitadas por isso.

As palavras doeram tanto que roubaram o ar de sua garganta.

– Você está mentindo. – O coração de Damen batia forte.
– Você está mentindo. – As palavras saíam alto demais. – Você achou que eu estava de partida. Você praticamente me expulsou. – A compreensão brotou em seu interior. – Você sabia quem eu era. Você sabia quem eu era na noite em que fizemos amor.

Ele pensou em Laurent se entregando – não na primeira vez, mas na segunda, na vez mais lenta e carinhosa. A tensão em Laurent, o jeito como ele...

– Você não estava fazendo amor com um escravo, você estava fazendo amor *comigo*. – Ele não conseguia pensar claramente, mas conseguia captar um vislumbre da verdade, um vislumbre de seus contornos. – Achei que você não... achei que nunca... – Ele deu um passo à frente. – Laurent, seis anos atrás, quando lutei com Auguste, eu...

– *Não diga o nome dele.* – As palavras foram expelidas à força por Laurent. – Nunca diga o nome dele. Você *matou meu irmão.*
A respiração estava entrecortada. Ele arfava ao falar, a mão rígida na borda da mesa atrás de si.
– É isso o que você quer ouvir, que eu sabia quem você era e ainda assim deixei que me fodesse, o matador de meu irmão, o homem que o retalhou como um animal no campo?
– *Não* – disse Damen, seu estômago se apertando de dor. – Não foi...
– Devo perguntou a você como fez isso? Qual a aparência dele quando a espada entrou em seu corpo?
– Não – disse Damen.
– Ou devo lhe contar sobre a ilusão do homem que me deu bom conselho? Que esteve ao meu lado. Que nunca mentiu para mim.
– *Eu* nunca menti para você.
As palavras ficaram horríveis no silêncio que as seguiu.
– "Laurent, eu sou seu escravo"? – disse Laurent.
Ele sentiu a respiração sair à força do peito.
– Não fale sobre isso como...
– Como?
– Como se tivesse sido a sangue-frio, como se eu estivesse no controle. Como se nós dois não tivéssemos fechado os olhos e fingido que eu era um escravo. – Ele se forçou a dizer as palavras que o expunham. – Eu era seu escravo.
– Não havia nenhum escravo – disse Laurent. – Ele nunca existiu. Eu não sei que tipo de homem está parado à minha frente agora. Tudo que sei é que eu o estou encarando pela primeira vez.

— Ele está aqui. — Sua carne doía como se ele tivesse sido aberto ao meio. — Nós somos os mesmos.

— Ajoelhe-se então — disse Laurent. — Beije minha bota.

Ele olhou nos olhos azuis causticantes de Laurent. A impossibilidade era como uma dor aguda. Ele não conseguia fazer isso. Ele só podia olhar para Laurent através da distância entre eles. As palavras machucavam.

— Você tem razão. Eu não sou um escravo — disse ele. — Eu sou o rei. Eu matei seu irmão. E agora detenho seu forte.

Enquanto falava, Damen sacou uma faca. Ele sentiu mais quando toda a atenção de Laurent se voltou para ele. Os sinais físicos eram pequenos: os lábios de Laurent se afastaram, seu corpo ficou tenso. Laurent não olhou para a faca. Manteve os olhos em Damen, que retribuía seu olhar.

— Então você vai dialogar comigo como falaria com um rei e vai me dizer por que me chamou aqui.

Deliberadamente, Damen jogou a faca no chão da tenda. Os olhos de Laurent não a seguiram. Seu olhar permaneceu firme.

— Você não soube? — perguntou Laurent. — Meu tio está em Akielos.

Capítulo quatro

—L<small>AURENT</small> – <small>DISSE</small> ele. – *O que você fez?*
 – Incomoda pensar nele maltratando seu país?
 – Você sabe que sim. Agora estamos brincando com o destino de nações? Isso não vai trazer seu irmão de volta.
 Houve um silêncio violento.
 – Sabe, meu tio sabia quem você era – disse Laurent. – Ele passou o tempo inteiro esperando que nós trepássemos. Meu tio queria me dizer pessoalmente quem você era e observar a verdade me destruir. Ah, você adivinhou? E ainda assim decidiu que ia me foder de qualquer jeito? Não conseguiu se segurar?
 – Você mandou que eu fosse aos seus aposentos – disse Damen. – E me empurrou sobre a cama. Eu disse "Não faça isso".
 – Você disse "Beije-me" – disse Laurent, cada palavra pronunciada com clareza. – Você disse: "Laurent, preciso entrar em você, você é tão bom, Laurent." – Ele trocou para akielon como Damen fizera no clímax. "Nunca foi tão bom assim, não consigo aguentar, eu vou..."
 – *Pare* – disse Damen. Sua respiração estava curta e acelerada, como depois de exercícios pesados. Ele olhava fixamente para Laurent.

– Charcy – disse Laurent – foi uma distração. Eu soube por Guion. Meu tio saiu de navio para Ios há três dias, e a essa altura já avistou terra.

Damen recuou três passos enquanto absorvia essa informação. Ele se viu com a mão apertada em torno de uma das estacas da tenda.

– Entendo. E meus homens devem morrer combatendo-o por você, do mesmo jeito que fizeram em Charcy?

O sorriso de Laurent não era agradável.

– Sobre a mesa há uma lista de suprimentos e tropas. É o que vou lhe dar em apoio a sua campanha no sul.

– Em troca de... – começou Damen com firmeza.

– Delpha – completou Laurent no mesmo tom.

O choque o fez lembrar que aquele era Laurent, e não um jovem qualquer de vinte anos. A província de Delpha pertencia a Nikandros, seu amigo e defensor, que jurara fidelidade a ele. Era um lugar valioso, muito fértil e com um importante porto marinho. Mas também tinha valor simbólico, como o local da maior vitória de Akielos e da maior derrota de Vere. Sua devolução iria fortificar a posição de Laurent, mas enfraquecer a de Damen.

Ele não tinha ido até ali preparado para negociar. Laurent tinha. Laurent estava ali como o príncipe de Vere enfrentando o rei de Akielos. Laurent sempre soubera quem ele era. A lista, escrita pela mão do próprio Laurent, tinha sido preparada antes daquela reunião.

A ideia do regente em seu país era um perigo quase repulsivo em toda sua intensidade. Ele já controlava a guarda palaciana akielon, que tinha sido seu presente para Kastor. E agora o regente estava em Ios, suas tropas estavam postadas para tomar a capital a qualquer momento – enquanto Damen estava ali, a centenas de quilômetros de distância, encarando Laurent e seu ultimato impossível.

Ele perguntou:

– Você planejou isso desde o começo?

– A parte difícil foi fazer Guion me deixar entrar em seu forte – disse Laurent calmamente, aquele tom em sua voz agora mais reservado que o habitual.

– No palácio você mandou me surrarem, drogarem, chicotearem – disse Damen. – E agora me pede para abrir mão de Delpha? Por que, em vez disso, não me diz por que eu não devia simplesmente entregá-lo ao seu tio, em troca da ajuda dele contra Kastor?

– Porque eu sabia quem você era – disse Laurent. – E quando você matou Touars e humilhou a facção de meu tio, mandei a notícia para todos os cantos do país, de modo que se você algum dia retomasse seu trono, não houvesse possibilidade de uma aliança entre você e meu tio. Você quer entrar nesse jogo contra mim? Vai acabar destruído.

– Destruído? – perguntou Damen deliberadamente. – Se eu me opusesse a você, o pequeno resto de terra que ainda detém teria um inimigo de cada lado, e seus esforços seriam divididos em três direções.

– Acredite em mim – disse Laurent – quando eu digo que você teria toda minha atenção.

Damen deixou que seus olhos passassem lentamente por Laurent.

– Você está sozinho. Não tem aliados. Não tem amigos. Provou ser verdade tudo o que seu tio sempre disse sobre você. Fez acordos com Akielos. Até levou um akielon para a cama e, a essa altura, todo mundo sabe disso. Você está se agarrando à independência com um único forte e o que resta de sua reputação.

Ele deu o devido peso a cada palavra.

– Então deixe-me contar os termos dessa aliança. Você vai me dar tudo dessa lista, e em troca eu vou ajudá-lo contra seu tio. Delpha permanece com Akielos. Não vamos fingir que você tem algo aqui digno de uma barganha.

Houve silêncio depois que ele falou. Ele e Laurent estavam parados a três passos um do outro.

– Eu tenho mais uma coisa que você quer – disse Laurent.

Os olhos azuis frios de Laurent estavam sobre ele. Sua pose era relaxada, a luz filtrada da tenda caía em seus cílios. Damen sentiu as palavras fazerem efeito sobre si mesmo, seu corpo reagindo quase contra sua vontade.

– Guion – disse Laurent. – Ele concordou em testemunhar por escrito sobre os detalhes do acordo negociado entre Kastor e meu tio na época em que ele era embaixador.

Damen corou. Não era o que ele esperava que Laurent dissesse, e Laurent sabia disso. Por um momento, o que não foi dito pairou entre eles densamente.

– Por favor – disse Laurent –, insulte-me mais. Conte-me mais sobre minha reputação em frangalhos. Conte-me todas as maneiras que me entregar a você prejudicou minha posição. Como se ser fodido pelo rei de Akielos pudesse ser qualquer coisa além de degradante. Estou louco para ouvir.

– Laurent...

– Você achou que eu viria até aqui sem os meios de impor meus termos? Eu tenho a única prova da traição de Kastor que vai além de sua palavra.

– Minha palavra é suficiente para os homens que importam.

– É? Então rejeite minha oferta. Vou executar Guion por traição e segurar a carta sobre a vela mais próxima.

Damen cerrou os punhos. Ele se sentia fundamentalmente enganado – mesmo vendo que Laurent estava negociando sozinho, com muito pouco, por sua vida política. Laurent tinha de estar desesperado para propor lutar ao lado de Akielos; ao lado de Damianos de Akielos.

– Nós vamos fazer esse teatrinho? – disse Damen. – Fingir que isso nunca aconteceu?

– Se está preocupado que isso deixe de ser mencionado entre nós, não tema. Todo homem em meu acampamento sabe que você me serviu na cama.

– E é assim que as coisas têm de ser entre nós? Mercenárias? Frias?

– Como você achou que seria? – disse Laurent. – Achou que me levaria para a cama para consumação pública?

Isso doeu. Damen disse:

– Eu não vou fazer isso sem Nikandros, e ele não vai abrir mão de Delpha.

– Ele vai, quando você lhe der Ios.

Estava organizado demais. Ele não havia pensado além da derrota de Kastor, ou quem iria se tornar kyros em Ios, o assento tradicional do conselheiro mais próximo do rei. Nikandros era o candidato ideal.

– Vejo que você pensou em tudo – disse Damen com amargura. – Isso não precisava ser... Você podia ter vindo até mim e pedido minha ajuda, eu teria...

– Matado o resto de minha família?

Laurent disse isso parado diante da mesa, as costas retas, o olhar firme. Sem muita clareza, Damen se lembrou de passar a espada pelo homem que ele acreditava ser o regente; como se matar o regente pudesse ser sua expiação. Não seria.

Ele pensou em tudo o que Laurent tinha feito ali, cada elemento de vantagem impessoal que trouxera para controlar essa reunião, para se assegurar de que ela se desenrolasse sob seus termos.

– Parabéns – disse Damen. – Você me forçou. Tem o que quer. Delpha em troca de sua ajuda no sul. Nada dado de graça, nada dado por sentimento, tudo sob coação, com planejamento frio.

– Então tenho sua anuência? Diga.

– Você tem minha anuência.

– Bom. – Laurent deu um passo para trás. Então, como se uma coluna de controle finalmente desabasse, ele entregou todo seu peso à mesa às suas costas, o rosto drenado de cor. Ele estava tremendo, a linha do cabelo interrompida pelo suor da exaustão. Ele disse: – Agora vá embora.

◆ ◆ ◆

O mensageiro estava falando com ele.

Damen ouviu como se estivesse distante, e entendeu, depois de algum tempo, que havia um pequeno grupo de seus próprios homens ali para cavalgar com ele de volta para seu acampamento. Ele falou algumas palavras ao mensageiro, ou achou ter falado, porque o homem foi embora e o deixou para montar em seu cavalo.

Ele pôs a mão na sela e, por um momento, fechou os olhos. Laurent sempre soube quem ele era e ainda assim fizera amor com ele. Ele se perguntou que mistura de anseio e ilusão lhe permitira fazer isso.

Ele estava arrasado pelo que tinha acontecido, ferido e dolorido, o corpo inteiro latejando. Não tinha sentido os golpes dados contra ele em batalha até agora, quando todos surgiram juntos. A exaustão física da luta estava sobre ele; ele não conseguia se mover, não conseguia pensar.

Se ele tinha imaginado a ocasião, era como um único acontecimento cataclísmico, um desmascaramento – que, não importava o que se seguisse, estaria acabado. Violência teria sido ao mesmo tempo castigo e libertação. Ele nunca imaginara que aquilo iria continuar; que a verdade tinha sido conhecida, dolorosamente absorvida; que aquela pressão esmagadora não deixaria seu peito.

Laurent tinha contido a emoção oculta em seus olhos e ia fazer uma aliança com o matador de seu irmão, embora não sentisse nada além de aversão por ele. Se Laurent conseguia fazer isso, Damen também podia. Ele podia conduzir negociações impessoais, falar na língua formal dos reis.

A dor da perda não fazia sentido, porque Laurent nunca fora

dele. Damen sabia disso. A coisa delicada que crescera entre eles nunca tivera direito de existir. Sempre tivera uma data final – o momento em que Damen reassumisse seu manto.

Agora ele tinha que voltar com aqueles homens para seu próprio acampamento. A cavalgada foi rápida; menos de um quilômetro separava os exércitos. Ele conseguiu, com seu dever firme na mente. Se doía, era adequado; era simplesmente ser rei.

◆ ◆ ◆

Havia ainda uma coisa que ele precisava fazer.

Quando finalmente desmontou, uma cidade akielon de tendas havia surgido sob suas ordens para espelhar a veretiana. Ele deslizou da sela e passou as rédeas para um soldado. Estava muito cansado agora, mas de um jeito puramente físico, que ele sentia como um esforço de concentração. Ele tinha de afastar o tremor dos músculos, dos braços e pernas.

Do lado leste do acampamento ficava sua própria tenda, que oferecia lençóis, um catre, um lugar onde fechar os olhos e descansar. Ele não entrou nela. Em vez disso, chamou Nikandros para a tenda de comando, erguida no centro do acampamento do exército.

Era noite, e a entrada da tenda estava iluminada por estacas com tochas que ardiam alaranjadas à altura da cintura. Lá dentro, seis braseiros projetavam sombras saltitantes da mesa. Uma cadeira fora colocada de frente para a entrada, um trono de audiências.

A montagem do acampamento tão perto de uma tropa veretiana havia deixado os homens nervosos. Eles mantinham patrulhas supérfluas e homens com trombetas a galope com todos os nervos em alerta. Se um veretiano jogasse uma pedrinha, o exército inteiro entraria em ação.

Eles ainda não sabiam por que estavam montando acampamento ali; tinham simplesmente obedecido a suas ordens. Nikandros seria o primeiro a ouvir as notícias.

Ele se lembrou do orgulho de Nikandros no dia em que Theomedes lhe dera Delpha. Significara mais que uma doação de terras ou pedra e argamassa. Tinha sido prova para Nikandros de que ele havia honrado a memória de seu pai. Agora Damen iria tirá-la dele em um gesto político cometido a sangue-frio.

Ele esperou, sem se esquivar do que significava, agora, ser rei. Se podia abrir mão de Laurent, podia fazer isso.

Nikandros entrou na tenda.

Não foram agradáveis, nem a oferta nem o preço. Nikandros não conseguiu ocultar completamente a mágoa enquanto procurava uma compreensão que não encontrou. Damen olhou de volta para ele, inflexível e resoluto. Eles tinham brincado juntos quando crianças, mas agora Nikandros estava diante de seu rei.

– O príncipe veretiano vai ganhar minha casa e ser seu principal aliado nesta guerra?

– Sim.

– E você já tomou sua decisão.

– Tomei.

Damen se lembrou de esperar uma volta para casa em que as coisas poderiam ser entre eles como eram nos velhos tempos. Como se uma amizade daquele tipo pudesse sobreviver à política.

– Ele está nos jogando um contra o outro – disse Nikandros. – Isso é calculado. Ele está tentando enfraquecê-lo.

Damen disse:

– Eu sei. Isso é típico dele.

– Então... – Nikandros parou e se virou em frustração. – Ele o manteve como escravo. Ele *nos abandonou* em Charcy.

– Houve uma razão para isso.

– Mas eu não devo saber qual.

A lista dos suprimentos e homens que Laurent oferecia para eles estava sobre a mesa. Era mais do que Damen teria esperado, mas também finita. Tinha mais ou menos o mesmo tamanho da contribuição de Nikandros, igual ao acréscimo de outro kyroi ao seu lado.

Não valia Delpha. Ele podia ver que Nikandros sabia disso, como Damen sabia.

– Seria mais fácil – disse Damen – se eu pudesse.

Silêncio, enquanto Nikandros continha suas palavras.

Damen perguntou:

– Quem eu vou perder?

– Makedon – disse Nikandros. – Straton. Os chefes guerreiros do norte, talvez. Em Akielos, você vai encontrar seus aliados menos colaborativos e os plebeus menos receptivos, até mesmo hostis. Haverá problemas com a coesão das tropas em marcha e mais problemas em batalha.

Ele disse:

– Diga-me o que mais.

– Os homens vão falar – disse Nikandros. Ele estava expelindo as palavras com desgosto, não queria dizê-las. – Sobre...

Damen disse:
– Não.
Então, como se Nikandros não conseguisse evitar as palavras que vieram em seguida:
– Se você pelo menos tirasse a algema...
– Não. Ela fica. – Ele se recusou a baixar os olhos.
Nikandros se virou e espalmou as mãos sobre a mesa, apoiando seu peso. Damen podia ver a resistência em seus ombros, acumulada em suas costas, as mãos ainda espalmadas sobre a mesa.
No silêncio doloroso, Damen perguntou:
– E você? Vou perder você?
Foi tudo o que ele se permitiu. A voz saiu firme o bastante, e ele se obrigou a esperar e a não dizer mais nada.
Como se as palavras estivessem vindo de suas profundezas, contra sua vontade, Nikandros disse:
– Eu quero Ios.
Damen exalou. Laurent, ele percebeu de repente, não estava jogando os dois um contra o outro. Ele estava jogando com Nikandros. Havia uma habilidade perigosa em tudo aquilo; em saber até que ponto a lealdade de Nikandros podia ser esticada, e o que iria impedi-la de estourar. A presença de Laurent no ambiente era quase tangível.
– Escute, Damianos. Se você algum dia valorizou meu conselho, escute. Ele não está do nosso lado. Ele é veretiano e vai trazer um exército para nosso país.
– Para lutar contra o tio, não contra nós.
– Se alguém mata sua família, você não descansa até que eles estejam mortos.

As palavras caíram entre eles. Ele se lembrou dos olhos de Laurent na tenda quando obteve aquela aliança.

Nikandros estava sacudindo a cabeça.

— Ou você acha mesmo que ele o perdoou por ter matado seu irmão?

— Não. Ele me odeia por isso — afirmou Damen, sem hesitar.

— Mas ele odeia o tio ainda mais. Ele precisa de nós. E nós precisamos dele.

— Você precisa dele o suficiente para me tirar minha casa porque ele lhe pediu que fizesse isso?

— Sim — disse Damen.

Ele observou o conflito de Nikandros.

— Estou fazendo isso por Akielos — disse Damen.

Nikandros disse:

— Se você estiver errado, não há Akielos.

◆ ◆ ◆

Ele falou com alguns soldados no caminho de volta até sua tenda, uma ou duas palavras aqui e ali enquanto seguia pelo acampamento, um hábito desde seu primeiro comando aos 17 anos. Os homens ficavam em posição de sentido e diziam apenas "exaltado" se ele falava. Não era como sentar em torno de uma fogueira bebendo vinho e trocando histórias sujas e especulações irreverentes.

Jord e os outros veretianos de Ravenel tinham sido mandados de volta para Laurent para se juntarem a seu exército nas tendas extravagantes em Fortaine. Damen não os vira partir.

Era uma noite quente, sem necessidade de fogo, exceto para cozinhar e iluminar. Ele conhecia o caminho, porque as linhas rigorosas do acampamento akielon eram fáceis de seguir mesmo à luz de tochas. As tropas treinadas e disciplinadas tinham feito um trabalho rápido e eficiente: as armas foram limpas e guardadas, as fogueiras foram acesas, as estacas robustas das tendas foram marteladas no chão.

A tenda dele era feita de lona branca simples. Não havia muito para distingui-la das outras além de seu tamanho e dos dois guardas armados na entrada. Eles assumiram posição de sentido quando ele se aproximou, orgulhosos daquele dever. Isso era mais evidente no guarda mais novo, Pallas, do que no mais velho, Aktis, mas estava claro na postura dos dois. Damen se assegurou de fazer um breve sinal de apreciação ao passar, como era adequado.

Ele ergueu a aba que cobria a entrada da tenda e deixou que ela caísse às suas costas.

No interior, a tenda era um espaço aberto austero, iluminado com velas de sebo em estacas. A privacidade era uma bênção. Ele não precisava se manter de pé, podia sentir o peso da exaustão e descansar. Seu corpo ansiava por isso. Ele só queria tirar a armadura e fechar os olhos. Sozinho, não precisava ser rei. Mas então congelou. Uma sensação horrível passou por ele, uma instabilidade como náusea.

Ele não estava sozinho.

Ela estava nua aos pés do catre austero, seus seios fartos pendendo para baixo, sua testa contra o chão. Não tinha treinamento palaciano, por isso não podia disfarçar o fato de que estava nervosa. Seu cabelo claro estava afastado do rosto, preso com uma presilha frágil, uma tradição do norte. Ela tinha 19 ou 20 anos, e seu corpo treinado estava pronto para Damen. Tinha preparado um banho em uma banheira de madeira sem adornos, de modo que se ele quisesse podia fazer uso da banheira. Ou dela.

Ele sabia que havia escravizados com o exército de Nikandros, seguindo com as carroças e os suprimentos. Ele sabia que, quando voltasse a Akielos, haveria escravizados.

– Levante-se – ele se ouviu dizer, de um jeito estranho. Uma ordem errada para uma escravizada.

Houve uma época em que ele teria esperado aquilo e sabido se comportar na situação. Teria apreciado o charme das habilidades nortistas rústicas da garota e a levado para a cama, se não naquela noite, então certamente pela manhã. Nikandros o conhecia: ela era seu tipo. Era o melhor que Nikandros tinha a oferecer, isso era evidente; uma escravizada de seu séquito, talvez até sua favorita, porque Damen era seu convidado e seu rei.

Ela se levantou. Ele não disse nada. A garota tinha uma coleira em torno do pescoço e braceletes de metal em volta dos pulsos pequenos que eram iguais aos que ele...

– Exaltado – disse ela em voz baixa. – Qual o problema?

Ele expirou de modo estranho e trêmulo. Percebeu então que sua respiração estava trêmula havia um bom tempo, que seu corpo estava trêmulo, que o silêncio tinha se estendido entre eles por tempo demais.

– Nada de escravos – disse Damen. – Diga ao guardião. Ele não deve mandar mais ninguém. Enquanto durar a campanha, vou ser vestido por um criado ou um escudeiro.

– Sim, exaltado – disse ela, obediente e confusa e escondendo isso, ou tentando fazê-lo, enquanto seguia para a entrada da tenda com as faces vermelhas.

– Espere. – Ele não podia mandá-la nua pelo acampamento. – Aqui. – Ele soltou sua capa e a enrolou em torno dos ombros dela. Sentiu como aquilo era errado, como contrariava todos os protocolos. – O guarda vai escoltá-la de volta.

– Sim, exaltado – disse ela, porque não podia dizer mais nada, e o deixou finalmente sozinho.

Capítulo cinco

Depois que o primeiro impacto da aliança caiu sobre Nikandros, o anúncio da manhã foi menos pessoal, mas mais difícil, e feito em uma escala bem maior.

Mensageiros galopavam de um lado para o outro entre os acampamentos desde antes do amanhecer. Os preparativos para o anúncio tinham sido feitos antes que o acampamento começasse a se agitar à luz cinzenta. Reuniões daquele tipo podiam levar meses para serem organizadas; a velocidade com a qual havia acontecido era estonteante – pelo menos para quem não conhecia Laurent.

Damen convocou Makedon ao pavilhão de comando e ordenou que seu exército se formasse diante dele para um comunicado. Ele se sentou no trono de audiências, com um único assento de carvalho vazio ao seu lado, e Nikandros parado atrás dele. Observou o exército se posicionar, 1.500 homens em fileiras disciplinadas. A visão de Damen abarcava toda a extensão dos campos: seu exército disposto em uma formação de dois blocos à sua frente, com uma trilha aberta no meio que levava direto à base do trono de Damen sob seu pavilhão.

Tinha sido escolha de Damen não contar somente a Makedon,

mas chamá-lo ali para o comunicado, tão inconsciente do que estava por vir quanto os soldados. Era um risco, e cada detalhe tinha de ser administrado com cuidado. Makedon do cinto marcado tinha o maior exército provinciano do norte e, embora tecnicamente fosse um chefe guerreiro sob o comando de Nikandros, tinha bastante poder. Se partisse com raiva com seus homens, acabaria com as chances de Damen na campanha.

Damen sentiu Makedon reagir quando o mensageiro veretiano chegou galopando no acampamento. Makedon era perigosamente volátil. Ele já havia desobedecido reis. Tinha rompido o tratado de paz apenas algumas semanas antes, lançando um contra-ataque pessoal contra Vere.

– *Sua alteza Laurent, príncipe de Vere e Acquitart* – exclamou o mensageiro, e Damen sentiu os homens na tenda ao seu redor reagirem ainda mais. Nikandros mantinha uma expressão neutra, mesmo que Damen pudesse sentir a tensão nele. O coração de Damen se acelerou, embora ele mantivesse o rosto impassível.

Quando príncipe se encontrava com príncipe, havia protocolos a serem observados. Eles não se cumprimentavam sozinhos em uma tenda diáfana, nem eram acorrentados e jogados ao chão em uma câmara de observação do palácio.

A última vez que as realezas akielon e veretiana tinham se encontrado cerimonialmente havia sido seis anos antes, em Marlas, quando o regente se rendera ao pai de Damen, o rei Theomedes. Por respeito aos veretianos, Damen não estivera presente, mas ele se lembrou da satisfação de saber que a realeza veretiana estava se submetendo a seu pai. Ele gostara disso – provavelmente, pensou, tanto quanto seus homens não gostavam do que estava acontecendo naquele dia, e pelas mesmas razões.

Os estandartes veretianos eram visíveis, tremulando no campo. As colunas avançaram: seis homens de largura e 36 de comprimento, com Laurent cavalgando à sua frente.

Damen esperou, sentado imponente no trono de carvalho, com braços e coxas nus no estilo akielon, seu exército se estendendo à sua frente em linhas imóveis e imaculadas.

Não foi como as entradas extáticas que Laurent fizera nas cidades e aldeias de Vere. Ninguém desmaiou nem deu vivas ou jogou flores aos seus pés. O acampamento estava silencioso. Os soldados akielons o observaram cavalgar pelo centro de suas fileiras na direção do pavilhão, destacado à luz do sol; suas próprias armaduras, espadas e pontas de lança reluzentes, polidas depois de terem sido usadas tão recentemente para matar.

Mas a graça pura e insolente era a mesma, a cabeça brilhante descoberta. Ele não estava usando armadura nem símbolo de posição algum exceto pelo aro de ouro na testa, mas quando desceu do cavalo e jogou as rédeas para um criado, nenhum par de olhos estava voltado para qualquer outro lugar.

Damen se levantou.

Toda a tenda reagiu: os homens parados se remexeram, baixando os olhos para o rei. Laurent caminhou tranquilo e belo; ele parecia sublimemente inconsciente da reação que sua presença estava causando. Desceu pelo caminho aberto para ele, como se caminhar sem ser perturbado por um acampamento akielon fosse simplesmente seu direito. Os homens de Damen o observavam como um sujeito poderia observar um inimigo passeando por sua casa, incapaz de impedi-lo.

– Meu irmão de Akielos – disse Laurent.

Damen retribuiu o olhar sem piscar. Todo mundo sabia que, na linguagem akielon, príncipes de nações estrangeiras se dirigiam uns aos outros fraternalmente.

– Nosso irmão de Vere – disse Damen.

Ele tinha consciência parcial do séquito de Laurent: criados de libré e alguns homens não identificados do lado de fora, além de vários cortesãos de Fortaine. Reconheceu o capitão de Laurent, Enguerran. E reconheceu Guion, o conselheiro mais leal do regente, que, em algum momento nos últimos três dias, tinha mudado de lado.

Damen levantou a mão e a ofereceu espalmada para cima com os dedos estendidos. Laurent ergueu a própria mão com calma e a pôs em cima da de Damen. Seus dedos se encontraram.

Ele podia sentir os olhos de cada akielon na tenda sobre si. Eles prosseguiram devagar. Os dedos de Laurent repousavam muito de leve sobre os seus. Ele sentiu o momento em que os homens à sua volta perceberam o que ia acontecer.

Ao chegarem ao tablado, eles se sentaram, olhando para a frente – os dois assentos de carvalho agora eram tronos iguais.

O choque se espalhou como uma onda sobre os homens e mulheres na tenda; saiu e passou pelas fileiras reunidas de soldados. Todos podiam ver Laurent e Damen sentados lado a lado.

Ele sabia o que aquilo significava. Era a honra concedida a um membro do mesmo *status*. Anunciava igualdade.

– Nós os chamamos aqui hoje para testemunhar nosso acordo

– disse Damen, em um tom nítido acima do ruído. – Hoje marcamos a aliança de nossas nações contra os impostores e usurpadores que buscam atacar nossos tronos.

Laurent se instalou como se o lugar tivesse sido feito para ele, adotando sua postura de costume: uma perna esticada à frente e um pulso de ossos finos equilibrado no braço do trono.

Explosões de ultraje, exclamações furiosas, mãos voando para o cabo de espadas. Laurent não parecia especialmente preocupado com isso, nem com coisa nenhuma.

– Em Vere, é costume oferecer um presente a um companheiro especial – disse Laurent em akielon. – Vere, portanto, oferece este presente a Akielos, como símbolo de nossa aliança agora e em todos os dias vindouros. – Ele ergueu os dedos. Um criado veretiano se aproximou com uma almofada, apoiada como um prato nos antebraços estendidos.

Damen sentiu a tenda desaparecer diante de seus olhos.

Ele se esqueceu dos homens e mulheres que assistiam. Se esqueceu da necessidade de impedir a revolta de seu exército e seus generais. Ele só viu o que havia na almofada que o criado levava na direção do tablado. Espiralado e pessoal, o presente de Laurent era um chicote veretiano feito de ouro.

Damen o reconheceu. Ele tinha um cabo de ouro entalhado, com um rubi ou uma granada engastada na base, segura nas mandíbulas de um grande felino. Ele se lembrou do bastão do tratador com os mesmos entalhes e uma longa corrente filigranada que prendera a coleira em torno de seu pescoço. O grande felino se parecia com o leão que era símbolo de sua própria casa.

Ele se lembrou da mão de Laurent dando um pequeno puxão no bastão; de ficar enfurecido, e de mais que isso. Ele se lembrou de ter as pernas afastadas, as mãos atadas, da madeira grossa do tronco contra seu peito, a chicotada prestes a cair em suas costas. Ele se lembrou de Laurent se acomodando na parede oposta, apoiando os ombros ali e posicionando-se para observar cada mínima expressão no rosto de Damen.

Seu olhar se voltou para Laurent. Ele sabia que tinha corado, podia sentir o calor na face. Diante dos generais reunidos, ele não podia dizer: *O que você fez?*

Fora da tenda, algo tinha começado a acontecer.

Criados veretianos estavam colocando uma série de dez blocos de açoite ornamentais em intervalos iguais diante do pavilhão. Dez homens foram puxados como sacas de grãos de seus cavalos por tratadores veretianos, desnudados e em seguida amarrados.

Dentro da tenda, homens e mulheres akielons olhavam uns para os outros de forma interrogativa; outros esticavam o pescoço para ver.

Diante do exército reunido, os dez cativos foram empurrados na direção dos blocos, cambaleando um pouco, seu equilíbrio precário com as mãos amarradas às costas.

— Esses foram os homens que atacaram a aldeia akielon de Tarasis — disse Laurent. — Eles são mercenários de clãs, pagos por meu tio, que matou seu povo em uma tentativa de destruir a paz entre nossas nações.

Agora ele tinha a atenção da tenda. Os olhos de cada akielon estavam sobre ele, dos soldados aos oficiais — até os generais.

Makedon e seus soldados, em especial, tinham visto em primeira mão a destruição de Tarasis.

– O chicote e os homens são presentes de Vere para Akielos – disse Laurent, então voltou seus olhos azuis derretidos para Damen. – As primeiras cinquenta chicotadas são meu presente para você.

Ele não podia impedir aquilo, mesmo que quisesse. A atmosfera no pavilhão estava densa com satisfação e aprovação. Seus homens queriam aquilo, gostaram daquilo – gostaram de Laurent por aquilo, do jovem dourado que podia ordenar que homens fossem destroçados e assistir àquilo sem piscar.

Os tratadores veretianos martelaram os blocos de açoite na terra, em seguida os puxaram para testar se eles aguentariam peso.

Parte da mente de Damen reconheceu como aquele presente tinha sido avaliado perfeitamente, com virtuosidade requintada: Laurent estava lhe dando um tapa com as costas de uma mão e, com a outra, acariciava seus generais como um homem acaricia um cão embaixo do queixo.

Damen se ouviu dizer:

– Vere é generosa.

– Afinal de contas – disse Laurent, olhando-o nos olhos –, eu me lembro do que você gosta.

Os homens despidos foram amarrados.

Os tratadores veretianos assumiram posição, cada um parado ao lado de um prisioneiro amarrado, cada um segurando um chicote. O chamado foi dado. Damen sentiu o pulso se acelerar ao perceber que Laurent ia fazer dez homens serem esfolados vivos à sua frente.

— Além disso — continuou Laurent, sua voz alta preenchendo o pavilhão —, o butim de Fortaine é seu. Nossos médicos vão cuidar de seus feridos. Nossos armazéns vão alimentar seus homens. A vitória akielon em Charcy foi difícil. Tudo o que Vere ganhou enquanto vocês lutavam é seu, e é merecido. Não vou me beneficiar de nenhuma adversidade que caia sobre o rei legítimo de Akielos ou seu povo.

Você vai perder Straton, você vai perder Makedon, dissera Nikandros, mas ele não contara com o fato de que Laurent chegaria e começaria, perigosamente, a controlar tudo.

Levou muito tempo. Cinquenta chicotadas, aplicadas com esforço de ombro e de braço sobre as costas desprotegidas de um homem, eram uma empreitada demorada. Damen se obrigou a ver tudo. Ele não olhou para Laurent. Laurent, ele sabia por experiência, podia segurar aquele olhar azul para sempre enquanto assistia a um homem ser açoitado. Ele se lembrava em detalhes da sensação de ser chicoteado com os olhos de Laurent sobre ele.

Ensanguentados e em carne viva, os homens foram soltos dos blocos de açoite. Isso também levou tempo, porque foi necessário mais de um tratador para levantar cada homem, e nenhum estava muito certo sobre quais homens estavam inconscientes e quais estavam mortos.

Damen disse:

— Nós temos um presente pessoal também.

Todos os olhos na tenda se voltaram para ele. O presente de Laurent havia evitado uma revolta escancarada, mas ainda havia uma fenda entre Akielos e Vere.

Na noite anterior, na escuridão noturna da tenda, ele pegara o presente da bagagem e olhara para ele, sentindo seu peso nas mãos. Algumas vezes antes, Damen pensara sobre esse momento. Em seus pensamentos mais íntimos, imaginara que aquilo aconteceria quando os dois estivessem sozinhos. Não suspeitava que seria desse jeito, o particular tornado público e doloroso. Ele não tinha a habilidade de Laurent de ferir com o que mais importava.

Era sua vez de cimentar a aliança entre suas nações. E só havia um jeito de fazer isso.

— Todo homem aqui sabe que você nos manteve como escravo — disse Damen. Ele falou alto o bastante para que todos os reunidos na tenda grande pudessem ouvir. — Nós usamos seu bracelete em nosso pulso. Mas, hoje, o príncipe de Vere vai se mostrar nosso igual.

Ele gesticulou e um de seus escudeiros se aproximou. O presente ainda estava embalado em tecido. Ele sentiu a tensão súbita em Laurent, embora não houvesse alteração externa.

Damen disse:

— Você pediu por isso uma vez.

O escudeiro puxou o tecido e revelou uma algema de ouro. Ele pôde sentir a tensão em Laurent, mais do que transparecia. O bracelete era o gêmeo perfeito daquele usado por Damen, alterado na noite anterior por um ferreiro para o pulso mais fino de Laurent.

Damen disse:

— Use-o para mim.

Por um momento, ele achou que Laurent não fosse fazer isso. Mas, em púbico, Laurent não tinha como se recusar.

Laurent estendeu a mão. Então esperou, a palma estendida, os olhos se erguendo para encontrar os de Damen.

Laurent disse:

– Ponha em mim.

Todos os pares de olhos na tenda estavam sobre ele. Damen pegou o pulso de Laurent. Ele teria de desamarrar o tecido e puxar a manga para trás.

Ele podia sentir os olhares devoradores dos akielons na tenda, tão famintos por isso quanto estiveram pelo açoitamento. Rumores da escravidão de Damen em Vere tinham se espalhado como fogo pelo acampamento. Por sua vez, ver o príncipe veretiano usar o bracelete dourado de um escravizado de cama palaciano era chocante e íntimo, um símbolo da posse de Damen.

Damen sentiu a borda dura e curva do bracelete quando o ergueu. Os olhos azuis de Laurent permaneciam frios, mas sob o polegar de Damen, o pulso de Laurent estava acelerado como o de um coelho.

– Meu trono pelo seu trono – disse Damen. Ele empurrou o tecido para trás. Era mais pele do que Laurent jamais mostrara em público, em exibição para toda a tenda. – Ajude-me a recuperar meu reino, e farei de você rei de Vere. – Damen encaixou o bracelete no pulso esquerdo de Laurent.

– Fico feliz por usar um presente que me lembre de você – disse Laurent. O bracelete se fechou. Laurent não retirou o pulso, apenas o deixou apoiado no braço do trono com os laços abertos e a algema de ouro em plena vista.

Trombetas soaram por toda a extensão das fileiras, e foram

trazidos comes e bebes. Agora Damen só precisava suportar o resto da cerimônia de boas-vindas e, no fim, assinar o tratado.

Foi realizada uma série de lutas de exibição, marcando a ocasião com coreografia disciplinada. Laurent assistiu com atenção educada e, por trás disso, talvez uma atenção real, pois seria útil para ele catalogar técnicas de luta akielons.

Damen podia ver Makedon observá-lo com uma expressão impassível. Em frente a Makedon, Vannes estava bebendo. A mulher tinha sido embaixadora do regente na corte inteiramente feminina da imperatriz vaskiana, que, dizia-se, destruía homens com seus leopardos como esporte público.

– Você vai me dizer o que trouxe Vannes para seu lado? – ele perguntou.

– Não é segredo – disse Laurent. – Ela vai ser minha conselheira principal.

– E Guion?

– Eu ameacei seus filhos. Ele levou isso a sério. Eu já tinha matado um deles.

Makedon estava se dirigindo aos tronos.

Houve um ar de expectativa quando Makedon se aproximou; os homens na tenda se remexeram para ver o que ele faria. O ódio de Makedon pelos veretianos era bem conhecido. Mesmo que Laurent tivesse impedido uma rebelião aberta, Makedon não aceitaria a liderança com um príncipe veretiano. Makedon fez uma mesura para Damen, em seguida se ergueu sem demonstrar nenhum respeito por Laurent. Ele olhou brevemente para as lutas akielons coreografadas, então seus olhos viajaram até Laurent, lentos e arrogantes.

– Se esta é mesmo uma aliança entre iguais – disse Makedon –, é uma pena que não possamos ver uma exibição de luta veretiana. *Você está vendo uma agora e nem se dá conta*, pensou Damen. Laurent manteve a atenção em Makedon.

– Ou uma competição – continuou Makedon. – Veretianos contra akielons.

– Você está propondo desafiar *lady* Vannes para um duelo? – perguntou Laurent.

Olhos azuis e castanhos se encontraram. Laurent estava relaxado no trono, e Damen estava consciente do que Makedon via: um jovem com menos da metade de sua idade; um principezinho que fugira da batalha; um cortesão com a elegância preguiçosa de lugares fechados.

– Nosso rei tem uma reputação no campo – disse Makedon, passando os olhos lentamente por Laurent. – Por que não uma demonstração de luta entre vocês dois?

– Mas nós somos como irmãos. – Laurent sorriu. Damen sentiu a ponta dos dedos de Laurent tocarem os seus; seus dedos deslizaram uns entre os outros. Ele sabia por experiência que Laurent estava reprimindo tudo em um único núcleo duro de desgosto.

Mensageiros trouxeram o documento, tinta sobre papel, escrito em duas línguas, lado a lado para que nenhuma ficasse em cima do outra. A redação era simples, não continha cláusulas e parágrafos infinitos. Era uma declaração breve: Vere e Akielos estavam unidos contra seus usurpadores, aliados por amizade e por uma causa comum.

Ele assinou. Laurent assinou. *Damianos V* e *Laurent R*, com um grande L floreado.

– À nossa maravilhosa união – disse Laurent.

Então terminou, e Laurent estava se levantando, e os veretianos estavam de partida, uma torrente azul de estandartes seguindo em uma procissão longa que se afastou pelo campo.

◆ ◆ ◆

E os akielons saíram também, os oficiais e os generais, e os escravizados foram dispensados, até que ele ficou sozinho com Nikandros, cujos olhos estavam sobre ele, furiosos, com todo o conhecimento duro de um velho amigo.

– Você deu Delpha a ele – disse Nikandros.
– Não foi...
– Um presente de cama? – completou Nikandros.
– Você vai longe demais.
– Vou? Eu lembro de Ianestra. E de Ianora – disse Nikandros.
– E da filha de Eunides. E de Kyra, a garota da aldeia...
– Basta. Eu não vou falar sobre isso. – Ele afastou os olhos e os fixou no cálice à sua frente, que, depois de um momento, ergueu. Ele tomou seu primeiro gole de vinho. Isso foi um erro.
– Você não precisa falar nada, *eu o vi* – disse Nikandros.
– Não me importa o que você viu. Não é o que você pensa.
– Eu acho que ele é bonito e inatingível e que, em toda sua vida, você nunca recebeu uma recusa – disse Nikandros. – Você comprometeu Akielos em uma aliança porque o príncipe de Vere tem olhos azuis e cabelo louro. – Então, em uma voz terrível: – Quantas vezes Akielos vai ter que sofrer porque você não consegue manter seu...

– Eu disse *basta*, Nikandros. – Damen estava com raiva. Ele queria estilhaçar o vidro entre os dedos e deixar que a dor o cortasse. – Você achou, por um momento, que eu iria... Nada é mais importante para mim que Akielos – disse ele.

– Ele é o príncipe de Vere! Ele não se importa com Akielos. Você está dizendo que não está movido pela ideia de possuí-lo? Abra os olhos, Damianos!

Damen se levantou do trono e se moveu para a boca larga e aberta do pavilhão. Ele tinha uma vista livre além dos campos até o acampamento veretiano. Laurent e seu séquito haviam desaparecido em seu interior, embora as elegantes tendas veretianas ainda o encarassem, cada flâmula de seda tremulando.

– Você o quer. É natural. Ele parece uma das estátuas que Nereus tem em seu jardim, e é um príncipe de seu nível. Ele não gosta de você, mas não gostar tem seu próprio apelo – disse Nikandros. – Então leve-o para cama. Satisfaça sua curiosidade. Depois, quando vir que montar um louro é muito parecido com montar qualquer outro, siga em frente.

O silêncio durou um momento longo demais.

Ele sentiu a reação de Nikandros às suas costas. Manteve os olhos no cálice. Não tinha intenção de botar nenhuma parte daquilo em palavras. *Eu disse a ele que era um escravo, e ele fingiu acreditar em mim. Eu o beijei nas muralhas. Ele fez seus criados me levarem para sua cama. Foi nossa última noite juntos, e ele se entregou a mim. Ele sabia o tempo todo que eu era o homem que tinha matado seu irmão.*

Quando ele se virou, a expressão de Nikandros era horrível.

– Então foi mesmo um presente por se deitar com você.
– *Sim*, eu me deitei com ele – disse Damen. – Foi uma noite. Ele mal relaxou o tempo inteiro. Eu admito que o queria. Mas ele é o príncipe de Vere, e eu sou o rei de Akielos. Isso é uma aliança política. Ele aborda isso sem emoções. E eu também.

– Você acha que alivia minha mente saber que ele é bonito, inteligente e frio? – perguntou Nikandros.

Ele suspirou profundamente. Desde a chegada de Nikandros, eles não haviam falado sobre a noite de verão em Ios quando o amigo dera a ele um alerta diferente.

– Não é a mesma coisa.
– Laurent não é Jokaste?

Ele disse:

– Eu não sou o homem que confiou nela.
– Então você não é Damianos.
– Você tem razão – disse ele. – Damianos morreu em Akielos quando não deu ouvidos a seus alertas.

Ele se lembrou das palavras de Nikandros: *Kastor sempre acreditou merecer o trono. Que você o tomou dele*. E de sua própria resposta: *Ele não me faria mal. Nós somos uma família*.

– Então dê ouvidos a eles agora – disse Nikandros.
– Estou dando – disse Damen. – Eu sei quem ele é, e isso significa que eu não posso tê-lo.
– Não. Escute, Damianos. Você confia cegamente. Você vê o mundo em termos absolutos. Se acredita que alguém é um inimigo, nada vai dissuadi-lo de se armar para a luta. Mas quando entrega seu afeto... Quando dá a um homem sua lealdade, sua fé

nele é inabalável. Você lutaria por ele até seu último suspiro, não daria ouvidos a nenhuma palavra falada contra ele e iria para o túmulo com a lança dele em seu corpo.

— E você é muito diferente? — disse Damen. — Eu sei o que significa estar cavalgando comigo. Sei que, se eu estiver errado, você vai perder tudo.

Nikandros o olhou nos olhos, então exalou e passou a mão sobre o rosto, massageando-o brevemente.

— *O príncipe de Vere* — disse ele. Quando olhou novamente para Damen, foi um olhar de soslaio sob sobrancelhas erguidas, e por um momento eles eram meninos outra vez, na serragem, arremessando lanças que caíam dois metros antes dos alvos de couro dos homens...

— Você tem ideia do que seu pai diria se soubesse? — perguntou Nikandros.

— Sim — disse Damen. — Qual garota da aldeia se chamava Kyra?

— Todas. Damianos, você não pode confiar nele.

— Eu sei disso. — Ele terminou o vinho. Do lado de fora, ainda restavam horas de luz do dia, e havia trabalho a ser feito. — Você passou uma manhã com ele e já está me alertando. Espere até ter passado um dia inteiro em sua companhia — disse Damen.

— Você quer dizer que ele melhora com o tempo?

— Não exatamente — respondeu Damen.

Capítulo seis

A DIFICULDADE ERA QUE eles não podiam partir imediatamente.

Damen devia estar acostumado a trabalhar com uma tropa dividida; àquela altura, tinha muita prática nisso. Mas aquele não era um pequeno bando de mercenários, mas forças poderosas demais que eram inimigas tradicionais, comandadas por generais voláteis dos dois lados.

Makedon entrou em Fortaine para sua primeira reunião oficial com a boca curvada para baixo. Na sala de audiências, Damen se viu esperando, tenso, pela chegada de Laurent. Observou Laurent entrar com a conselheira principal, Vannes, e seu capitão, Enguerran. Ele estava francamente incerto se aquela seria uma manhã de insistências sutis ou uma série de observações inacreditáveis que deixariam todos de queixo caído.

Na verdade, foi impessoal e profissional. Laurent estava exigente, focado, e falou inteiramente em akielon. Vannes e Enguerran dominavam menos a língua, e Laurent assumiu a liderança nas discussões, usando palavras akielons como "falange" como se não as tivesse aprendido com Damen apenas duas semanas antes, e dando a impressão calma e geral de fluência. O leve franzir de testa quando ele procurava um vocábulo – os "Como se diz...?" e "Como se chama quando...?" – havia desaparecido.

– Sorte dele falar nossa língua tão bem – disse Nikandros enquanto voltavam para o acampamento akielon.

– Nada que o envolve tem a ver com sorte – disse Damen.

Quando estava sozinho, ele olhou para fora de sua tenda. Os campos vastos pareciam pacíficos, mas logo os exércitos iriam se movimentar. O contorno vermelho do horizonte iria ficar mais próximo, o solo em elevação que continha tudo o que ele jamais conhecera. Ele o seguiu com os olhos e, quando terminou, deu as costas para a vista. Não olhou para o novo acampamento veretiano, onde sedas coloridas se erguiam com a brisa e o som eventual de risos ou cantorias era levado sobre o capim primaveril do campo.

Os acampamentos, eles concordaram, seriam mantidos separados. Os akielons, ao ver as tendas veretianas começarem a surgir nos campos, com suas flâmulas e sedas e painéis multicoloridos, escarneceram. Eles não queriam lutar ao lado daqueles novos aliados delicados. Nesse ponto, a ausência de Laurent em Charcy tinha sido um desastre. Seu primeiro verdadeiro erro tático, do qual todos eles ainda estavam tentando se recuperar.

Os veretianos escarneciam também, de um jeito diferente. Akielons eram bárbaros que andavam na companhia de bastardos e circulavam por aí seminus. Ele ouvia fragmentos do que era dito nas bordas de seu acampamento, os chamados obscenos, as zombarias e provocações. Quando Pallas passava, Lazar dava um assovio lascivo.

E isso foi antes dos rumores mais específicos, dos murmúrios

entre os homens, da especulação que fez Nikandros dizer, em uma noite quente de verão:
— Tome um escravo.
Damen respondeu:
— Não.
Ele se afundou em trabalho e exercícios físicos. Durante o dia, se jogava na logística e no planejamento, o fundamento tático que iria facilitar uma campanha. Ele planejava rotas e determinava linhas de suprimentos. Comandava treinamentos. À noite, deixava o acampamento e, quando não havia ninguém à sua volta, pegava a espada e praticava até escorrer suor, até não poder mais levantar a espada, mas apenas permanecer de pé, os músculos tremendo, a ponta da lâmina apontada para o chão.

Ele ia para a cama sozinho. Ele se despia e se lavava e só usava escudeiros para realizar aquelas tarefas domésticas sem intimidade.

Ele dizia a si mesmo que era isso o que queria. Havia um relacionamento profissional entre ele e Laurent. Não havia mais... amizade, mas isso nunca teria sido possível. Ele sabia que não viveria a fantasia estúpida de mostrar seu país a Laurent; de ver Laurent apoiado contra a sacada de mármore em Ios, virando-se para saudá-lo no ar fresco de frente para o mar, seus olhos brilhantes com o esplendor da vista.

Então ele trabalhava. Havia tarefas a fazer. Ele mandou uma torrente de correspondência para os kyroi de sua terra natal para anunciar seu retorno. Logo ele saberia a extensão inicial do apoio em seu próprio país e poderia determinar as rotas e os avanços que iriam lhe assegurar a vitória.

Ele chegou a sua tenda depois de três horas de treino solitário com a espada, seu corpo molhado de suor – que seria limpo por criados pessoais, já que ele dispensara todos os seus escravizados. Em vez disso, ele se sentou para escrever cartas. As velas tremeluziam baixas à sua volta, mas forneciam luz suficiente para o que precisava ser feito. Ele escrevia com o próprio punho as missivas pessoais para aqueles que conhecia. Não contou a nenhum deles os detalhes do que havia acontecido com ele.

Do outro lado dos campos noturnos, Jord, Lazar e os outros membros da Guarda do Príncipe estavam em algum lugar do acampamento veretiano, trabalhando sob o novo regime. Ele pensou em Jord, ficando no forte que tinha sido o lar de Aimeric. Ele se lembrou de Jord dizendo: *Já se perguntou qual seria a sensação de descobrir que você deu para o assassino de seu irmão? Acho que a sensação seria essa.*

O silêncio tinha longas horas vazias que enchiam todo o espaço da tenda, junto com a atividade noturna abafada de um exército, enquanto ele terminava sua última carta.

Para Kastor, ele mandou apenas uma única mensagem: *Estou chegando.* Ele não viu esse mensageiro partir.

Não é ingenuidade confiar na família.

Ele tinha dito isso, uma vez.

◆ ◆ ◆

Guion estava em um aposento que se parecia àquele em que Aimeric sangrara, embora tivesse pouca semelhança física com o filho. Não havia sinal dos cachos lustrosos nem do olhar obstinado de cílios longos. Guion era um homem no fim da casa dos quarenta, com uma aparência comum. Quando viu Damen, fez uma mesura igual à que teria feito para o regente: profunda e sincera.

– Vossa majestade – disse Guion.

– E, simples assim, você mudou de lado.

Damen olhou para ele com desprazer. Guion não estava, até onde Damen podia ver, sob nenhum tipo de prisão. Ele tinha o controle do forte e ainda era, em muitos pontos, sua principal figura, mesmo que os homens de Laurent agora detivessem o poder. Qualquer que tivesse sido a barganha feita entre Guion e Laurent, ele recebera muita coisa em troca de sua cooperação.

– Eu tenho muitos filhos – disse Guion. – Mas o suprimento não é infinito.

Se Guion quisesse fugir, supôs Damen, suas opções eram limitadas. O regente não era um homem clemente. Guion tinha pouca escolha além de receber akielons em seus aposentos com cordialidade. O que era incômodo era a facilidade com que ele parecia ter se ajustado a essa mudança – o luxo de seus aposentos, a falta de qualquer consequência por tudo que ele havia feito.

Ele pensou nos homens mortos em Charcy, então pensou em Laurent, apoiando o peso do corpo sobre a mesa na tenda, a mão de Damen apertando o ombro e seu rosto pálido com a última expressão verdadeira que mostrara.

Damen fora ali para aprender o que pudesse sobre os planos do regente, mas apenas uma pergunta surgiu em seus lábios.

– Quem machucou Laurent em Charcy? Foi você?

— Ele não contou ao senhor?

Damen não havia falado sozinho com Laurent desde aquela noite na tenda.

— Ele não trai seus amigos.

— Não é um segredo. Eu o capturei a caminho de Charcy. Ele foi levado a Fortaine, onde negociou sua liberdade comigo. Quando chegamos a um acordo, ele tinha passado algum tempo como prisioneiro nas celas e tinha sofrido um pequeno acidente no ombro. A verdadeira baixa foi Govart. O príncipe acertou um golpe tremendo em sua cabeça. Ele morreu um dia depois, xingando médicos e garotos de alcova.

— Você pôs Govart — perguntou Damen — em uma cela com Laurent?

— Sim. — Guion estendeu as mãos. — Do mesmo jeito que ajudei a dar o golpe de Estado em seu país. Agora, é claro, você precisa de meu testemunho para reconquistar seu trono. Isso é política; o príncipe entende isso. Por isso se aliou com o senhor. — Guion sorriu. — Vossa majestade.

Damen se esforçou para falar com muita calma, tendo ido até ali para aprender com Guion o que não podia aprender com os próprios homens.

— O regente sabia quem eu era?

— Se ele sabia, mandá-lo para Vere foi um erro de cálculo e tanto de sua parte, não foi?

— Foi — confirmou Damen. Ele não ergueu os olhos de Guion. Observou o sangue se elevar e matizar as bochechas do homem.

— Se o regente sabia quem o senhor era — continuou Guion —,

então ele esperava que, quando o senhor chegasse em Vere, o príncipe o reconhecesse e fosse provocado a cometer um erro estúpido. Ou isso, ou ele queria que o príncipe o levasse para a cama. Descobrir o que tinha feito iria matá-lo. Para sua sorte, isso não aconteceu.

Ele olhou para Guion, repentinamente enjoado das palavras dúbias e dos acordos duplos.

– Você fez um juramento sagrado de manter o trono para seu príncipe. Em vez disso, se voltou contra ele por poder, por ganho pessoal. O que isso lhe valeu?

Pela primeira vez ele viu algo verdadeiro tremeluzir na expressão de Guion.

– Ele matou meu filho – disse Guion.

– Você matou seu filho – disse Damen – quando o jogou no caminho do regente.

◆ ◆ ◆

A experiência de Damen com uma tropa dividida significava que ele já sabia pelo que procurar: comida desviada, armas destinadas a uma facção redirecionadas a outra, desaparecimento de material essencial para as tarefas diárias do acampamento. Ele lidara com isso tudo no caminho de Arles para Ravenel.

Mas não havia lidado com Makedon. A primeira rodada ocorreu quando Makedon se recusou a aceitar as rações extras disponíveis para seu grupo de Fortaine. Akielons não precisavam ser mimados. Se os veretianos queriam se permitir comer toda aquela comida extra, eles que fizessem isso.

Antes que Damen abrisse a boca para responder, Laurent anunciou que iria alterar as provisões entre as próprias tropas para que não houvesse disparidade. Na verdade, todos, de soldados a capitães e reis, nas duas tropas, receberia a mesma porção, e essa porção seria determinada por Makedon. Será que Makedon podia lhes informar qual seria essa porção?

A segunda rodada foi uma briga que surgiu no acampamento akielon. O resultado: um akielon com o nariz sangrando, um veretiano de braço quebrado e Makedon sorrindo e dizendo que tudo não havia passado de uma competição amigável. Só um covarde temia competição.

Ele disse isso para Laurent. Laurent disse que, a partir daquele momento, qualquer veretiano que atingisse um akielon seria executado. Ele confiava na honra dos akielons, disse. Só um covarde batia em um homem que não tinha permissão de revidar.

Era como ver um javali tentando enfrentar o azul infinito do céu. Damen se lembrou da sensação de ser coagido a obedecer aos desejos de Laurent. Laurent nunca precisara usar a força para fazer com que os homens lhe obedecessem, assim como nunca precisara que os homens gostassem dele para realizar sua vontade. Laurent conseguia as coisas do seu jeito, porque, quando os homens tentavam resistir a ele, descobriam que haviam sido delicadamente superados e não conseguiam.

E, na verdade, eram apenas os akielons que murmuravam descontentamento. Os homens de Laurent haviam engolido a aliança. Na verdade, a forma como falavam sobre seu príncipe agora não era muito diferente de como falavam sobre ele antes: frio, gelado, só que agora gelado o bastante para ter trepado como o assassino de seu irmão.

— O juramento de fidelidade deve ser feito da maneira tradicional — disse Nikandros. — Um banquete à noite para os chefes guerreiros, seguido pelos esportes cerimoniais, as lutas de exibição e o okton. Nós nos reunimos em Marlas. — Nikandros pôs outro marcador na bandeja de areia.

— Uma localização forte — disse Makedon. — O forte em si é inexpugnável. Seus muros nunca foram vencidos, apenas se renderam.

Ninguém estava olhando para Laurent. Não teria importado se estivessem. Seu rosto não revelava nada.

— Marlas é um forte defensivo em larga escala, não muito diferente de Fortaine — disse Nikandros mais tarde para Laurent. — Grande o suficiente para abrigar tanto os nossos homens quanto os seus, com grandes alojamentos no interior. O senhor vai ver seu potencial quando chegarmos lá.

— Eu já estive lá antes — disse Laurent.

— Então está familiarizado com a área — disse Nikandros — Isso torna as coisas mais fáceis.

— Sim — disse Laurent.

Depois, Damen levou sua espada para os limites do acampamento para treinar, encontrando a clareira que preferia em um aglomerado de árvores e começando a série de exercícios que fazia toda noite.

Ali não havia barreiras para sua habilidade. Ele podia lutar até seus limites, atacar, girar, forçar-se a ser mais rápido. Na noite quente, sua pele logo formigou pelo suor. Ele se esforçou ainda mais nos movimentos incessantes, ação e reação que ancoravam tudo à carne.

Ele derramava tudo o que sentia no físico, na imitação de luta. Não conseguia se livrar do desconforto, sentia-o como uma pressão incessante. Quanto mais perto eles chegavam, mais forte ele ficava.

Será que eles ficariam em apartamentos anexos em Marlas, recebendo chefes guerreiros akielons a noite toda em tronos gêmeos?

Ele queria... Ele não sabia o que queria. Que Laurent tivesse olhado para ele quando Nikandros anunciou que eles iam viajar para o lugar onde, seis anos antes, Damen matara seu irmão.

Ele ouviu um som a oeste.

Arfando, ele parou. Coberto de suor, tornou a ouvir um leve riso abafado e então um silvo e um pancada, zombarias, um gemido baixo. Instantaneamente ele reconheceu o perigo: uma lança arremessada. Ainda assim, o riso era demasiado incauto, alto demais para um batedor inimigo. Não era um ataque. Um pequeno grupo devia ter rompido a disciplina do exército, saído às escondidas à noite para caçar ou se encontrar na mata. Ele achava que suas tropas fossem mais disciplinadas que isso.

Ele foi investigar, em silêncio, vigilante, além de uma série de troncos de árvore escuros. Um lampejo triste de culpa: ele sabia que aqueles homens desrespeitando o toque de recolher não estariam esperando que seu rei aparecesse para repreendê-los em pessoa. Sua presença era absurdamente desproporcional para o crime, pensou ele.

Até que chegou à clareira.

Um grupo de cinco soldados akielons tinha realmente deixado o acampamento para treinar arremesso de lança. Eles tinham levado um feixe de lanças e um alvo de madeira do acampamento. As lanças estavam no chão, facilmente alcançáveis. O alvo estava disposto contra um tronco de árvore. Eles estavam se revezando para arremessar de uma marca riscada com os pés na terra. Um deles estava assumindo sua posição na marca e sopesando uma lança.

Pálido, rígido de medo além do terror, havia um garoto com os braços e pernas abertos sobre a prancha de madeira do alvo, amarrado pelos pulsos e tornozelos. Pela camisa rasgada e aberta, o garoto era claramente um veretiano. E jovem – 18 ou 19 anos –, seu cabelo castanho-claro uma massa emaranhada, sua pele manchada com um hematoma que cobria um olho.

Algumas lanças já haviam sido arremessadas em sua direção. Elas se projetavam do alvo como alfinetes. Uma se erguia no espaço entre o braço e o tronco, uma à esquerda da cabeça. Os olhos do garoto estavam vidrados, e ele permanecia imóvel. Estava claro pelo número de lanças – e sua posição – que o objetivo daquele concurso era arremessar o mais perto do garoto possível, sem atingi-lo. O lançador levou o braço para trás.

Damen só conseguiu ficar parado e assistir quando o braço do arremessador se moveu rapidamente, e a lança começou seu arco puro e claro – incapaz de intervir caso um arremesso equivocado matasse o garoto. A lança cortou o ar e atingiu exatamente no alvo, entre as pernas do garoto, bem perto do seu corpo. Ela se projetou da madeira, grotescamente lasciva. O riso foi obsceno.

– E quem vai arremessar em seguida? – perguntou Damen.

O arremessador se virou, sua expressão desafiadora mudando

para outra de choque e descrença. Todos os cinco pararam e se deitaram de bruços no chão.

– De pé – ordenou Damen. – Como os homens que vocês pensam que são.

Ele estava com raiva. Os homens, ao se levantarem, talvez não reconhecessem isso. Eles não conheciam o jeito lento com que ele se aproximou, nem o tom calmo de sua voz.

– Digam-me – pediu ele. – O que estão fazendo aqui?

– Praticando para o okton – disse uma voz, e Damen olhou para eles, mas não conseguiu ver quem tinha falado. Quem quer que tivesse sido empalideceu depois de falar, porque estavam todos pálidos, todos com um aspecto nervoso.

Eles usavam os cintos com marcas que os identificavam como homens de Makedon (um corte para cada morte). Podiam até esperar obter a aprovação de Makedon pelo que tinham feito. E se portavam com uma expectativa desconfortável, como se estivessem incertos sobre a reação de seu rei e tivessem alguma esperança de que pudessem ser elogiados ou escapar sem repreensão.

Ele disse:

– Não falem de novo.

Ele foi até o garoto. A manga de sua camisa estava presa à árvore por uma lança. Sua cabeça estava sangrando onde uma segunda lança o arranhara. Damen viu os olhos do garoto ficarem sombrios de terror quando se aproximou, e a raiva era como ácido em suas veias. Ele segurou a lança entre as pernas do garoto e a arrancou. Em seguida, arrancou a lança ao lado de sua cabeça e a que estava prendendo a manga de sua camisa. Ele teve de sacar a espada para cortar as cordas do garoto, e ao som de metal a respiração do rapaz ficou alta e estranha.

O garoto estava machucado demais e não conseguiu aguentar o próprio peso quando a corda foi cortada. Damen o baixou até o chão. Mais tinha sido feito com ele do que a prática de tiro ao alvo. Mais tinha sido feito com ele que uma surra. Eles tinham posto um bracelete de ferro em torno de seu pulso esquerdo, como o de ouro que Damen usava – como o de ouro em torno do pulso de Laurent. Damen soube com uma sensação nauseante exatamente o que eles tinham feito com aquele garoto, e por quê.

O garoto não falava akielon. Ele não tinha ideia do que estava acontecendo, nem que estava seguro. Damen começou a falar com ele em veretiano, devagar, palavras calmantes, e, depois de um momento, o olhar do garoto focalizou ele com algo como compreensão.

O garoto disse:

– Diga ao príncipe que eu não reagi.

Damen se virou e, com voz firme, ordenou a um dos homens:

– Chame Makedon. Agora.

O homem foi. Os outros quatros ficaram no lugar enquanto Damen se abaixou sobre um joelho e se dirigiu ao garoto no chão outra vez. Com voz baixa e delicada, Damen fez com que ele continuasse falando. Os outros homens não observaram, porque eram soldados de baixo escalão e não tinham a permissão de olhar um rei no rosto. Seus olhos se desviaram.

Makedon não chegou sozinho; duas dúzias de seus homens estavam com ele. Depois vinha Nikandros, com duas dúzias de seus próprios homens. Em seguida, uma torrente de carregadores de tochas, preenchendo a clareira com luz alaranjada e chamas saltitantes. A expressão amarga de Nikandros mostrava que ele estava ali porque Makedon e seus homens podiam precisar de um contrapeso.

Damen disse:

— Seus soldados quebraram a paz.

— Eles serão executados — disse Makedon, depois de uma olhada superficial para o garoto veretiano ensanguentado. — Eles desonraram o cinto.

Ele estava sendo sincero. Makedon não gostava de veretianos e não gostava que seus homens se desonrassem diante de veretianos. Makedon não queria nenhum traço de superioridade moral veretiana. Damen podia ver isso nele, assim como podia ver que Makedon culpava os veretianos pelo ataque, pelo comportamento de seus homens, por ser repreendido por seu rei.

A luz alaranjada das tochas era impiedosa. Dois dos cinco homens lutaram e foram levados da clareira inconscientes. Os outros foram atados uns nos outros com pedaços da corda fibrosa áspera que tinha contido o garoto veretiano.

— Leve o garoto de volta para nosso acampamento — disse Damen para Nikandros, porque ele sabia exatamente o que ia acontecer se soldados akielons levassem o garoto ensanguentado e machucado de volta para os veretianos. — Chame Paschal, o médico veretiano. Depois informe ao príncipe de Vere o que aconteceu aqui. — Nikandros assentiu obedientemente, então partiu com o garoto e uma parte das tochas.

Damen disse:

– O resto de vocês está dispensado. Você, não.

A luz recuou e o som foi desaparecendo pelas árvores até ele estar sozinho com Makedon no ar da noite na clareira.

– Makedon do norte – disse Damen. – Você foi amigo de meu pai. Lutou com ele por quase 20 anos. Isso significa muito para mim. Eu respeito sua lealdade a ele, assim como respeito seu poder e preciso de seus homens. Mas se seus soldados ferirem um veretiano outra vez, você vai me encontrar atrás de uma espada.

– Exaltado – disse Makedon, fazendo uma mesura para esconder os olhos.

– Você caminha sobre uma linha tênue com Makedon – disse Nikandros quando Damen voltou ao acampamento.

– Ele caminha sobre uma linha tênue comigo – retrucou Damen.

– Ele é um tradicionalista e apoia você como verdadeiro rei, mas não adianta forçá-lo mais que isso.

– Não sou eu quem está forçando.

Ele não se retirou. Em vez disso, foi para a tenda onde o garoto veretiano estava sendo cuidado. Ele dispensou os guardas ali e esperou do lado de fora pela saída do médico.

À noite, o acampamento estava silencioso e escuro, mas essa tenda era marcada por uma tocha ardendo do lado de fora, e ele podia ver as luzes do acampamento veretiano a oeste. Estava consciente da estranheza de sua própria presença – um rei esperando diante de uma tenda como um cão por seu dono – mas se adiantou depressa quando Paschal emergiu da tenda.

– Vossa majestade – disse Paschal, surpreso.

– Como ele está? – perguntou Damen no silêncio estranho, encarando Paschal sob a luz das tochas.
– Hematomas, uma costela quebrada – disse Paschal. – Choque.
– Não, eu quis dizer...
Ele se calou. Depois de um longo momento, Paschal disse:
– Ele está bem. A ferida de faca estava limpa. Ele perdeu muito sangue, mas não há dano permanente. Ele se recuperou depressa.
– Obrigado – disse Damen. Ele se ouviu prosseguir: – Eu não espero... – Ele parou. – Sei que traí sua confiança e menti a você sobre quem eu sou. Não espero que me perdoe por isso.
Ele podia sentir a incongruência das palavras, o constrangimento no ar. Ele se sentiu estranho, sua respiração entrecortada.
– Ele vai conseguir montar amanhã? – perguntou.
– O senhor quer dizer para Marlas? – disse Paschal.
Houve uma pausa.
– Todos nós fazemos o que é preciso – respondeu Paschal.
Damen não disse nada. O médico prosseguiu depois de um momento:
– O senhor deve se preparar também. Só em Akielos vai conseguir confrontar os planos do regente.
Uma brisa noturna fresca passou sobre a pele dele.
– Guion diz não saber o que o regente planeja fazer em Akielos.
Paschal olhou para ele com olhos castanhos firmes.
– Todo veretiano sabe o que o regente planeja fazer em Akielos.
– E o que é?
– Governar – disse Paschal.

Capítulo sete

A PRIMEIRA COALIZÃO MILITAR de Vere e Akielos partiu de Fortaine de manhã, após a execução dos homens de Makedon. Houve muito poucos problemas; as execuções públicas foram boas para o moral dos soldados.

Mas não foram boas para o moral de Makedon. Damen observou o general se ajeitar na sela, depois puxar as rédeas com força. Os homens de Makedon eram uma linha de capas vermelhas se estendendo por metade da extensão da coluna.

As trombetas soaram. Os estandartes se ergueram. Os arautos assumiram suas posições. O arauto akielon estava à direita; o veretiano, à esquerda, seus estandartes cuidadosamente preparados para ficar da mesma altura. O arauto veretiano se chamava Hendric e tinha braços muito fortes, porque os estandartes eram pesados.

Damen e Laurent iam cavalgar lado a lado. Nenhum deles tinha o melhor cavalo. Nenhum deles tinha a armadura mais cara. Damen era mais alto, mas nada podia ser feito em relação a isso, dissera Hendric com uma expressão dura. Hendric, Damen estava aprendendo, tinha algo em comum com Laurent no sentido de que não era fácil saber quando estava brincando.

Ele levou seu cavalo até o lado do de Laurent, à frente da coluna. Era um símbolo da unidade dos dois, o príncipe e o rei cavalgando lado a lado, como amigos. Ele manteve os olhos na estrada.

— Em Marlas, vamos ficar em aposentos adjacentes — disse Damen. — É o protocolo.

— É claro — disse Laurent, com os olhos também na estrada.

Laurent não demonstrava nenhum sinal de agonia e se sentava ereto na sela, como se nada tivesse acontecido com seu ombro. Ele falava de modo encantador com os generais e até manteve uma conversa agradável quando Nikandros falou com ele.

— Espero que o garoto ferido tenha sido devolvido em segurança.

— Obrigado, ele voltou com Paschal — disse Laurent.

Para uma sálvia?, Damen abriu a boca para dizer, mas não disse.

Marlas ficava a um dia de viagem, e eles mantiveram um bom ritmo. O ar estava repleto de sons: uma fileira de soldados, batedores à frente, criados e escravizados atrás. Quando a coluna passou perto, pássaros alçaram voo e um rebanho de cabras fugiu pela encosta do morro.

Era de tarde quando eles chegaram ao pequeno posto de fronteira guarnecido pelos soldados de Nikandros e encimado por uma torre de sinalização akielon. Eles o atravessaram.

A paisagem do outro lado não parecia diferente; belos campos de relva, verdes graças a uma primavera com chuvas generosas, feridos nas bordas pela passagem deles. No momento seguinte, as trombetas soaram, triunfantes e solitárias ao mesmo tempo, o som puro absorvido pelo céu e pelo amplo espaço aberto à sua volta.

– Bem-vindo ao lar – disse Nikandros.

Akielos. Ele inalou uma lufada de ar akielon. Nos meses de cativeiro, pensara nesse momento. Não pôde evitar um olhar para Laurent ao seu lado, que tinha a postura e expressão relaxadas.

Eles passaram pela primeira das aldeias. Perto assim da fronteira, as fazendas maiores tinham muros de pedra externos rudimentares, e algumas eram como fortes improvisados, com postos de vigia ou sistemas de defesa bem testados. A passagem do exército não seria surpresa, e Damen estava preparado para que o povo de seu país reagisse a ele de várias maneiras.

Ele não havia esquecido que Delpha tinha se tornado uma província akielon havia apenas seis anos e que, antes disso, durante toda a vida, aqueles homens e mulheres tinham sido cidadãos de Vere.

Os rostos silenciosos se reuniam, mulheres, homens e crianças, em soleiras e sob toldos, esperando juntos o exército passar.

Tensos, com medo, eles tinham saído de suas casas para ver os primeiros estandartes veretianos que tremulavam ali em seis anos. Um deles fizera uma estrela rudimentar, com gravetos. Uma criança a ergueu, como a imagem que viu.

O estandarte de estrela significa alguma coisa aqui na fronteira, dissera Laurent.

Laurent não falava nada, cavalgando com as costas eretas à frente da coluna. Ele não reconheceu seu povo, com a língua, os costumes e as lealdades veretianos, fazendo sua vidinha na fronteira. Estava cavalgando com um exército de akielons que controlavam completamente aquela província. Manteve o olhar à frente, assim como Damen, que sentia a pressão permanente de seu destino a cada passo.

♦ ♦ ♦

Ele se lembrava exatamente do aspecto do lugar, e foi por isso que, inicialmente, não o reconheceu. A floresta de lanças quebradas havia desaparecido, e não havia sulcos escavados no chão, nenhum homem de rosto para baixo na lama revirada.

Marlas agora era uma vastidão de capim e flores silvestres no clima doce do verão, movendo-se de um lado para outro sob a brisa delicada. Aqui e ali um inseto zumbia um som sonolento. Uma libélula mergulhava e voava veloz. Os cavalos atravessavam o capim alto com dificuldade. Eles se juntaram à estrada larga, a luz do sol iluminando seu caminho.

Quando as colunas cruzaram os campos, Damen se viu à procura de alguma marca do que havia acontecido. Não havia nada. Ninguém deixara uma marca. Ninguém dizia: *Foi aqui.* Ficava pior à medida que eles se aproximavam, como se o único indício da batalha fosse a sensação em seu peito.

Então o forte surgiu à vista.

Marlas sempre tinha sido bonito. Era um forte veretiano em estilo grandioso, com muralhas e ameias elevadas, seus arcos elegantes dominando campos verdes.

Ainda parecia assim, a distância. O contorno de arquitetura veretiana prometia um interior de galerias altas e abertas, cobertas de entalhes, filigranas douradas e azulejos decorativos.

Damen se lembrou, de repente, do dia das cerimônias de vitória, da derrubada das tapeçarias, do retalhamento das bandeiras.

Agora, akielons se aglomeravam perto dos portões, homens e

mulheres se esforçando para ter um vislumbre de seu rei retornado. Soldados akielons enchiam o pátio interno, e estandartes akielons pendiam de cada ponto elevado, leões dourados sobre vermelho.

Damen olhou para o pátio. Os peitoris tinham sido destruídos e reformados. O trabalho em pedra fora arrancado; as pedras, levadas para uso em nova construção, os telhados e torres esplêndidos nivelados a um estilo akielon.

Damen disse a si mesmo que achava a ornamentação veretiana um desperdício. Em Arles, seus olhos imploraram por alívio, e ele desejara diariamente um trecho de parede lisa. Mas tudo o que podia ver agora era o andar vazio com seus azulejos removidos, o teto destruído, a pedra nua, dolorosamente limpa.

Laurent desceu do cavalo, agradecendo a Nikandros pelas boas-vindas. Ele passou pelas fileiras de soldados akielons em formação impecável.

No interior, os serviçais do forte se reuniram, entusiasmados e orgulhosos por conhecer e servir seu rei. Damen e Laurent foram apresentados juntos aos chefes dos serviçais que iam servi-los durante o tempo passado ali. Eles seguiram do primeiro conjunto de aposentos para o segundo, fazendo uma curva e chegando ao salão de observação.

Alinhados junto à parede havia doze escravizados.

Eles estavam dispostos em duas fileiras, prostrados, as testas contra o chão. Todos eram homens, variando talvez de 19 a 25 anos, com aparências distintas e colorações diferentes, seus olhos e lábios acentuados por maquiagem. Ao lado deles, o guardião dos escravizados estava à espera.

Nikandros franziu o cenho.

– O rei já declarou sua preferência por não ser atendido por escravos.

– Estes escravos são fornecidos para o uso do hóspede de nosso rei, o príncipe de Vere. – Kolnas, o guardião dos escravos, fez uma mesura respeitosa. Laurent caminhou adiante.

– Eu gosto daquele – disse Laurent.

Os escravizados estavam vestidos no estilo do norte, em sedas leves e diáfanas que pendiam dos elos de suas coleiras e cobriam muito pouco. Laurent estava indicando o terceiro escravizado à direita, uma cabeça escura e curvada.

– Uma escolha excelente – disse Kolnas. – Isander, aproxime-se.

Isander tinha pele oliva e era ágil como um cervo, com olhos e cabelos escuros: coloração akielon. Ele compartilhava isso com Nikandros, com Damen. Era mais novo que Damen, tinha 19 ou 20 anos. Homem – ou em deferência aos costumes veretianos ou para se adequar às supostas preferências de Laurent. Ele parecia o melhor de Nikandros, pensou Damen. Devia ser raramente dado a convidados. Não; ele era novo, nunca levado para a cama. Nikandros nunca ofereceria à realeza algo menos que a primeira noite de um escravizado.

Damen franziu o cenho. Isander estava corando profundamente com a honra de ser escolhido. A timidez irradiava dele, e o jovem se ergueu, em seguida ficou de joelhos à distância de um corpo dos outros, oferecendo-se com toda a graça delicada de um escravizado palaciano. Bem treinado demais para se colocar de modo ostentatório na frente de Laurent.

– Vamos prepará-lo e trazê-lo para o senhor mais tarde para sua primeira noite – disse Kolnas.

– Primeira noite? – perguntou Laurent.

– Escravos são treinados na arte do prazer, mas não se deitam com ninguém até sua primeira noite – disse Kolnas. – Aqui nós usamos o mesmo treinamento clássico estrito que é usado no palácio real. As habilidades são aprendidas por meio de instrução e praticadas com diferentes métodos. O escravo permanece inteiramente intocado, mantido puro para o primeiro uso do exaltado.

Os olhos de Laurent se ergueram até Damen.

– Eu nunca aprendi a comandar um escravo de alcova – disse Laurent. – Ensine-me.

– Eles não sabem falar veretiano, alteza – explicou Kolnas. – Na linguagem akielon, a forma simples de tratamento é apropriada. Ordenar qualquer ato de serviço é honrar um escravo. Quanto mais pessoal o serviço, maior a honra.

– É mesmo? Venha aqui – ordenou Laurent.

Isander se levantou pela segunda vez, um leve tremor percorrendo o corpo ao se aproximar o máximo que ousava antes de se jogar novamente no chão, o rosto queimando. Ele parecia um pouco atônito com a atenção. Laurent estendeu a ponta de sua bota.

– Beije-a – disse ele. Seus olhos estavam em Damen.

Sua bota era magnífica, suas roupas imaculadas mesmo depois da longa cavalgada. Isander beijou a ponta, depois o tornozelo. Damen percebeu que eram os lugares em que estaria a pele se ele estivesse usando uma sandália. Então, em um momento de ousadia indizível, Isander se debruçou e esfregou o rosto contra o couro da bota na panturrilha de Laurent, um sinal de intimidade e desejo de agradar.

– Bom garoto – disse Laurent, estendendo a mão para acariciar os cachos escuros de Isander, enquanto os olhos do escravizado se fechavam e ele corava.

Kolnas se orgulhou, satisfeito por sua seleção ter sido apreciada.

Damen podia ver que os criados do forte em torno deles também estavam satisfeitos, tendo se esforçado muito para fazer com que Laurent se sentisse bem-vindo. Eles tinham considerado com muito cuidado a cultura e as práticas veretianas. Todos os escravizados eram extremamente atraentes, e todos eram homens, de modo que o príncipe pudesse usá-los na cama sem ofender os costumes veretianos.

Era desnecessário. Havia ali duas dúzias de escravizados, enquanto o número de vezes que Laurent fizera sexo na vida provavelmente podia ser contado em uma das mãos. Laurent ia simplesmente arrastar 24 rapazes para seus aposentos para se sentarem sem fazer nada. Eles não conseguiriam nem desamarrar a roupa veretiana.

– Ele também pode me servir nos banhos? – perguntou Laurent.

– E no banquete desta noite, quando os chefes guerreiros vão prestar seu juramento. Se isso lhe agradar, alteza – disse Kolnas.

– Me agrada – disse Laurent.

◆ ◆ ◆

Estar em casa não devia ser assim.

Seus escudeiros o envolveram no traje convencional. Tecido enrolado na cintura e por cima do ombro, o tipo de vestimenta tradicional akielon que se podia desenrolar de uma pessoa pegando uma ponta e puxando enquanto ela girava. Eles levaram sandálias para seus pés e uma coroa de louros para sua cabeça, desempenhando os movimentos rituais em silêncio enquanto ele permanecia imóvel. Não era apropriado que eles falassem nem olhassem para sua pessoa.

Exaltado. Ele podia sentir o desconforto deles, sua necessidade de se humilhar; aquele tipo de proximidade com a realeza permitia apenas a submissão extrema de escravizados.

Ele mandara os escravizados embora. Mandara-os embora como os havia mandado embora no acampamento, e depois ficou parado no silêncio de sua suíte esperando pelos escudeiros.

Laurent, ele sabia, estava abrigado na suíte adjacente, separado dele por uma única parede. Damen estava nos aposentos do rei, que qualquer senhor que construía um forte instalava, na esperança de que o rei parasse ali. Mas mesmo o otimismo do antigo senhor de Marlas não conseguira conceber que os chefes de duas famílias reais visitariam simultaneamente. Para preservar seus planos de igualdade escrupulosa, Laurent ficou nos aposentos da rainha, além daquela parede.

Isander provavelmente estava cuidando dele, fazendo com entusiasmo o melhor que podia com os laços. Ele teria de soltar aqueles na nuca do traje de couro de montaria de Laurent antes de puxá-los por seus ilhoses. Ou Laurent havia levado Isander para os banhos para ser despido por ele ali. Isander ficaria corado de orgulho por ter sido escolhido para a tarefa. *Sirva-me.* Damen sentiu seus punhos se cerrarem.

Ele voltou a mente para questões políticas. Ele e Laurent iam encontrar os pequenos líderes provincianos do norte no salão, onde haveria vinho e um banquete, e os chefes guerreiros de Nikandros iam chegar, um a um, para jurar sua lealdade, aumentando as fileiras de seu exército.

Quando a última folha de louro foi arrumada, o último pedaço de tecido enrolado no lugar, Damen seguiu com os escudeiros até o salão.

Homens e mulheres se reclinavam em sofás, em meio a mesas espalhadas ou em bancos baixos acolchoados. Makedon se debruçava para escolher uma fatia de laranja descascada. Pallas, o belo oficial campeão, estava reclinado com a postura relaxada que revelava seu sangue aristocrático. Straton tinha erguido as saias e apoiado as pernas sobre o sofá, cruzando-as nos tornozelos. Todo mundo cujo *status* ou posição lhe dava o direito de estar presente estava reunido, e com todo nortista de posição ali para prestar seu juramento, o salão estava lotado.

Os veretianos presentes estavam, em sua maioria, parados de pé em pequenos grupos, um ou outro empoleirado com cuidado na beira de um assento.

E, por todo o salão, havia escravizados.

Escravizados com tecidos amarrados na cintura carregavam iguarias em pratinhos. Escravizados abanavam convidados akielons reclinados com folhas de palmeiras trançadas. Um escravizado enchia uma taça rasa de vinho para um nobre akielon. Outro segurava uma pequena tigela de água de rosas, e uma mulher akielon enfiou os dedos nela sem sequer olhar para o homem. Ele ouviu as cordas dedilhadas de uma kithara e vislumbrou os passos contidos de uma dança de escravizados, apenas por um momento, antes de passar pelas portas.

Quando Damen entrou, o salão ficou em silêncio.

Não houve floreio de trombetas nem o anúncio de um arauto, como haveria em Vere. Ele apenas entrou, e todos foram para o chão. Convidados se ergueram de seus sofás, em seguida se abaixaram colocando as testas na pedra. Escravizados deitaram de bruços. Em Akielos, reis não elevavam seu *status*. Cabia àqueles à sua volta se rebaixarem.

Laurent não se levantou. Ele não tinha que fazer isso. Só observou de seu sofá, onde se reclinava enquanto o salão se prostrava. Ele tinha se posicionado de maneira elegante, com o braço pendurado nas costas do sofá e a perna puxada para cima, revelando o arco de uma coxa ricamente vestida. Seus dedos pendiam. Seda se dobrava em torno de seu joelho.

Isander estava prostrado a dois centímetros das pontas soltas dos dedos de Laurent, seu corpo flexível nu. Ele vestia um traje pequeno, como uma roupa masculina vaskiana. A coleira se encaixava nele como uma segunda pele. Laurent estava relaxado, cada linha de seu corpo arrumada com bom gosto sobre o sofá.

Damen se fez caminhar através do silêncio. Dois sofás gêmeos estavam ao lado um do outro.

– Irmão – cumprimentou Laurent de forma agradável.

Os olhos de todos no salão estavam sobre ele. Ele sentiu seus olhares, sua curiosidade insuficientemente satisfeita. Ele ouviu os murmúrios – *É ele mesmo, Damianos, vivo e aqui* – acompanhados pelos olhares insolentes, que se voltavam para ele, para a algema de ouro em seu pulso, para Laurent em suas roupas veretianas como um ornamento exótico – *Então esse é o príncipe veretiano*. E por baixo de tudo, a especulação nunca dita em voz alta.

Diante disso, Laurent estava escrupulosamente correto, seu comportamento imaculado – mesmo seu uso do escravizado era um gesto de etiqueta impecável. Em Akielos, um anfitrião ficava satisfeito quando um hóspede aceitava sua hospitalidade. E agradava ao povo akielon que sua família real tivesse escravizados, um sinal de virilidade e poder e causa de grande orgulho.

Damen se sentou, demasiado consciente de Laurent ao seu lado. Dali, podia ver a extensão do salão, um mar de cabeças curvadas. Ele gesticulou, indicando que os presentes deviam se erguer. Viu Barieus de Mesos, o primeiro dos chefes guerreiros depois de Makedon, um homem na casa dos 40 anos com cabelo escuro e uma barba bem aparada. Viu Aratos de Charon, que fora até Marlas com 600 homens. Euandros de Itys, que trouxera uma pequena unidade de arqueiros, estava parado de braços cruzados no fundo do salão.

– Chefes guerreiros de Delpha. A essa altura, vocês viram as provas de que Kastor matou o rei, nosso pai. Vocês sabem da aliança dele com o usurpador, o regente de Vere. Neste momento, o regente tem tropas posicionadas em Ios, prontas para tomar Akielos. Esta noite pedimos seu compromisso para combatê-las ao nosso lado, e ao lado de nosso aliado, Laurent de Vere.

Houve uma pausa desconfortável. Makedon e Straton haviam lhe jurado fidelidade em Ravenel, mas isso tinha sido antes de sua aliança com Laurent. Ele estava pedindo a esses homens que aceitassem Laurent e Vere sem discussão, menos de uma geração depois da guerra.

Barieus deu alguns passos à frente.

– Eu quero garantias de que Vere não detém *influência indevida* sobre Akielos.

Influência indevida.

– Fale claramente.

– Dizem que o príncipe de Vere é seu amante.

Silêncio. Ninguém teria ousado falar desse jeito na corte de seu pai. Era um sinal da volatilidade daqueles líderes militares, de seu ódio por Vere – da própria posição precária de Damen. Ele se encheu de raiva com a pergunta.

– Quem levamos para nossa cama não é da sua conta.

– Se nosso rei leva Vere para a cama, é de nossa conta – retrucou Barieus.

– Devo dizer a eles o que realmente aconteceu entre nós? Eles querem saber – disse Laurent.

Então começou a desamarrar o punho de sua manga, puxando os laços pelos ilhoses, depois abrindo o tecido para expor o pulso fino – e o inconfundível dourado do bracelete de escravizado.

Damen sentiu o burburinho chocado circular pelo salão, permeado por um sentimento oculto e lascivo. Ouvir que o príncipe de Vere usava um bracelete de escravizado akielon era diferente de ver. O escândalo era imenso, o bracelete de ouro um símbolo de posse da família real akielon.

Laurent apoiou o pulso elegantemente sobre o braço curvo do

sofá, a manga aberta lembrando uma gola delicada com os laços pendurados.

– Eu entendi direito a pergunta? – perguntou Laurent, falando em akielon. – Você está perguntando se eu me deito com o homem que matou meu próprio irmão?

Laurent usava o bracelete de escravizado com indiferença absoluta. Ele não tinha dono; a arrogância aristocrática de sua postura proclamava isso. Laurent sempre possuíra a qualidade essencial dos intocáveis. Ele apresentava uma graça impecável no sofá onde se reclinava, com o perfil cinzelado e os olhos de mármore de uma estátua. A ideia de que deixava qualquer um fodê-lo era inconcebível.

Barieus disse:

– Um homem teria de ser frio como gelo para dormir com o assassino de seu irmão.

– Então você tem sua resposta – disse Laurent.

Houve silêncio, enquanto Laurent olhava nos olhos de Barieus.

– Sim, *exaltado*.

Barieus fez uma mesura com a cabeça, inconscientemente usando o akielon *exaltado* em vez dos títulos veretianos de *alteza* ou *majestade*.

– Então, Barieus? – perguntou Damen.

Barieus se ajoelhou a dois passos do tablado.

– Eu juro fidelidade. Vejo que o príncipe de Vere está ao seu lado. É certo que façamos nosso juramento ao senhor aqui, no local de sua maior vitória.

Ele suportou os juramentos.

Ele expressou seus agradecimentos aos chefes guerreiros e, quando chegou a comida, sinalizando o fim dos juramentos e o início do banquete, demonstrou sua gratificação.

Escravizados trouxeram a comida. Escudeiros serviam Damen, já que ele deixara claras suas preferências. Era um arranjo estranho que desagradava a todos no salão.

Isander serviu Laurent. O escravizado estava completamente apaixonado por seu mestre. Ele se esforçava continuamente para se sair bem, selecionando cada iguaria para Laurent provar, levando a ele só o melhor, em pratos pequenos e rasos, e renovando a tigela de água para Laurent limpar os dedos. Fazia isso tudo de forma perfeita, com atenção discreta, sem jamais atrair atenção para si mesmo.

Seus cílios chamavam atenção para si mesmos. Damen se obrigou a olhar para outro lugar.

Dois escravizados estavam assumindo posição no centro do salão, um com uma kithara, o outro parado ao seu lado – um escravizado mais velho, escolhido por sua habilidade em recitar.

Laurent disse:

– Toquem *A queda de Inachtos*. – Um murmúrio de aprovação percorreu o salão. Kolnas, o guardião dos escravizados, parabenizou Laurent por seu conhecimento de épicos akielons. – É um de seus favoritos, não é? – perguntou Laurent, transferindo seu olhar para Damen.

Era um de seus favoritos. Ele o pedira incontáveis vezes, em noites como aquela, nos salões de mármore de sua casa. Ele sempre gostara da descrição de akielons matando seus inimigos, enquanto

Nisos cavalgava para matar Inachtos e tomar sua cidade murada. Não queria ouvi-lo agora.

> *Separado de seus irmãos*
> *Inachtos ataca Nisos sem sucesso*
> *Onde mil espadas*
> *Falharam, Nisos ergue uma*

As notas comoventes da canção de batalha arrancaram uma onda de aprovação dos chefes guerreiros, e seu apreço por Laurent crescia a cada estrofe. Damen pegou uma taça de vinho. Encontrou-a vazia. Sinalizou.

O vinho chegou. Quando pegou a taça, viu Jord se aproximar do lugar onde Guion estava sentado com a esposa, Loyse, à esquerda de Damen. Foi Loyse e não Guion que Jord abordou. Ela olhou para ele de forma superficial.

– Sim?

Houve uma pausa desconfortável.

– Eu só queria dizer... que sinto muito por sua perda. Seu filho era um bom lutador.

– Obrigada, soldado.

Ela deu para ele a atenção mínima que uma dama daria a qualquer criado, e se voltou para retomar a conversa com o marido.

Antes que percebesse, Damen havia erguido a mão e chamado Jord até ele. Ao se aproximar do tablado, Jord se prostrou três vezes, tão sem jeito quanto um homem vestindo uma armadura nova. Damen se ouviu dizer:

– Você tem bons instintos.

Era a primeira vez que ele falava com Jord desde a batalha em Charcy. Ele sentia o quanto aquilo era diferente das noites em que eles se sentavam ao redor da fogueira trocando histórias. Sentia o quanto tudo era diferente. Jord o encarou por um longo momento, em seguida indicou Laurent com o queixo.

– Fico feliz que os dois sejam amigos.

Havia muita claridade. Ele entornou a taça de vinho.

– Achei que, quando ele soubesse do senhor, fosse jurar vingança – disse Jord.

– Ele sempre soube – disse Damen.

– É bom que os senhores possam confiar um no outro – disse Jord. Em seguida: – Acho que, antes de sua chegada, ele não confiava em ninguém.

Damen disse:

– Não, não confiava.

O riso ficou mais alto, espocando em explosões pelo salão. Isander estava levando para Laurent um cacho de uvas em um pratinho. Laurent disse algo em aprovação e gesticulou para que Isander se juntasse a ele no sofá onde estava reclinado. O escravizado animou-se, tímido e encantado. Enquanto Damen observava, Isander pegou uma única uva do cacho e, em seguida, levou-a aos lábios de Laurent.

Laurent se inclinou para frente. Entrelaçou um dedo num cacho do cabelo de Isander e permitiu que ele o alimentasse, uva por uva – um príncipe com um novo favorito. Do outro lado do salão, Damen viu Straton dar um tapinha no ombro de um escravizado que o servia, um sinal de que queria se retirar discretamente e desfrutar das atenções do escravizado em particular.

Ele ergueu o vinho às cegas. A taça estava vazia. Straton não era o único akielon partindo com um escravo; homens e mulheres por todo o salão estavam se servindo. O vinho e os escravizados encenando a batalha estavam derrubando inibições. Vozes akielons ficaram mais altas, encorajadas pela bebida.

Laurent se debruçou um pouco mais para murmurar alguma coisa intimamente no ouvido de Isander, então, quando a recitação chegou a seu clímax, o confronto de espadas como um martelar em seu peito, Damen viu Laurent dar um tapinha no ombro de Isander e se levantar.

Aposto que você nunca pensou que um príncipe pudesse sentir ciúme de um escravo. Neste momento, eu trocaria de lugar com você no ato. Palavras de Torveld.

Ele disse:

– Com licença.

Toda a corte ao seu redor se ergueu quando ele levantou do trono-sofá. Ao tentar sair atrás de Laurent, ele ficou preso na cerimônia, o salão uma massa apertada e sufocante de corpos e ruídos e, quando uma cabeça loura desapareceu na direção da porta, ele foi detido por grupo atrás de grupo bloqueando seu caminho. Ele devia ter trazido um escravizado, aí a multidão teria se desfeito, entendendo que o rei desejava privacidade.

O corredor estava vazio quando Damen por fim saiu. Seu coração estava batendo forte. Ele fez a primeira curva e pegou uma seção da passagem, esperando captar a figura de Laurent se distanciando. Em vez disso, viu um arco completamente limpo, todos os ornamentos veretianos removidos.

Sob o arco ele viu Isander, parado com seus olhos de cervo, parecendo confuso e abandonado.

Sua confusão era tal que por um momento ele apenas encarou Damen de olhos arregalados antes de entender o que estava acontecendo, então se dobrou no chão, com a testa sobre a pedra.

Damen perguntou:

– Onde está ele?

Isander era bem treinado, mesmo que nada estivesse acontecendo como ele esperava naquela noite; e mesmo que, um tanto mortificado, estivessem pedindo a ele que relatasse esse fato a seu rei.

– Sua alteza de Vere saiu para cavalgar.

– Cavalgar para onde?

– Nos estábulos, um cavalariço pode saber de seu destino. Este escravo pode perguntar.

Uma cavalgada, à noite, sozinho, deixando um banquete em sua honra.

– Não – disse Damen. – Eu sei aonde ele foi.

◆ ◆ ◆

À noite, nada parecia igual. Era uma paisagem de memória. De velhas pedras e rochas suspensas, de reinos caídos.

Damen deixou o castelo e cavalgou na direção do campo de que se lembrava, onde 10 mil akielons tinham enfrentado o exército veretiano. Ele guiou o cavalo com cuidado pelo solo irregular.

Uma laje de pedra inclinada, um fragmento de escada; espalhadas por Marlas havia as ruínas de algo mais velho, mais antigo que a batalha, um testemunho silencioso de arcos quebrados e muros desabados cobertos de musgo.

Ele se lembrava desses blocos de pedra que eram meio parte da terra, se lembrava de como as linhas de frente tinham de desviar e se separar ao seu redor. Elas eram anteriores à batalha, e eram anteriores a Marlas, resquícios de um império havia muito morto. Eram uma estrela-guia para a lembrança, um marcador do passado em um campo que podia ter apagado tudo.

Mais perto; a aproximação era difícil porque estava carregada de lembranças. Ali era o lugar onde seu flanco esquerdo caíra. Ali era o lugar onde ele ordenara que os homens atacassem as linhas que não caíam, o estandarte de estrela que não vacilava. Ali era o lugar onde ele tinha matado os últimos membros da Guarda do Príncipe e ficado cara a cara com Auguste.

Ele apeou do cavalo e passou as rédeas por cima de uma enorme coluna rachada. A paisagem era antiga, e os pedaços de pedra eram antigos; e ele se lembrava desse lugar, se lembrava do solo despedaçado e do desespero da luta.

Depois de passar por uma última saliência de pedra, ele viu a curva de um ombro ao luar, o branco de uma camisa solta. Com os trajes externos removidos, pulsos e a garganta estavam expostos. Laurent estava sentado em um afloramento rochoso. De modo atípico, sua jaqueta tinha sido descartada. Ele estava sentado sobre ela.

Uma pedra deslizou sob o calcanhar de Damen. Laurent se virou. Por um momento, olhou para ele de olhos arregalados e jovens, em seguida a expressão mudou, como se o universo tivesse cumprido uma promessa inevitável.

— Ah — disse ele. — Perfeito.

Damen disse:

— Achei que talvez você pudesse querer...

— Querer?

— Um amigo — disse Damen. Ele usou as palavras de Jord. Sentia um aperto no peito. — Se preferir que eu vá, eu vou.

— Por que sofismar? — perguntou Laurent. — Vamos trepar.

Ele disse isso com a camisa desamarrada, o vento provocando-o com a abertura do tecido. Eles olharam um para o outro.

— Não foi isso o que eu quis dizer.

— Talvez não, mas é o que você deseja — disse Laurent. — Você deseja foder comigo.

Qualquer outra pessoa estaria bêbada. Laurent estava perigosamente sóbrio. Damen se lembrou da sensação de uma palma contra seu peito, empurrando-o para trás na cama.

— Você tem pensado nisso desde Ravenel. Desde Nesson.

Ele conhecia esse estado de ânimo. Devia ter esperado por isso. Ele se obrigou a dizer as palavras:

— Eu vim porque achei que você talvez quisesse conversar.

— Não particularmente.

Ele disse:

— Sobre seu irmão.

— Eu nunca fodi com meu irmão — disse Laurent, com um tom estranho. — Isso é incesto.

Eles estavam parados no local onde o irmão dele havia morrido.

Com uma sensação desorientadora, Damen percebeu que eles não iam falar sobre aquilo. Eles iam falar sobre *isso*.

– Você tem razão – disse Damen. – Tenho pensado nisso desde Ravenel. Não consigo parar de pensar nisso.

– Por quê? – disse Laurent. – Fui assim tão bom?

– Não. Você fodeu como um virgem – disse Damen. – Metade do tempo. Na outra metade...

– Como se eu soubesse o que fazer?

– Como se você soubesse ao que estava acostumado.

Ele viu o impacto das palavras. Laurent se balançou, como se tivesse recebido um golpe.

Laurent disse:

– Não tenho certeza se consigo lidar com seu tipo particular de honestidade no momento.

– Não prefiro sofisticação na cama, se você estava se perguntando.

– Isso mesmo – disse Laurent. – Você gosta das coisas simples.

Ele suspirou e se ergueu, exposto, despreparado. *Você vai usar até isso contra mim?*, queria dizer, mas não disse. A respiração de Laurent também estava entrecortada enquanto ele mantinha sua posição.

– Ele morreu bem – Damen se forçou a dizer. – Lutou melhor do que qualquer homem que eu conheci. Foi uma luta justa, e ele não sentiu dor. O fim foi rápido.

– Como eviscerar um porco?

Damen se sentia atordoado. Ele mal ouviu o som estrondoso. Laurent se virou bruscamente para o escuro, onde o som estava ficando mais alto – batidas de cascos trovejando mais perto.

– Você mandou seus homens procurarem por mim também? – perguntou Laurent, a boca se retorcendo.

– Não – disse Damen, e empurrou Laurent para fora de vista, até o abrigo de um dos enormes blocos de pedra em ruínas.

No segundo seguinte, a tropa estava sobre eles, pelo menos 200 homens, deixando o ar denso com a passagem de cavalos. Damen apertou Laurent com força contra a rocha e o segurou no lugar com seu corpo. Os cavaleiros não reduziram o ritmo, mesmo naquele solo irregular, no escuro, e qualquer homem em seu caminho seria pisoteado, derrubado, chutado de casco para casco. A descoberta era uma ameaça real, a rocha estava fria sob a palma das mãos e o ar estremecia com as batidas de cascos e carne de cavalo pesada e letal.

Ele podia sentir Laurent contra si, sua tensão mal contida, adrenalina misturada com aversão pela proximidade, a vontade de se soltar e se afastar contida pela necessidade.

Ele pensou de repente na jaqueta de Laurent, jogada no afloramento, e nos cavalos deles, amarrados à curta distância. Se fossem descobertos, isso podia significar captura, ou pior. Eles não tinham como saber quem eram aqueles homens. Os dedos dele se cravaram na pedra, sentindo o musgo e as partes que se desfaziam por baixo. Cavalos disparavam à volta deles como a torrente de um rio.

Então se foram, passando por eles tão rapidamente quanto tinham chegado, desaparecendo pelos campos na direção de um destino a oeste. As batidas de cascos se afastaram. Damen não se mexeu; sentia o peito deles apertados um contra o outro, a respiração entrecortada de Laurent contra seu ombro.

Ele se sentiu empurrado para trás quando Laurent se desvencilhou e deu as costas para ele, respirando com dificuldade.

Damen virou com a mão sobre a pedra e o olhou através da paisagem de formas estranhas. Laurent não se voltou novamente para ele, apenas ficou parado, imóvel. Damen o via outra vez como um contorno pálido em uma camisa fina.

– Sei que você não é frio – disse Damen. – Não estava frio quando mandou me amarrar no tronco. Não estava frio quando me empurrou sobre sua cama.

– Precisamos ir – falou Laurent, sem olhar para ele. – Não sabemos quem eram aqueles cavaleiros, nem como eles passaram por nossos batedores.

– Laurent...

– Uma luta justa? – perguntou Laurent, se voltando novamente para ele. – Nenhuma luta nunca é justa. Alguém sempre é mais forte.

Então sinos começaram a soar, o som de um alerta, as sentinelas reagindo com atraso à presença de cavaleiros desconhecidos. Laurent se abaixou para pegar sua jaqueta e a vestiu, deixando os laços soltos. Damen foi até os dois cavalos e soltou suas rédeas da coluna de pedra. Laurent montou em sua sela sem dizer nada, golpeou o cavalo com os calcanhares, e os dois galoparam forte até Marlas.

Capítulo Oito

Podia não ter sido nada, apenas uma incursão. Foi decisão de Damen seguir os cavaleiros, o que significava arrastar homens para sair a cavalo sob a luz mortiça anterior à alvorada. Eles saíram de Marlas e seguiram para oeste, pelos campos vastos. Mas não encontraram nada – até que chegaram à primeira aldeia.

Primeiro, eles sentiram o cheiro. O aroma denso e ácido de fumaça soprada do sul. As fazendas nos arredores estavam desertas e enegrecidas pelo fogo, que ainda ardia em brasa em alguns lugares. Havia grandes faixas de terra calcinada que assustaram os cavalos com seu calor surpreendente quando eles passaram.

Foi pior quando eles entraram na própria vila apertada. Comandante experiente, Damen sabia o que acontecia quando soldados passavam por terras povoadas. Se recebessem um alerta, velhos e jovens, mulheres e homens corriam para a região ao redor, abrigando-se nas colinas com suas melhores vacas ou provisões. Se não recebessem alerta, ficavam à mercê do líder da tropa, o mais benevolente dos quais faria seus homens pagarem pelas provisões que levassem e pelas filhas e filhos dos quais se aproveitassem. No início.

Mas isso era diferente da vibração de cascos à noite, de criar confusão sem chance de fuga, dando tempo apenas para bloquear as portas. Se abrigar dentro de casa teria sido instintivo, mas não útil. Quando os soldados ateassem fogo nas casas, eles teriam de sair.

Damen desmontou do cavalo, os calcanhares esmagando a terra enegrecida, e olhou para o que restava da aldeia. Laurent estava freando atrás dele, uma forma pálida e magra ao lado de Makedon e dos akielons que o acompanhavam sob a luz fraca do amanhecer.

Havia uma familiaridade amarga tanto nos rostos veretianos quanto nos akielons. Breteau tinha ficado assim. E Tarasis. Aquela não era a única aldeia desprotegida arruinada em um ataque naquela luta.

– Mande um grupo seguir os cavaleiros. Nós paramos aqui para enterrar os mortos.

Enquanto falava, Damen viu um soldado soltar um cachorro da corrente que esticava. De cenho franzido, observou o animal correr pela aldeia até parar em uma das construções mais distantes e arranhar a porta.

Sua testa se franziu ainda mais. A construção ficava longe do aglomerado de casas. Permanecia intacta. A curiosidade o atraiu para mais perto, as botas ficando manchadas de cinzas. O cachorro estava ganindo, um som agudo e metálico. Ele pôs a mão na porta da construção e viu que ela não cedeu. Estava trancada por dentro.

Atrás dele, uma voz hesitante de menina disse:

– Não há nada aí. Não entrem.

Ele se virou. Era uma criança de cerca de 9 anos, de gênero indeterminado, talvez uma menina. De rosto branco, ela tinha se erguido da pilha de lenha apoiada contra a parede da construção.

– Se não há nada aí, por que não entrar? – A voz de Laurent. Aquela lógica calma e de enfurecer enquanto ele se aproximava, também a pé. Três soldados veretianos vinham com ele.

Ela disse:

– É apenas um barracão.

– Olhe... – Laurent se apoiou sobre um joelho diante da garota e mostrou a ela a estrela em seu anel. – Nós somos amigos.

Ela disse:

– Meus amigos estão mortos.

– Arrombem a porta – ordenou Damen.

Laurent segurou a garota. Foram necessários dois impactos do ombro de um soldado antes que a porta cedesse. Damen transferiu a mão do cabo da espada para o cabo da faca e foi o primeiro a entrar no espaço confinado.

O cachorro entrou correndo ao lado dele. Lá dentro, um homem estava deitado no chão de terra forrado com palha, a extremidade quebrada de uma lança se projetando de seu estômago, e uma mulher, parada entre ele e a porta, armada com nada além da outra extremidade da lança.

O local cheirava a sangue. Tinha encharcado a palha onde, pálido, o rosto do homem estava se transformando com o choque.

– Meu senhor – disse ele, e com uma lança na barriga tentou se levantar sobre um braço para se erguer para seu príncipe.

Ele não estava olhando para Damen. Estava olhando além dele, para Laurent, parado na porta.

Laurent disse, sem se virar:

– Chamem Paschal. – Ele entrou no espaço rústico e passou

pela mulher, apenas botando a mão sobre o cabo da lança que ela segurava e tirando-o do caminho. Então se ajoelhou sobre o chão de terra, onde o homem tinha desabado novamente sobre a palha. Ele estava olhando para Laurent com reconhecimento.

— Eu não consegui detê-los — disse o homem.

— Deite-se — disse Laurent. — O médico está vindo.

O homem respirava ruidosamente. Estava tentando dizer que era um antigo empregado de Marlas. Damen olhou em torno do ambiente pequeno e miserável. Aquele velho tinha lutado pelos aldeões contra soldados jovens e montados. Talvez fosse o único ali com algum treinamento, embora qualquer treinamento que tivesse pertencesse ao passado. Ainda assim, tinha lutado. Aquela mulher e sua filha tinham tentado ajudá-lo, depois escondê-lo. Não importava. Ele ia morrer daquela lança.

Tudo isso estava na mente de Damen quando ele se virou. Podia ver o rastro de sangue. A mulher e a garota tinham arrastado o homem do lado de fora até ali. Ele pisou sobre o sangue e se ajoelhou como Laurent em frente à garota.

— Quem fez isso? — A princípio, ela não disse nada. — Juro a você que vou encontrá-los e fazê-los pagar.

Ela o olhou nos olhos. Ele achou que ia ouvir fragmentos assombrados pelo medo, uma descrição truncada; que ia descobrir, no máximo, a cor de uma capa. Mas a garota disse o nome com clareza, como se o tivesse entalhado em seu coração.

— Damianos — disse ela. — Damianos fez isso. Ele disse que era sua mensagem para Kastor.

❖ ❖ ❖

Quando ele saiu do barracão, a paisagem perdeu a cor, ficando cinza. Ele estava com a mão apoiada sobre um tronco de árvore quando voltou a si. Seu corpo tremia de raiva. Soldados gritando seu nome haviam passado por ali no escuro. Tinham matado aldeões com espadas, queimado pessoas em suas casas, um ato planejado com a intenção de prejudicá-lo politicamente. Seu estômago se contraiu como se ele estivesse passando mal. Damen sentiu dentro de si algo sombrio e sem nome pelas táticas daqueles que ele enfrentava.

Uma brisa farfalhou as folhas. Olhando ao redor, meio cego, ele viu que tinha chegado a um pequeno bosque, como se procurasse escapar da aldeia. Era tão longe do barracão que ele não tinha mandado nenhum de seus homens ali, de modo que foi o primeiro a ver. Ele viu antes que sua cabeça tivesse se clareado de verdade.

Havia um cadáver perto da linha das árvores.

Não era o corpo de um aldeão. De rosto para baixo, era um homem de armadura, estendido em um ângulo não natural. Damen se afastou da árvore e se aproximou, o coração batendo forte de raiva. Ali estava a resposta, um criminoso. Ali estava um dos homens que haviam atacado aquela aldeia. Rastejara até ali para morrer, sem ser notado por seus companheiros. Damen rolou o cadáver rígido com a ponta da bota, de modo que ele ficou de rosto para cima, exposto para o céu.

O soldado tinha os traços de um akielon, e em torno da cintura portava um cinto com marcas.

Damianos fez isso. Ele disse que era sua mensagem para Kastor.

Ele se moveu antes de tomar consciência disso. Passou pelas construções mais distantes, passou por seus homens cavando buracos para os mortos, o chão chamuscado sob seus pés ainda surpreendentemente quente. Viu um homem limpando o rosto suado e sujo de cinzas com a manga. Viu um homem arrastando algo sem vida na direção do primeiro dos buracos abertos. Fechou o punho no tecido em torno do pescoço de Makedon e o empurrou para trás antes que pudesse pensar.

– Vou lhe dar a honra de um julgamento por combate – disse Damen –, antes de matá-lo pelo que fez aqui.

– Você lutaria comigo?

Damen sacou a espada. Soldados akielons estavam se reunindo, metade deles homens de Makedon, todos usando o cinto.

Como o cadáver. Como todos os soldados que haviam matado naquela aldeia.

– Saque – disse Damen.

– Por quê? – Makedon deu um olhar de desprezo ao redor. – Veretianos mortos?

– Saque – disse Damen.

– Isso é coisa do príncipe. Ele voltou você contra seu próprio povo.

– Não fale – disse Damen. – A menos que seja em contrição antes que eu o mate.

– Não vou fingir remorso por mortos veretianos.

Makedon sacou.

Damen sabia que Makedon era um campeão, o guerreiro invicto do norte. Mais de 15 anos mais velho, dizia-se que fazia uma marca em seu cinto a cada cem mortes. Homens de toda a aldeia estavam largando pás e baldes e se reunindo.

Alguns deles – soldados de Makedon – conheciam a habilidade de seu general. O rosto de Makedon era o de um homem mais velho prestes a dar uma lição no arrivista. Isso mudou quando suas espadas se encontraram.

Makedon preferia o estilo brutal popular no norte, mas Damen era forte o suficiente para enfrentar seus ataques potentes com duas mãos e igualá-los, sem a necessidade de usar sua velocidade e técnica superiores. Ele enfrentou Makedon em um duelo de forças.

O primeiro embate mandou Makedon cambaleante para trás. O segundo arrancou sua espada das mãos.

O terceiro trouxe morte em aço para cortar o pescoço de Makedon.

– *Pare!*

A voz de Laurent atravessou a luta, ecoando com um comando inconfundível.

Makedon havia desaparecido. Laurent estava ali, em vez dele. Laurent empurrara Makedon para trás na terra, e a espada de Damen estava se movimentando na direção do pescoço exposto de Laurent.

Se Damen não tivesse obedecido, todo seu corpo reagindo ao comando sonoro, ele teria cortado a cabeça de Laurent.

Mas no instante em que ouviu a ordem de Laurent, o instinto reagiu, puxando cada tendão. Sua espada parou a um fio de cabelo do pescoço de Laurent.

Damen ofegava. Laurent havia aberto caminho sozinho até o campo de batalha improvisado. Seus homens, correndo atrás dele, tinham parado no perímetro de observadores. O aço deslizou sobre a pele fina do pescoço de Laurent.

— Mais um centímetro e você governaria dois reinos — disse Laurent.

— Saia de meu caminho, Laurent. — A voz de Damen raspava na garganta.

— Olhe ao redor. Esse ataque foi planejado a sangue-frio, projetado para desacreditá-lo com seu próprio povo. Makedon pensa assim?

— Ele matou em Breteau. Destruiu toda uma aldeia em Breteau, do mesmo jeito.

— Em retaliação pelo ataque de meu tio em Tarasis.

— Você o está defendendo?

— Qualquer um pode cortar uma marca em um cinto.

Ele apertou a espada com mais força, e por um momento quis que ela cortasse Laurent. A sensação cresceu dentro dele, densa e quente.

Então enfiou a espada de volta na bainha. Seus olhos avaliaram Makedon, que estava respirando com dificuldade, olhando de um para outro. Eles tinham falado rápido, em veretiano.

Damen disse:

— Ele acabou de salvar sua vida.

— Eu devia agradecer? — perguntou Makedon, esparramado na terra.

— Não — disse Laurent, em akielon. — E se fosse por mim, você estaria morto. Seus erros beneficiam meu tio. Eu salvei sua vida porque essa aliança precisa de você, e eu preciso dessa aliança para depor meu tio.

O ar cheirava a carvão. Do trecho deserto de terra alta para onde se dirigiu, Damen pôde ver toda a extensão da aldeia. Uma ruína enegrecida, parecendo uma cicatriz na terra. Do lado leste, fumaça ainda subia da terra coberta de escombros.

Haveria represálias por isso. Ele pensou no regente, seguro no palácio akielon em Ios. *Esse ataque foi planejado a sangue-frio, projetado para desacreditá-lo com seu próprio povo. Makedon pensa assim?* Kastor não pensava assim também. Isso era outra pessoa.

Ele se perguntou se o regente sentia a mesma determinação furiosa que ele sentia. Ele se perguntou como o homem acreditava poder distribuir crueldade assim, repetidamente, sem consequências.

Damen ouviu passos se aproximando e deixou que eles chegassem ao seu lado. Ele queria dizer para Laurent: *Eu sempre achei que sabia como era lutar contra seu tio. Mas não sabia. Até hoje, nunca era contra mim que ele estava lutando.* Ele se virou para dizer isso.

Não era Laurent. Era Nikandros.

Damen disse:

– Quem quer que tenha feito isso queria que eu culpasse Makedon e perdesse o apoio do norte.

– Você não acha que foi Kastor.

Damen disse:

– Nem você.

– Duzentos homens não podem cavalgar por dias em campo aberto sem que alguém perceba – disse Nikandros. – Se fizeram isso sem alertar nossos batedores ou nossos aliados, de onde eles saíram?

Não era a primeira vez que ele via um ataque planejado para incriminar os akielons. Isso tinha acontecido no palácio, quando assassinos foram atrás de Laurent com facas akielons. Ele se lembrava com clareza da procedência das facas.

Damen olhou novamente para a aldeia e dela para a estrada estreita e sinuosa que levava para o sul. Ele disse:

– Sicyon.

◆ ◆ ◆

A arena de treinamento coberta em Marlas era um grande salão com painéis de madeira, assustadoramente parecida com a arena de treinamento em Arles, com serragem prensada no chão e um tronco grosso de madeira em uma extremidade. À noite, era iluminada por tochas que tremeluziam pelas paredes circundadas por bancos e cobertas de armamentos pendurados: facas embainhadas e nuas, lanças cruzadas e espadas.

Damen dispensou os soldados, os escudeiros e os escravizados. Então pegou a espada mais pesada da parede. Ele gostou do peso ao erguê-la e, dedicando seu corpo à tarefa, começou a brandi-la, repetidas vezes.

Ele não estava no clima para ouvir discussões, nem para falar com ninguém. Viera a um lugar onde podia dar ao que sentia expressão física.

Suor encharcou o algodão branco. Ele se despiu da cintura para cima, usou a roupa para enxugar o rosto, a nuca. Depois a jogou para o lado.

Era bom se exercitar até o limite. Sentir o esforço em todos os tendões. Concentrar todos os músculos em uma única tarefa. Ele precisava da sensação de certeza em meio àquelas táticas repelentes, àquelas mentiras, àqueles homens que lutavam com palavras, sombras e traições.

Ele lutou até sentir apenas seu corpo, a queimação da carne, a pulsação do sangue, o melado quente de suor, até que tudo se concentrou em um único foco simples, o poder do aço pesado que podia trazer a morte. No momento em que fez uma pausa, havia apenas silêncio e o som da própria respiração. Ele se virou.

Laurent estava parado na porta, observando-o.

Ele não sabia há quanto tempo Laurent estava ali. Ele estava praticando havia uma hora ou mais. Suor dava brilho a sua pele, lubrificava seus músculos. Ele não se importou. Sabia que eles tinham negócios inacabados. Em sua opinião, podiam permanecer inacabados.

— Se você está com tanta raiva — disse Laurent —, devia lutar contra um adversário de verdade.

— Ninguém é... — Damen parou, mas as palavras não ditas pairaram, perigosas com a verdade. Não havia ninguém bom o bastante para lutar com ele. Não nesse estado de ânimo. Nesse estado de ânimo, raivoso e sem conseguir se segurar, ele iria matar um adversário.

— Eu sou — disse Laurent.

◆ ◆ ◆

Era uma má ideia. Ele sentiu a pulsação em suas veias que lhe dizia que era uma má ideia. Observou Laurent pegar uma espada para si na parede. Lembrou-se de ver o trabalho de Laurent com a espada em seu duelo contra Govart, seus próprios dedos coçando para pegar uma arma. Lembrou-se de outras coisas também. O puxão que sentira em sua coleira de ouro da guia na mão de Laurent. A batida do chicote em suas costas. Do punho veloz de um guarda quando ele foi jogado de joelhos. Ele ouviu a própria voz, densa e pesada:

— Você quer que eu o ponha de costas no chão?

— Você acha que consegue?

Laurent jogara a bainha de sua espada para o lado. Ela ficou esquecida na serragem enquanto ele se erguia calmamente com uma lâmina exposta.

Damen sopesou a própria espada na mão. Ele não estava se sentindo cuidadoso.

Ele tinha alertado Laurent. Isso era aviso suficiente.

Ele atacou, uma sequência intensa de três golpes que Laurent defendeu, fazendo um círculo de modo que suas costas não estivessem mais para a porta, mas para a extensão da arena de treinamento. Quando Damen atacou outra vez, Laurent usou o espaço e se moveu para trás.

Depois mais para trás. Damen logo entendeu que ele estava avançando pelo mesmo conjunto de experiências que havia sabotado Govart: esperar que a luta fosse direta e descobrir que, em vez disso, Laurent era difícil de acertar. A espada de Laurent provocava, afastando-se sem dar continuidade. Laurent atraía, depois recuava.

Era irritante. Laurent era um bom espadachim, que não estava se esforçando. Tap, tap, tap. Agora eles tinham percorrido quase toda a extensão da área de treinamento e estavam se enfrentando perto do tronco. A respiração de Laurent estava inalterada.

Na próxima vez que Damen avançou, Laurent se abaixou e deu a volta no tronco, de modo que tinha a área de treinamento outra vez às suas costas.

– Vamos só ficar andando de um lado para o outro? Pensei que você iria me dar algum trabalho – disse Laurent.

Damen iniciou um ataque com toda sua força e velocidade brutal, sem dar tempo a Laurent para fazer nada além de erguer a espada. Ele sentiu lâmina atingir lâmina com um rangido de metal, e observou a força do impacto viajar pelos pulsos e ombros de Laurent, observou-a quase arrancar a espada de suas mãos e, para sua satisfação, desequilibrá-lo, fazendo-o cambalear três passos para trás.

– Quer dizer assim? – perguntou Damen.

Laurent se recuperou bem, movendo-se mais um passo para trás. Ele estava olhando para Damen com olhos estreitos. Havia algo diferente em sua postura, uma nova cautela.

– Achei que devia deixá-lo andar de um lado para outro algumas vezes – disse Damen – antes de jogá-lo de costas.

– Achei que estivesse aqui embaixo porque não pudesse me jogar de costas.

Dessa vez, quando Damen atacou, Laurent usou todo o corpo para resistir a ele e, quando uma espada correu tremulante pela extensão da outra, saiu por baixo da guarda de Damen, de modo que Damen foi forçado a uma defesa inesperada e só com um movimento de aço conseguiu jogá-lo para trás.

– Você é bom – disse Damen, ouvindo o tom satisfeito da própria voz.

A respiração de Laurent estava revelando um pouco de cansaço agora, e isso também agradou a Damen. Ele avançou, sem dar a Laurent tempo para se afastar ou se recuperar. Laurent foi forçado a usar toda sua força para bloquear os ataques, o impacto ecoando pelo pulso de Laurent até seu antebraço e ombro. Consistentemente, agora, Laurent estava defendendo com as duas mãos.

Defendendo e contra-atacando com uma velocidade mortífera. Ele era ágil e sabia se virar num espaço restrito, e Damen se viu atraído, vidrado. Não tentou induzir Laurent a cometer erros. Isso viria depois. A habilidade de Laurent com a espada era fascinante, como um quebra-cabeça feito de fios filigranados, complicado, tecido com delicadeza, mas sem aberturas óbvias. Era quase uma pena vencer a luta.

Damen se afastou, caminhando em círculo em torno de seu adversário enquanto lhe dava espaço para se recuperar. O cabelo de Laurent estava apenas começando a escurecer com suor, e sua respiração estava acelerada. Laurent ajustou a pegada na espada com cuidado, flexionando o pulso.

– Como está seu ombro? – perguntou Damen.

– Meu ombro e eu estamos esperando uma luta de verdade – respondeu Laurent.

Laurent ergueu a espada, pronto para atacar. Damen ficou satisfeito por forçá-lo a demonstrar algum trabalho de verdade.

Mergulhou naquelas defesas requintadas, forçando Laurent a adotar padrões dos quais se lembrava parcialmente.

Laurent não era Auguste. Ele era feito de um molde físico diferente, com um calibre mental mais perigoso. Ainda assim, havia uma semelhança: o eco de uma técnica similar, um estilo similar; talvez aprendido com o mesmo mestre, talvez resultado do irmão mais jovem imitar o mais velho no pátio de treinamento.

Ele podia sentir isso entre eles assim como podia sentir tudo entre eles. O trabalho traiçoeiro com a espada era muito parecido com as armadilhas que Laurent preparava para todo mundo, as mentiras, as artimanhas, a preferência por evitar uma luta direta em favor de táticas que usavam aqueles ao redor para alcançar seus objetivos; como um carregamento de escravizados; como uma aldeia de inocentes.

Ele afastou a lâmina de Laurent do caminho, bateu o punho da espada contra o estômago de Laurent, em seguida o jogou no chão. Seu corpo aterrissou na serragem com força suficiente para deixá-lo sem ar.

– Você não pode me derrotar em uma luta de verdade – disse Damen.

Sua espada apontava para a linha do pomo de adão de Laurent, que estava deitado de costas, com as pernas afastadas e um joelho erguido. Seus dedos entraram na serragem embaixo de si. Seu peito arquejava sob a camisa fina. A ponta da espada de Damen viajou de sua garganta até sua barriga delicada.

– Renda-se.

Uma explosão de escuridão e arranhões detonou em sua visão;

Damen fechou e esfregou os olhos em reflexo e recuou a ponta da espada um centímetro crítico quando Laurent girou o braço e jogou um punhado de serragem em seu rosto. Quando os olhos de Damen se abriram, Laurent havia rolado e se erguido com a espada na mão.

Era um truque juvenil de garoto que não tinha lugar em uma luta de homens. Limpando a serragem com o antebraço, Damen olhou para Laurent, que estava respirando com dificuldade e mostrando uma nova expressão.

— Você luta com as táticas de um covarde — disse Damen.

— Eu luto para vencer — disse Laurent.

— Não bem o bastante para isso — retrucou Damen.

A expressão nos olhos foi o único alerta antes de Laurent golpeá-lo com força assassina.

Damen esquivou-se para o lado e abruptamente para trás, ergueu a espada e ainda se viu cedendo terreno. Houve um momento de pura concentração, prata afiada de todos os lados exigindo sua completa concentração. Laurent estava atacando com tudo o que tinha. Nada mais de trocas elegantes de golpes, nada mais de defesas despreocupadas. Ser jogado de costas havia rompido alguma barreira em Laurent, e ele estava lutando com emoção clara nos olhos.

Empolgado, Damen encarou o ataque, absorveu a melhor esgrima de Laurent e começou, passo a passo, a empurrá-lo para trás.

E isso — isso não era nada como fora com Auguste, que tinha gritado para que seus homens não interferissem. A espada de Laurent cortou uma corda de apoio, e Damen teve de desviar antes que a prateleira de armaduras montadas que ela sustentava despencasse em sua cabeça. Laurent empurrou um banco com a perna e o mandou descontrolado no caminho de Damen. As armaduras que caíram da parede sobre a serragem se tornaram um campo de obstáculos que forçaram um trabalho de pés irregular.

Laurent estava jogando tudo contra ele, atraindo cada parte do entorno desesperadamente para a luta e, ainda assim, não conseguia manter sua posição.

No tronco, Laurent se esquivou em vez de defender, e a espada de Damen golpeou com força o ar e cravou-se na viga de madeira, afundando ali tão profundamente que ele teve de soltar o cabo e esquivar-se depressa antes de conseguir arrancá-la.

Naqueles segundos, Laurent se abaixou, pegou uma faca que tinha caído de um dos bancos virados e a atirou, com precisão mortal, na garganta de Damen.

Damen a derrubou no ar com a espada e continuou avançando. Atacou, e aço encontrou aço, deslizando por toda a extensão até onde se conectavam aos cabos. O ombro de Laurent estremeceu, e Damen apertou com mais força, forçando a espada de Laurent a cair de sua mão.

Ele empurrou Laurent contra a parede de madeira. Laurent fez um som de frustração cru e gutural quando seus dentes estalaram juntos e ele ficou sem ar. Damen avançou, empurrou o antebraço contra o pescoço de Laurent e jogou a própria espada de lado quando a mão estendida de Laurent pegou uma faca pendurada na parede e a moveu com força na direção do flanco desprotegido de Damen.

— *Nem pense nisso* — disse Damen, e com a mão livre segurou o pulso de Laurent e o bateu com força contra a parede, uma, duas vezes, até que os dedos de Laurent se abriram e ele largou a faca.

Então todo o corpo de Laurent se debateu contra ele, tentando sair de sua pegada, um momento de luta animal violenta que empurrou juntos os corpos quentes e molhados de suor. Damen tinha o controle e empurrou os dois contra a parede — perto o bastante para dificultar qualquer movimento, mas Laurent o socou na garganta com o braço livre, com tanta força que ele engasgou e se moveu, e então, com toda a violência dura em seu interior, Laurent golpeou com o joelho.

Escuridão explodiu em sua visão, mas o instinto de lutador a superou. Ele arrastou Laurent para longe da parede e o jogou no chão, onde Laurent caiu, o corpo tombando com um baque na serragem. Ele deixou Laurent sem ar por um momento, mas ele já estava se levantando, atordoado, os olhos perversos sobre os de Damen. Laurent ia pegar a faca outra vez. Seus dedos se fechavam em torno dela, mas era tarde demais.

— *Chega* — disse Damen, golpeando com força o joelho no estômago de Laurent, em seguida jogando-o de costas e caindo com ele. Ele segurou o pulso de Laurent e o bateu sobre a serragem até Laurent largar a faca. Seu corpo formava um arco sobre o de Laurent, prendendo-o com seu peso, suas mãos nos pulsos do outro. Laurent estava tenso embaixo dele. Ele podia sentir o arquejar quente em seu peito. Damen apertou com mais força.

Vendo-se sem saída debaixo do corpo de Damen, Laurent fez um último som desesperado e só então ficou imóvel, arfando, seus olhos furiosos com amargura e frustração.

Os dois estavam ofegando. Damen podia sentir a resistência no corpo de Laurent.

– Diga – disse Damen.

– *Eu me rendo.* – As palavras saíram por entre dentes cerrados. A cabeça de Laurent virou para um lado.

– Quero que você saiba – disse Damen, as palavras densas e pesadas – que eu podia ter feito isso a qualquer momento quando era escravo.

Laurent disse:

– *Saia de cima de mim.*

Ele empurrou e se soltou. Laurent foi o primeiro a se erguer do chão. Ele parou de pé com a mão no tronco para se apoiar. Havia pedaços de serragem agarrados às suas costas.

– O que você quer que eu diga? Que eu nunca poderia ter derrotado você? – A voz de Laurent se elevou. – Eu nunca poderia ter derrotado você.

– Não, não poderia. Você não é bom o suficiente. Você teria vindo em busca de vingança, e eu o teria matado. Teria sido assim entre nós. Era isso que você queria?

– *Sim* – disse Laurent. – Ele era tudo o que eu tinha.

As palavras pairaram entre eles.

– Eu sei – disse Laurent – que nunca fui bom o suficiente.

Damen disse:

– Seu irmão também não era.

– Você está errado. Ele era...

– O quê?

– Melhor que eu. Ele teria...

Laurent parou. Ele apertou os olhos e soltou uma respiração que pareceu um riso.

— Detido você — disse ele, como se pudesse ouvir o absurdo da afirmação.

Damen pegou a faca largada e, quando os olhos de Laurent se abriram, a pôs na mão de Laurent. Firmou-a. Aproximou-a do próprio abdômen, de modo que eles ficassem em uma postura familiar. As costas de Laurent estavam contra o tronco.

— Detenha-me — disse Damen.

Ele podia ver na expressão de Laurent que ele lutava uma batalha interna com seu desejo de usar a faca.

— Eu sei qual é a sensação — ele disse.

— Você está desarmado — disse Laurent.

E você também. Ele não disse isso. Não fazia sentido nenhum. Ele sentiu o momento mudar. Sentia sua pegada no pulso de Laurent mudar. A faca caiu com um baque surdo na serragem.

Ele se forçou a recuar antes de acontecer. Olhou fixamente para Laurent a dois passos de distância, sua respiração arquejante, e não pelo cansaço.

Em torno deles, a arena de treinamento estava coberta pela desordem da luta: bancos virados, partes de armadura espalhadas pelo chão, um estandarte parcialmente rasgado da parede.

Damen disse:

— Eu gostaria...

Mas ele não podia se livrar do passado com palavras, e Laurent não iria agradecê-lo por isso. Ele pegou sua espada e deixou o salão.

Capítulo Nove

Na manhã seguinte, eles tiveram de se sentar um ao lado do outro. Damen ocupou o lugar ao lado de Laurent no tablado, olhando para o retângulo verde de campina que formava a arena, não querendo nada além de se armar e levar a luta até Karthas. Os jogos pareciam errados quando eles deviam estar marchando para o sul.

Os tronos anexos nesse dia estavam sob um toldo de seda, erguido para proteger a pele branca de Laurent do sol. Era uma medida supérflua, já que praticamente o corpo inteiro de Laurent estava coberto. O sol brilhava acima do campo, das arquibancadas em degraus e das encostas gramadas laterais, palco para uma competição de excelência.

Os braços e coxas de Damen estavam nus. Ele usava o quíton curto, preso em um ombro. Ao lado dele, Laurent era um perfil imutável, fixo como uma gravação em moeda. Além de Laurent, sentava-se a nobreza veretiana: *lady* Vannes murmurando no ouvido de uma nova escravizada de estimação; Guion e sua esposa, Loyse; e Enguerran, o capitão. Depois deles ficava a Guarda do Príncipe: Jord, Lazar e os outros de uniforme azul, parados em forma, os estandartes de estrela tremulando acima deles.

À direita de Damen sentava-se Nikandros, e ao lado dele estava o assento ostensivamente vazio reservado para Makedon.

Makedon não era o único ausente. As encostas gramadas e as arquibancadas em degraus sentiam a falta dos soldados de Makedon, reduzindo seus números à metade. Depois que sua raiva do dia anterior passou, Damen percebeu que, na aldeia, Laurent arriscara a vida para impedir exatamente isso de acontecer. Laurent se pusera diante de uma espada para tentar evitar a deserção de Makedon.

Parte de Damen reconhecia, com um pouco de culpa, que Laurent não merecera ter sido jogado de um lado para outro da arena como resultado.

Nikandros disse:

– Ele não vem.

– Dê tempo a ele – disse Damen. Mas Nikandros estava certo. Não havia sinal de uma chegada.

Nikandros disse, sem olhar para o lado:

– Seu tio destruiu metade de nosso exército com 200 homens.

– E um cinto – disse Laurent.

Damen olhou para as arquibancadas parcialmente cheias e para as encostas, onde tanto veretianos como akielons se reuniam em busca do melhor lugar para assistir aos jogos. Seu olhar demorado percorreu as tendas perto do palanque real, onde escravizados preparavam alimentos, e se estendeu para aquelas mais distantes, nas quais criados preparavam os primeiros atletas para a competição.

Damen disse:

– Pelo menos há uma outra pessoa que tem uma chance de ganhar na lança.

Ele ficou de pé. Como uma onda em movimento, todos à sua volta se levantaram, então todos os presentes, das arquibancadas até o campo. Ele ergueu a mão, o gesto de seu pai. Os homens podiam ser um grupo desordenado de lutadores do norte, reunidos em torno de uma arena provinciana improvisada, mas eram seus. E aqueles eram seus primeiros jogos como rei.

– Hoje prestamos homenagem aos caídos. Lutamos juntos, veretianos e akielons. Compitam com honra. Que os jogos comecem.

◆ ◆ ◆

O tiro ao alvo criou algumas disputas, das quais todo mundo gostou. Para surpresa dos akielons, Lazar foi o vencedor do tiro com arco. E para a satisfação dos akielons, Aktis ganhou o arremesso de lança. Veretianos assoviavam para as pernas nuas dos akielons, enquanto suavam em suas mangas compridas. Nas arquibancadas, escravizados erguiam e baixavam leques e traziam taças rasas de vinho que todos bebiam, menos Laurent.

Um akielon chamado Lydos ganhou no tridente. Jord ganhou na espada longa. O jovem soldado Pallas ganhou na espada curta, depois ganhou na lança e então entrou no campo para uma terceira vitória, na luta.

Ele se apresentou nu, como era o costume em Akielos. Era um jovem bonito com o físico de um campeão. Elon, seu adversário, era um jovem do sul. Os dois pegaram óleo do receptáculo levado até eles pelos organizadores, untaram seus corpos, em seguida jogaram os braços em torno dos ombros um do outro e, ao sinal, começaram a empurrar.

A multidão torcia enquanto os homens lutavam, seus corpos se esforçando um contra o outro, pegada escorregadia após pegada escorregadia, até que Pallas deixou Elon arfando na grama aos sons do público irrompendo em vivas.

Pallas subiu até o tablado, vitorioso, seu cabelo um pouco emaranhado com óleo. Os espectadores se calaram em expectativa. Era um costume antigo e muito amado.

Palas caiu de joelhos em frente a Damen, quase radiante com a distinção que suas três vitórias lhe permitiam.

– Se for do agrado de meus senhores e minhas senhoras – disse Pallas –, eu solicito a honra de combater com o rei.

Houve uma onda de aprovação da plateia. Pallas era um astro em ascensão, e todos queriam ver o rei lutar. Conhecedores de combate, muitos dos presentes viviam para esse tipo de embate, quando o melhor dos melhores enfrentava o campeão estabelecido do reino.

Damen se ergueu do trono e levou a mão ao broche de ouro em seu ombro. Seu traje caiu, e a multidão urrou em aprovação. Os organizadores pegaram suas vestes enquanto ele descia do tablado e entrava no campo.

Na grama, ele levou as mãos em concha ao receptáculo erguido pelo criado, pegou o óleo e o passou pelo corpo nu. Ele acenou com a cabeça para Pallas, que estava claramente empolgado, nervoso, eufórico; então pôs a mão no ombro de Pallas e sentiu a mão de Pallas em seu ombro.

Ele gostou da luta. Pallas era um adversário digno, e era um prazer sentir a tensão e a respiração de um corpo altamente treinado contra o seu. O embate levou quase dois minutos antes que Damen passasse o braço em torno do pescoço de Pallas e o imobilizasse, absorvendo cada reação, cada tentativa de se libertar, até que Pallas ficou imóvel devido ao esforço, depois trêmulo, depois exausto, e a luta foi vencida.

Gratificado, Damen ficou imóvel enquanto os criados raspavam óleo de seu corpo e o limpavam com uma toalha. Ele retornou ao tablado, onde estendeu os braços para que os criados tornassem a prender seus trajes.

– Boa luta – disse ele, tomando novamente seu lugar no trono ao lado de Laurent.

Ele gesticulou pedindo vinho.

– O que foi?

– Nada – disse Laurent, e encontrou outro lugar onde pôr os olhos. Eles estavam limpando o campo para o okton.

– O que podemos esperar em seguida? – perguntou Vannes. – Na verdade, sinto que pode ser qualquer coisa.

No campo, os alvos do okton estavam sendo colocados em intervalos espaçados. Nikandros se levantou.

– Vou inspecionar as lanças que vão ser usadas no okton – disse Nikandros. – Eu ficaria honrado se o senhor se juntasse a mim.

Ele disse isso para Damen. Verificar seu equipamento com atenção meticulosa antes de um okton era hábito de Damen desde a infância, e agradava a ele que, entre os eventos, o rei fizesse um tour pelas tendas, visse as armas e saudasse os criados e aqueles homens que seriam seus competidores e estavam se preparando para montar.

Ele se levantou. A caminho da tenda, eles se lembraram de competições anteriores. Damen era invicto no okton, mas Nikandros era seu competidor mais próximo e era excelente em arremessos feitos de uma curva. O estado de espírito de Damen se elevou. Seria bom competir outra vez. Ele ergueu a aba que fechava a tenda e entrou.

Não havia ninguém na tenda. Damen se virou e viu Nikandros avançar sobre ele.

– O quê...

Uma pegada forte e dolorosa se fechou em seu braço. Assustado, ele permitiu que isso acontecesse, sem pensar por um momento sequer em Nikandros como ameaça. Ele se deixou ser empurrado para trás, permitiu que Nikandros agarrasse o tecido sobre seu ombro e o puxasse com força.

– Nikandros...

Ele estava olhando confuso para o amigo, com o traje pendendo da cintura, e Nikandros retribuiu o olhar.

Nikandros disse:

– Suas costas.

Damen corou. Nikandros estava olhando para ele como se precisasse ver de perto para acreditar. A exposição foi um choque. Ele sabia... ele sabia que havia cicatrizes. Sabia que elas se estendiam dos ombros até o meio das costas. Sabia que as cicatrizes tinham sido bem-cuidadas. Elas não repuxavam. Elas não doíam nem mesmo durante o trabalho mais exaustivo com a espada. As sálvias malcheirosas que Paschal administrara tinham cuidado disso. Mas ele nunca fora até um espelho e olhara para elas.

Agora seu espelho eram os olhos de Nikandros, o horror absoluto em sua expressão. Nikandros o girou e passou as mãos pelas costas de Damen, como se o toque pudesse confirmar aquilo em que seus olhos não acreditavam.

— Quem fez isso com você?

— Eu – disse Laurent.

Damen se virou.

Laurent estava parado na entrada da tenda. Portava-se com uma graça elegante, e a atenção preguiçosa de seus olhos azuis estava toda sobre Nikandros.

Laurent disse:

— Eu queria matá-lo, mas meu tio não me deixou.

Nikandros deu um passo impotente, mas Damen já estava com uma mão contendo seu braço. A mão de Nikandros tinha ido até o cabo da espada. Seus olhos caíam furiosos sobre Laurent.

Laurent disse:

— Ele também chupou meu pau.

Nikandros disse:

— Exaltado, imploro por permissão para desafiar o príncipe de Vere para um duelo de honra pelo insulto que ele cometeu contra o senhor.

— Negada – disse Damen.

— Está vendo? – disse Laurent. – Ele me perdoou pela pequena questão do chicote, e eu o perdoei pela pequena questão de matar meu irmão. Todo o louvor à aliança.

– *O senhor esfolou a pele de suas costas.*

– Não pessoalmente. Só observei enquanto mandei meu homem fazer isso.

Laurent falava com um olhar encoberto por cílios compridos. Nikandros parecia doente devido ao esforço para reprimir sua raiva.

– Quantas chicotadas foram? Cinquenta? Cem? Ele podia ter morrido!

– Sim, essa era a ideia – respondeu Laurent.

– Basta – disse Damen, segurando Nikandros quando ele deu outro passo à frente. Em seguida: – Deixe-nos. Agora. *Agora*, Nikandros.

Mesmo com raiva, Nikandros não desobedeceria a uma ordem direta. Seu treinamento estava enraizado demais. Damen parou em frente a Laurent, a maior parte de sua roupa embolada na mão.

– Por que fez isso? Ele vai desertar.

– Ele não vai desertar. Ele é seu servo mais fiel.

– Então você o força até o ponto de ruptura?

– Eu devia ter dito a ele que não gostei daquilo? – perguntou Laurent. – Mas eu gostei. Especialmente perto do fim, quando você desabou.

Eles estavam sozinhos. Damen podia contar o número de vezes que estiveram juntos desde a aliança. Uma vez na tenda, quando ele soube que Laurent estava vivo. Uma vez fora de Marlas, à noite. Uma vez dentro do forte, cruzando espadas.

Damen perguntou:

– O que você está fazendo aqui?

– Eu vim buscá-lo – disse Laurent. – Nikandros estava demorando demais.

– Você não precisava vir pessoalmente. Podia ter mandado um mensageiro.

Na pausa que se seguiu, o olhar de Laurent virou-se involuntariamente para o lado. Com um formigamento estranho passando pelo corpo, Damen percebeu que Laurent estava olhando para o espelho polido atrás dele, para o reflexo de suas cicatrizes. Seus olhos se cruzaram outra vez. Laurent não ficava constrangido com facilidade, mas um único olhar o traiu. Os dois souberam.

Damen sentiu uma dor forte.

– Admirando seu trabalho?

– É hora de voltar para a arquibancada.

– Vou me juntar a você depois que me vestir. A menos que queira se aproximar. Você pode ajudar a prender o broche.

– Prenda você mesmo – disse Laurent.

◆ ◆ ◆

O okton estava quase totalmente organizado quando eles voltaram e se sentaram lado a lado sem dizer nada.

O público febril estava com sede de sangue. O okton despertava isso neles com o perigo, a ameaça de mutilação. O segundo de dois alvos foi martelado em seu suporte, e os organizadores fizeram um sinal de que estava tudo liberado. No calor do dia, a antecipação era um zumbido de insetos, elevando-se até uma comoção no lado sudoeste do campo.

A chegada de Makedon, montado, armado, com um grupo de homens atrás de si, causou uma explosão de atividade nas arquibancadas. Nikandros estava quase se erguendo de seu assento, três de seus guardas levando a mão ao cabo de suas espadas.

Makedon girou o cavalo em frente às arquibancadas para encarar Damen.

Damen disse:

– Você perdeu as lanças.

– Uma aldeia foi atacada em meu nome – disse Makedon. – Eu quero uma chance de vingança.

Makedon tinha uma voz feita para o generalato: ela ecoou pelas arquibancadas, então ele a usou para assegurar-se de que fosse ouvido por todos os espectadores reunidos para os jogos.

– Tenho 8 mil homens que vão lutar com o senhor em Karthas, mas não vamos lutar sob as ordens de um covarde ou de um líder inexperiente que ainda tem de provar seu valor no campo.

Makedon olhou para a pista montada para o okton, em seguida para Laurent.

– Jurarei obediência – disse Makedon – se o príncipe competir.

Damen ouviu a reação daqueles à sua volta. O príncipe veretiano era atleticamente inferior a Damen. Sem dúvida, evitava os campos de treinamento. Nenhum akielon jamais o vira lutar, nem se exercitar. Ele não havia participado de nenhuma das competições do dia. Não tinha feito nada além de se sentar com elegância e relaxado, como estava fazendo então.

– Veretianos não treinam okton – disse Damen.

– Em Akielos, o okton é conhecido como o esporte dos reis

– disse Makedon. – Nosso próprio rei vai a campo. O príncipe de Vere não tem coragem de cavalgar contra ele?

Por mais que fosse humilhante recusar, seria pior aceitar – deixar sua incapacidade explícita no campo. Os olhos de Makedon diziam que era exatamente isso o que ele queria: seu retorno ao grupo condicionado ao descrédito de Laurent.

Damen esperou que Laurent se esquivasse, encontrasse, de algum modo, as palavras para se livrar da situação. As bandeiras tremulavam com um som alto. As arquibancadas estavam silenciosas até o último homem.

– Por que não? – perguntou Laurent.

◆ ◆ ◆

Montado, Damen encarou a pista, segurando seu cavalo a postos na linha de partida. Sua montaria se remexia, rebelde, ansiosa pela trombeta que anunciaria o início da competição. A dois cavalos de distância do seu, ele podia ver a cabeça brilhante de Laurent.

As lanças de Laurent tinham a ponta azul; as de Damen, vermelha. Dos outros três competidores, Pallas, já triplamente coroado, levava lanças marcadas de verde. Aktis, que tinha ganhado o arremesso de lança no chão, de branco. Lydos, de preto.

O okton era uma demonstração competitiva na qual lanças eram arremessadas de cavalos. Chamado o esporte dos reis, era um teste de pontaria, destreza atlética e habilidade com o cavalo. Os competidores deviam cavalgar entre dois alvos formando um oito constante, arremessando lanças. Então, em meio ao movimento mortal de cascos, cada cavaleiro devia se abaixar perfeitamente para pegar lanças novas e voltar para um novo circuito sem parar, fazendo oito circuitos no total. O desafio era acertar o maior número de lanças possível no centro dos alvos enquanto escapava das lanças em voo dos outros cavaleiros.

E o verdadeiro desafio do okton era esse: se você errasse, sua lança podia matar seu adversário. Se seu adversário errasse, você estava morto.

Damen cavalgara frequentemente no okton quando garoto. Mas o okton não era algo que um sujeito simplesmente pulava em um cavalo e tentava, não importava quão bom fosse com uma lança. Ele havia praticado com instrutores por meses na arena de treinamento antes de ter permissão de competir no campo pela primeira vez.

Laurent, ele sabia, montava bem. Damen o vira correr por campos irregulares. Ele o vira girar o cavalo no ar em batalha, enquanto matava com precisão.

Laurent também sabia arremessar uma lança. Provavelmente. A lança não era uma arma de guerra veretiana, mas era a arma que os veretianos usavam na caça ao javali. Laurent já devia ter arremessado uma lança a cavalo antes.

Mas tudo isso era insignificante diante do okton. Homens morriam durante o okton. Homens caíam, sofriam ferimentos permanentes – de uma lança, de cascos após uma queda. Pelo canto do olho, Damen podia ver os médicos, incluindo Paschal, esperando na lateral, prontos para remendar e costurar. Havia muita coisa em jogo para a vida dos médicos, com a realeza de dois países no campo. Havia muita coisa em jogo para todo mundo.

Damen não podia ajudar Laurent na competição. Com dois exércitos assistindo, ele tinha de vencer para defender o próprio *status* e a própria posição. Os outros três cavaleiros akielons teriam ainda menos escrúpulos, provavelmente não querendo nada mais do que derrotar o príncipe veretiano no esporte dos reis.

Laurent pegou a primeira lança e encarou a pista com aspecto calmo. Havia algo intelectual no jeito como ele avaliava o campo que o separava dos outros cavaleiros. Para Laurent, ocupações físicas não eram instintivas, e pela primeira vez ocorreu a Damen se perguntar se Laurent sequer gostava delas. Laurent gostava de livros quando criança, antes de ter se reformado.

Não havia tempo para pensar mais que isso. O início era escalonado, e Laurent foi sorteado para ir primeiro. A trombeta soou; a multidão gritou. Por um momento, Laurent estava correndo sozinho pelo campo, com os olhos de todos os espectadores sobre ele.

Ficou logo evidente que se Makedon esperava provar que os veretianos eram inferiores, nisso, pelo menos, ele havia esperado em vão. Laurent sabia montar. Magro e equilibrado, as belas proporções de seu corpo estavam em comunicação fácil com o cavalo. Sua primeira lança foi arremessada, com a ponta azul – no centro do alvo. A plateia gritou. Então soou a segunda trombeta, e Pallas partiu, cavalgando rápido atrás de Laurent, e depois a terceira, e Damen levou seu próprio cavalo a um galope.

Com a realeza de países rivais no campo, o okton se tornou um dos eventos mais barulhentos imagináveis. Em sua visão periférica, Damen vislumbrou o arco de uma lança azul (Laurent acertando pela segunda vez o centro do alvo) e uma verde (Pallas, fazendo o mesmo). A lança de Aktis acertou à direita do centro. O arremesso de Lydos foi curto, atingindo a grama, forçando o cavalo de Pallas a desviar.

Damen evitou Pallas com habilidade, sem tirar os olhos do campo; ele não precisava ver as próprias lanças acertarem para saber que estavam atingindo o centro do alvo. Conhecia o okton bem o suficiente para saber que devia manter a atenção no campo.

Ao fim do primeiro circuito, ficou claro onde estava a verdadeira competição: Laurent, Damen e Pallas estavam acertando no centro do alvo. Aktis, com prática no chão, não tinha a mesma habilidade a cavalo; nem Lydos.

Chegando à extremidade da pista, Damen se abaixou para pegar seu segundo jogo de lanças, sem reduzir a velocidade. Ele arriscou dar uma olhada para Laurent e o viu passar com o cavalo por dentro do trajeto de Lydos para fazer seu arremesso, ignorando o próprio arremesso de Lydos, que passou a 15 centímetros dele. Laurent lidava com o perigo do okton simplesmente se comportando como se ele não existisse.

Outra lança no centro do alvo. Damen podia sentir a excitação do público, a tensão crescendo a cada arremesso. Era raro qualquer um fazer um okton perfeito, muito menos três cavaleiros na mesma disputa, mas Damen, Laurent e Pallas ainda não haviam errado nenhum arremesso. Ele ouviu o baque surdo quando uma lança atingiu o alvo à sua esquerda. Aktis. Mais três circuitos. Dois. Um.

A pista era uma torrente de carne de cavalo ondeante, de lanças mortais e cascos que levantavam o gramado. Eles entraram ruidosamente no circuito final, animados pela euforia, o êxtase do público. Damen, Laurent e Pallas estavam empatados, e por um momento aquilo pareceu impecável, equilibrado, como se todos fizessem parte de um único todo.

Foi um erro que qualquer um podia ter cometido, um simples erro de cálculo: Aktis arremessou sua lança cedo demais. Damen viu isso; viu a lança deixar a mão de Aktis, viu sua trajetória, viu-a atingir, com um baque surdo repugnante, não o alvo, mas a estaca crucial de apoio que estava segurando o alvo em pé.

À velocidade de galope, todos os cinco cavaleiros estavam com um impulso que não podia ser detido. Lydos e Pallas arremessaram suas lanças. Os dois arremessos foram retos e precisos, mas o alvo, balançando e desabando sem seu apoio, não estava mais lá.

A lança de Lydos, cortando o ar do outro lado da pista, ia atingir Pallas ou Laurent, que estava cavalgando ao seu lado.

Mas Damen não podia fazer nada além de dar um grito de alerta que foi arrancado de sua boca pelo vento, porque a segunda lança, a lança de Pallas, estava apontada direto para ele.

Ele não podia se esquivar dela. Não sabia onde os outros cavaleiros estavam posicionados, não podia arriscar que sua própria tentativa de evasão fizesse a lança ferir um deles.

O instinto reagiu antes do pensamento. A lança se movia na direção de seu peito; Damen a pegou no ar, fechando a mão em torno de seu cabo, o impulso empurrando seu ombro para trás. Ele o absorveu, apertando a montaria com as coxas para permanecer na sela. Captou um vislumbre do rosto atônito de Lydos ao seu lado e ouviu os gritos do público. Mal estava pensando em si mesmo nem no que tinha feito. Toda sua atenção estava na outra lança, voando na direção de Laurent. Seu coração entalou na garganta.

Do outro lado da pista, Pallas estava congelado. Naquele momento surpreso, Pallas só podia escolher se abaixar e arriscar que sua covardia matasse um príncipe, ou permanecer no lugar e receber a lança na garganta. Seu destino estava preso ao de Laurent e, ao contrário de Damen, ele não sabia o que fazer.

Laurent percebeu isso. Como Damen, vira a lança de Aktis atingir, vira o apoio desabar, avaliara o resultado. Nos poucos segundos extras que isso lhe deu, Laurent agiu sem hesitação. Ele soltou as rédeas e, enquanto Damen observava, enquanto a lança voava direto em sua direção, ele saltou, não do caminho, mas na trilha da lança, pulando de seu cavalo para o de Pallas e jogando os dois para a esquerda. Pallas balançou, chocado, e Laurent o manteve abaixado na sela com o corpo. A lança passou por eles e aterrissou na grama, eriçada como um dardo.

A multidão foi à loucura.

Laurent ignorou o estrondo. Ele se abaixou e pegou com habilidade a última lança de Pallas para si mesmo. E, mantendo o cavalo de Pallas a galope – enquanto os sons da plateia aumentavam em um crescendo – ele a arremessou bem no centro do último alvo.

Completando o okton uma lança à frente de Pallas e de Damen, Laurent puxou o cavalo em um pequeno círculo e olhou Damen nos olhos, suas sobrancelhas claras se erguendo como se para dizer: "Então?".

Damen sorriu. Ele sopesou a lança que pegara e, de onde estava na outra extremidade da pista, arremessou-a, fazendo com que voasse por toda a distância impossível do campo para se cravar no alvo ao lado da lança de Laurent, onde ficou vibrando.

Pandemônio.

◆ ◆ ◆

Depois, eles coroaram um ao outro com louros. Foram levados até o tablado pela multidão, cercados de vivas. Damen abaixou a cabeça para receber o prêmio dos dedos de Laurent. Laurent removeu o aro dourado em favor da coroa de louros.

A bebida correu. A nova camaradagem era uma ambrosia inebriante, e era fácil demais se deixar levar por ela. Havia um calor em seu peito sempre que ele olhava para Laurent. Ele não olhava com frequência por essa razão.

Quando a tarde se aprofundou em noite, eles entraram no forte para encerrar o dia acompanhados por taças rasas de vinho akielon e pelos sons delicados de uma kithara. Havia uma sensação frágil de irmandade se solidificando entre os homens, algo de que eles precisavam desde o começo e que lhe deu esperança – esperança de verdade – para a campanha do dia seguinte.

Os jogos tinham sido um sucesso, e isso significava alguma coisa: pelo menos os homens iam partir unificados e, se havia uma rachadura no centro, ninguém sabia sobre ela. Ele e Laurent eram bons em fingir.

Laurent assumiu seu lugar em um dos sofás, onde se reclinou como se tivesse nascido para isso. Damen se sentou ao seu lado. As velas recém-acesas iluminavam a expressão dos homens ao redor, e a luz da noite esmaeceu o resto do salão até uma obscuridade agradável e indistinta.

Da obscuridade saiu Makedon.

Ele estava flanqueado por um pequeno séquito, dois soldados com seus cintos marcados e um criado para servi-lo. Ele atravessou o salão e parou bem em frente a Laurent.

Todo o salão ficou em silêncio. Makedon e Laurent encararam um ao outro. O silêncio se estendeu.

– Você tem a mente de uma cobra – disse Makedon.

– Você tem a mente de um touro velho – disse Laurent.

Eles se encararam.

Depois de um longo momento, Makedon gesticulou para o escravizado, que se adiantou com uma garrafa bojuda de aguardente akielon e duas taças baixas.

– Eu vou beber com você – disse Makedon.

A expressão de Makedon não mudou. Era como a oferta de uma porta em uma parede impermeável. Ondas de choque percorreram o salão, e todos os olhos se voltaram para Laurent.

Damen sabia quanto orgulho Makedon tinha engolido para fazer essa oferta, um gesto de amizade para um príncipe inexperiente com metade de sua idade.

Laurent olhou para o vinho que o escravizado servira, e Damen soube com certeza absoluta que, se fosse vinho, Laurent não ia bebê-lo.

Ele se preparou para o momento em que os poucos fragmentos de boa vontade que Laurent amealhara para si mesmo fossem jogados fora – com o insulto a todo princípio de hospitalidade akielon – e Makedon deixasse para sempre o salão.

Laurent pegou o copo à sua frente, bebeu-o inteiro, em seguida devolveu-o à mesa.

Makedon deu um aceno lento de cabeça em aprovação, ergueu sua própria taça e a bebeu.

E disse:

– De novo.

❖ ❖ ❖

Mais tarde, quando muitas taças viradas enchiam a mesa baixa, Makedon se debruçou para frente e disse a Laurent que ele devia experimentar griva, a bebida de sua própria região, e Laurent sorveu a taça e disse ter gosto de lavagem, e Makedon disse:

– Rá, rá, verdade! – Depois, Makedon contou a história de seus primeiros jogos, quando Ephagin ganhou o okton, e os chefes guerreiros ficaram de olhos marejados e todos tomaram outra bebida. Mais tarde, todos urraram quando Laurent conseguiu equilibrar três taças vazias uma cima da outra, enquanto as taças de Makedon caíam.

Depois, Makedon se inclinou e deu a Damen um conselho sério:

– Você não devia julgar os veretianos tão severamente. Eles bebem bem.

Em seguida, Makedon pegou Laurent pelo ombro e lhe contou sobre a caça em sua própria região, onde não havia mais leões como nos tempos antigos, mas ainda existiam grandes feras adequadas a uma caçada real. Lembranças de caçadas se prolongaram por mais várias taças e despertaram efusivos sentimentos de camaradagem. Todo mundo estava brindando a leões quando Makedon segurou Laurent pelo ombro outra vez de um jeito que indicava sua despedida e se levantou para ir para a cama. Os chefes guerreiros o seguiram, cambaleantes.

Laurent manteve uma postura escrupulosa até que todos tivessem saído, os olhos dilatados e o rosto levemente corado. Damen estendeu os braços sobre as costas de seu próprio assento e esperou.

Depois de um longo momento, Laurent disse:
– Vou precisar de ajuda para me levantar.

◆ ◆ ◆

Ele não estava esperando receber todo o peso de Laurent, mas foi isso que aconteceu, um braço quente passado em torno de seu pescoço, e ele perdeu o fôlego com a sensação de Laurent em seus braços. Suas mãos se ergueram para firmar Laurent pela cintura, seu coração se comportando de maneira estranha. Aquilo era doce e impossivelmente ilícito. Ele sentiu uma pontada no peito.

– O príncipe e eu vamos nos retirar – disse Damen e gesticulou para que os escravizados à espera saíssem.

– É por aqui – indicou Laurent. – Provavelmente.

O salão estava cheio dos resquícios da reunião, taças de vinho e sofás vazios. Eles passaram por Philoctus de Eilon, esparramado em um deles, com a cabeça sobre os braços, dormindo tão profundamente quanto se estivesse na própria cama. Ele estava roncando.

– Hoje foi a primeira vez que você foi derrotado no okton?

– Tecnicamente, foi empate – disse Damen.

– Tecnicamente. Eu disse a você que montava bem. Eu sempre derrotava Auguste quando corríamos em Chastillon. Só percebi aos 9 anos que ele estava me deixando ganhar. Eu só achava que tinha um cavalo bem rápido. Você está sorrindo.

Ele estava sorrindo. Eles pararam em uma das passagens, com raios de luar vindos das arcadas abertas à esquerda.

– Estou falando demais? Eu não tenho resistência para álcool.

– Posso ver isso.

– É minha culpa. Eu nunca bebo. Devia ter percebido que precisaria fazer isso, com homens assim, e feito um esforço para... formar algum tipo de tolerância... – Ele estava falando sério.

– É assim que sua mente funciona? – perguntou Damen. – E o que você quer dizer com nunca bebe? Acho que está protestando um pouco demais. Você estava bêbado na primeira noite em que o vi.

– Eu fiz uma exceção naquela noite – disse Laurent. – Duas garrafas e meia. Eu tive de me forçar a beber. Achei que, bêbado, seria mais fácil.

– Achou que o que seria mais fácil? – perguntou Damen.

– O quê? – repetiu Laurent. – Você.

Damen sentiu os pelos se arrepiarem por todo o corpo. Laurent disse isso com delicadeza, como se fosse óbvio, seus olhos azuis um pouco turvos, seu braço ainda em torno do pescoço de Damen. Eles estavam olhando um para o outro, parados à meia-luz da passagem.

– Meu escravo de alcova akielon – disse Laurent. – Batizado com o nome do homem que matou meu irmão.

Damen respirou com pesar.

– Não está muito longe – disse ele.

Eles atravessaram passagens, passaram pelos arcos elevados e pelas janelas ao longo do lado norte com suas grades veretianas. Não era incomum que dois rapazes cambaleassem juntos pelos corredores após uma festa – mesmo príncipes –, e Damen pôde fingir por um momento que eles eram o que pareciam ser: irmãos de armas. Amigos.

Os guardas dos dois lados da entrada eram bem treinados demais para reagir à presença de membros da realeza caindo por cima um do outro. Eles passaram pelas portas externas até o aposento interior. Ali, a cama baixa e reclinada era no estilo akielon, a base entalhada em mármore. Era simples, aberta para a noite, da base até a cabeceira curva.

– Ninguém deve entrar – ordenou Damen aos guardas.

Ele estava consciente da implicação – Damianos entrando em um quarto com um jovem nos braços e ordenando que todos saíssem – e a ignorou. Se Isander de repente encontrasse um motivo surpreendente para o frígido príncipe de Vere ter desprezado seus serviços, que fosse. Laurent, intensamente reservado, não ia querer seus criados presentes enquanto lidava com os efeitos de uma noite de bebedeira.

Laurent ia acordar com uma dor de cabeça lancinante incentivando sua língua corrosiva, e coitado de qualquer um que entrasse em seu caminho nessa hora.

Quanto a Damen, ele pretendia dar um empurrãozinho nas costas de Laurent e mandá-lo cambaleante pelos quatro passos até a cama. Tirou o braço de Laurent de seu pescoço e se soltou. Laurent deu um passo com suas próprias forças e ergueu uma mão até a jaqueta, piscando.

– Sirva-me – disse Laurent sem pensar.

– Em nome dos velhos tempos? – perguntou Damen.

Foi um erro dizer isso. Ele deu um passo à frente, pôs as mãos nos laços da jaqueta de Laurent e começou a removê-los de seus pontos de fixação. Ele sentiu a curva da caixa torácica de Laurent enquanto os fios passavam pelos ilhoses.

A jaqueta se soltou no pulso de Laurent. Foi necessário algum esforço para retirá-la, desarrumando a camisa de Laurent. Damen parou com as mãos ainda no interior da jaqueta.

Sob o tecido fino da camisa de Laurent, Paschal enrolara seu ombro para reforçá-lo. Ele sentiu uma pontada no peito. Era algo que Laurent não teria deixado que ele visse sóbrio, uma grande violação de privacidade. Ele pensou em 16 lanças arremessadas, com um esforço constante do braço e do ombro, depois do forte exercício do dia anterior.

Damen deu um passo para trás e disse:

– Agora você pode dizer que foi servido pelo rei de Akielos.

– Eu podia dizer isso de qualquer jeito.

Iluminado por candeeiros, o quarto estava cheio de uma luz laranja, revelando sua mobília simples, as cadeiras baixas, a mesa na parede com sua tigela de frutas recém-colhidas. Laurent era uma presença diferente com a camisa branca. Eles estavam olhando um para o outro. Atrás de Laurent, a luz se concentrava na cama, onde óleo queimava em um recipiente baixo e polido, e a iluminação caía sobre travesseiros amontoados e a base de mármore entalhado.

– Sinto sua falta – disse Laurent. – Sinto falta de nossas conversas.

Isso era demais. Ele se lembrou de estar amarrado ao tronco e semimorto; sóbrio, Laurent deixara o limite bem claro, e ele tinha consciência de que o havia ultrapassado – de que os dois haviam.

– Você está bêbado – disse Damen. – Está fora de si. Eu devia levá-lo para a cama.

– Então me leve – disse Laurent.

Ele manobrou Laurent com determinação, meio que o empurrou, meio que o derramou sobre a cama, como qualquer soldado ajudando seu amigo bêbado até o catre em sua tenda.

Laurent ficou deitado onde Damen o colocou, de costas com a camisa semiaberta, o cabelo jogado, a expressão descuidada. Seu joelho estava dobrado para um lado, sua respiração lenta como se estivesse dormindo, o tecido fino da camisa repousando sobre seu peito e subindo e descendo com ele.

– Você não gosta de mim assim?

– Você está... realmente fora de si.

– Estou?

– Sim. Você vai me matar quando ficar sóbrio.

– Eu tentei matar você. Parece que não consegui. Você sempre destrói todos os meus planos.

Damen encontrou um jarro de água e serviu água em uma taça baixa que levou até a mesinha ao lado da cama de Laurent. Então esvaziou a tigela de frutas e a pôs no chão ao lado, para ser usada como um soldado bêbado usaria um capacete vazio.

– Laurent, durma até isso passar. De manhã você pode castigar a nós dois. Ou esquecer que isso aconteceu. Ou fingir que esqueceu.

Ele fez tudo isso com bastante habilidade, embora antes de servir a água tivesse precisado de um momento para recuperar o fôlego. Apoiou as duas mãos sobre a mesa e inclinou seu peso sobre ela, um pouco ofegante. Pôs a jaqueta de Laurent em cima de uma cadeira. Fechou as cortinas de modo que o sol da manhã não penetrasse. Então seguiu na direção da porta, virando-se de lá para uma última olhada para a cama.

Laurent, despencando no sono em meio a pensamentos dispersos, disse:

– Sim, tio.

CAPÍTULO DEZ

Damen estava sorrindo. Estava deitado de costas com o braço em cima da cabeça, o lençol embolado cobrindo a parte inferior do corpo. Ele estava acordado havia talvez uma hora à primeira luz do dia.

Os acontecimentos da noite anterior, infinitamente complicados na privacidade à luz de velas do quarto de Laurent, haviam se consolidado em um único fato alegre naquela manhã.

Laurent sentia falta dele.

Ele sentiu uma palpitação de alegria ilícita quando pensou naquilo. Lembrou-se de Laurent olhando para ele. *Você sempre destrói todos os meus planos.* Laurent estaria furioso quando chegasse à reunião matinal.

– Você está de bom humor – disse Nikandros ao chegar ao salão. Damen apertou o ombro do amigo e assumiu seu lugar à mesa comprida.

– Nós vamos tomar Karthas – disse Damen.

Ele havia convocado todos os chefes guerreiros para a reunião. Aquele seria seu primeiro ataque a um forte akielon, e eles iriam vencê-lo, rápida e definitivamente.

Ele pediu sua bandeja de areia preferida. Delineada com traços profundos e rápidos, a estratégia estava visível sem que as pessoas ficassem batendo cabeças enquanto se debruçavam para olhar as linhas de tinta de um mapa. Straton chegou com Philoctus, arrumando as saias ao sentar. Makedon já estava presente, junto com Enguerran. Vannes chegou e ocupou seu lugar, arrumando sua saia de maneira parecida.

Laurent entrou de forma graciosamente tensa, como um leopardo com dor de cabeça perto do qual era preciso pisar com muito, muito cuidado.

— Bom dia — disse Damen.

— Bom dia — disse Laurent.

Isso foi dito após uma pausa infinitesimal, como se, talvez, pela primeira vez na vida, o leopardo não estivesse muito certo do que fazer. Laurent se sentou na cadeira de carvalho parecida com um trono ao lado de Damen e manteve os olhos cuidadosamente no espaço em frente a ele.

— Laurent! — saudou Makedon calorosamente. — Terei prazer em aceitar seu convite para caçar em Acquitart quando esta campanha terminar. — Ele deu um tapa no ombro de Laurent.

Laurent disse:

— Meu convite?

Damen se perguntou se alguma vez na vida ele tinha recebido um tapa no ombro.

— Mandei um mensageiro até minhas terras hoje mesmo para dizer a eles que comecem a preparar as lanças leves para camurças.

— Agora você caça com veretianos? — perguntou Philoctus.

— Uma taça de griva e você dorme como os mortos — disse Makedon. Ele tornou a bater no ombro de Laurent. — Esse aqui tomou seis! Você duvida da sua força de vontade? Da firmeza de seu braço na caçada?

— Não a griva de seu tio — disse uma voz horrorizada.

— Com nós dois na caçada, não vai sobrar nenhuma camurça nas montanhas. — Outro tapa no ombro. — Agora vamos para Karthas provar seu valor em batalha.

Isso provocou uma onda de camaradagem soldadesca. Laurent não se envolvia geralmente em camaradagem soldadesca e não sabia o que fazer.

Damen estava quase relutante em se aproximar da bandeja de areia.

— Meniados de Sicyon mandou um mensageiro para estabelecer negociações conosco. Ao mesmo tempo, lançou ataques sobre nossa aldeia, que tinham a intenção de semear discórdia e incapacitar nosso exército — disse Damen, enquanto traçava uma marca na areia. — Nós mandamos cavaleiros até Karthas para oferecer a ele a opção de se render ou lutar.

Isso ele tinha feito antes do okton. Karthas era um forte akielon clássico projetado para antecipar ataques, seu entorno protegido por uma série de torres de vigia, no estilo tradicional. Ele estava confiante no sucesso. A cada torre de vigia que caísse, as defesas de Karthas diminuiriam. Essa era ao mesmo tempo a força e a fraqueza dos fortes akielons: eles dispersavam recursos, em vez de consolidá-los atrás de um único muro.

— Você mandou cavaleiros para anunciar seus planos? — perguntou Laurent.

— Esse é o modo akielon — disse Makedon, como faria com um sobrinho favorito um pouco lento para aprender. — Uma vitória honrada vai impressionar os kyroi e ganhar a simpatia de que precisamos no Encontro dos Reis.

— Entendo, obrigado — disse Laurent.

— Nós atacamos do norte — explicou Damen. — Aqui e aqui. — Marcas na areia. — E tomamos as primeiras torres de vigia antes de fazer nosso ataque ao forte.

As táticas eram simples e diretas, e a discussão avançou rapidamente para uma conclusão. Laurent falou muito pouco. As poucas questões que os veretianos tinham em relação às manobras akielons foram levantadas por Vannes e respondidas de maneira satisfatória para ela. Depois de receberem suas ordens para marchar, os homens se levantaram para partir.

Makedon estava explicando as virtudes do chá de ferro para Laurent, e quando Laurent massageou as próprias têmporas com seus dedos finos, Makedon observou, se levantando:

— Você devia mandar seu escravo pegar um pouco.

— Pegue um pouco — ordenou Laurent.

Damen se levantou. E parou.

Laurent tinha ficado muito imóvel. Damen ficou ali parado, constrangido. Ele não podia pensar em nenhuma outra razão para ter se levantado.

Ele ergueu o rosto e seus olhos cruzaram com os de Nikandros, que estava olhando fixamente para ele. Nikandros estava com um pequeno grupo de um lado da mesa, os últimos homens no salão. Ele foi o único a ver e ouvir. Damen apenas ficou ali parado.

— Esta reunião está encerrada – anunciou Nikandros para os homens à sua volta, alto demais. – O rei está pronto para partir.

◆ ◆ ◆

O salão esvaziou. Ele ficou sozinho com Laurent. A bandeja de areia estava entre eles, a marcha sobre Karthas disposta em detalhes granulares. O azul incisivo do olhar de Laurent sobre ele nada tinha a ver com a reunião.

— Não aconteceu nada – disse Damen.

— Alguma coisa aconteceu – retrucou Laurent.

— Você estava bêbado – disse Damen. – Eu o levei para seus aposentos. Você me pediu para servi-lo.

— O que mais? – perguntou Laurent.

— Eu o servi – respondeu Damen.

— *O que mais?* – insistiu Laurent.

Ele achou que ter alguma vantagem sobre um Laurent de ressaca seria uma experiência agradável, exceto que Laurent estava prestes a vomitar. E não da ressaca.

— Ah, pare com isso. Você estava bêbado demais até para lembrar do próprio nome, muito menos com quem estava ou o que estava fazendo. Acha mesmo que eu me aproveitaria de você nessa condição?

Laurent olhava fixamente para ele.

— Não – disse ele num tom estranho, como se apenas nesse momento tivesse dedicado toda a sua atenção à pergunta e percebido a resposta. – Não acho que você faria isso.

Seu rosto ainda estava branco; seu corpo, tenso. Damen esperou.

— Eu falei... — começou Laurent. Ele levou um bom tempo para conseguir dizer as palavras. — Alguma coisa?

Laurent se mantinha tenso, como se pronto para uma luta. Ele ergueu os olhos para encontrar os de Damen.

— Você disse que sentia minha falta — disse Damen.

Laurent corou intensamente, a mudança em sua cor surpreendente.

— Entendo. Obrigado por... — Ele podia ver Laurent tatear as bordas da afirmação. — Resistir a meus avanços.

No silêncio, ele pôde ouvir vozes atrás da porta que nada tinham a ver com eles, nem com a honestidade daquele momento que quase doía, como se eles estivessem novamente nos aposentos de Laurent perto da cama.

— Eu também sinto sua falta — disse ele. — Tenho ciúme de Isander.

— Isander é um escravo.

— Eu era um escravo.

O momento doeu. Laurent retribuiu seu olhar com aqueles olhos claros demais.

— Você nunca foi um escravo, Damianos. Nasceu para reinar, assim como eu.

◆ ◆ ◆

Ele se viu na velha área residencial do forte.

Era mais quieto ali. Os sons da ocupação akielon eram abafados. A pedra grossa silenciava todos os ruídos, deixando apenas o prédio em si, os ossos de Marlas expostos diante dele, depois que as tapeçarias e treliças foram arrancadas.

Era um belo forte. Ele via o fantasma de sua graça veretiana, do que ele tinha sido, do que poderia tornar a ser, talvez. De sua parte, era uma despedida. Ele não voltaria ali, ou, se fizesse isso, como rei visitante, o lugar estaria diferente, restaurado como deveria ser por mãos veretianas. Ele iria simplesmente devolver Marlas, conquistado com tanta dificuldade.

Era estranho pensar nisso. Antes símbolo da vitória akielon, agora parecia um símbolo de tudo o que havia mudado nele, do jeito como ele olhava agora com novos olhos.

Damen chegou a uma porta antiga e parou. Havia um soldado à porta, pura formalidade. Ele acenou para que o homem se afastasse.

Era um conjunto de aposentos confortáveis e bem iluminados, com um fogo queimando na lareira e uma série de móveis, incluindo assentos akielons reclináveis, um baú de madeira com almofadas e uma mesa baixa diante do fogo, com um tabuleiro e peças de jogo dispostos sobre ele.

A garota da aldeia estava sentada, agachada e pálida, em frente a uma mulher mais velha de saia cinza. As moedas brilhantes usadas em uma brincadeira de criança estavam espalhadas na mesa diante delas. Com a entrada de Damen, a menina se levantou e as moedas caíram no chão com um tilintar.

A mulher mais velha também se levantou. Na última vez que Damen a vira ela estava tentando mantê-lo afastado de uma cama com o cabo quebrado de uma lança.

– O que aconteceu com sua aldeia... Eu juro que vou descobrir quem foi o responsável. Estou falando sério – disse Damen em veretiano. – Vocês duas têm um lugar aqui, se quiserem, entre amigos. Marlas vai pertencer a Vere novamente. Essa é minha promessa a vocês.

A mulher disse:

– Eles nos disseram quem é o senhor.

– Então você sabe que eu tenho o poder para cumprir minhas promessas.

– O senhor acha que se nos der... – A mulher parou.

Ela parou ao lado da menina, as duas um muro de resistência, os rostos pálidos. Ele sentiu a incongruência de sua presença.

– O senhor deve ir – disse a garota no silêncio. – Está assustando Genevot.

Damen olhou novamente para Genevot, que estava tremendo. Mas ela não estava com medo. Estava furiosa com ele, com sua presença.

– Não foi justo o que aconteceu com sua aldeia – disse Damen.

– Nenhuma luta é justa. Alguém é sempre mais forte. Mas eu vou lhes dar justiça. Isso eu juro.

– Eu gostaria que os akielons nunca tivessem vindo para Delfeur – disse a garota. – Eu gostaria que alguém tivesse sido mais forte que vocês.

Ela deu as costas para ele depois de dizer isso. Era um ato de coragem, uma garota diante de um rei. Então ela pegou uma moeda do chão.

– Está tudo bem, Genevot – disse a garota. – Olhe, eu vou te ensinar um truque. Observe minha mão.

A pele de Damen formigou ao reconhecer aquilo, o eco de

outra presença, o autocontrole dolorosamente familiar que a garota tentava imitar ao fechar a mão sobre a moeda, segurando o punho à sua frente.

Ele sabia quem tinha estado ali antes dele, quem havia sentado com ela e lhe ensinado aquilo. Ele já tinha visto esse truque. E, embora os movimentos dela fossem um pouco atrapalhados, a garota conseguiu enfiar a moeda na manga, de modo que, quando tornou a abrir a mão, estava vazia.

◆ ◆ ◆

No campo que se estendia diante de Marlas, os exércitos estavam reunidos, e todos os anexos a um exército – os batedores, os arautos, as carroças de suprimentos, o gado, os médicos e os aristocratas, incluindo Vannes, Guion e sua esposa, Loyse –, que em uma batalha encarniçada precisariam ser separados, acampados e deixados em conforto enquanto os soldados lutavam.

Estrelas e leões. Eles se estendiam até onde alcançava o olhar, tantos estandartes erguidos que pareciam mais uma frota de navios do que uma coluna em marcha. Montado em seu cavalo, Damen olhou para os soldados prontos para a batalha e se preparou para tomar seu lugar à frente.

Ele viu Laurent, também montado, uma espiga de cenho franzido e cabelo louro. Rígido na sela, sua armadura polida reluzia e seus olhos encaravam tudo com autoridade impessoal. Dado o humor de Laurent devido à griva, era provavelmente bom que ele logo fosse estar matando pessoas.

Quando Damen olhou para trás, os olhos de Nikandros estavam sobre ele.

Havia uma expressão diferente no rosto de Nikandros naquela manhã, e não apenas por ter testemunhado Damen se levantar após uma ordem de Laurent no fim da reunião. Damen puxou as rédeas.

– Você tem ouvido fofocas de escravos.

– Você passou a noite nos aposentos do príncipe de Vere.

– Eu passei dez minutos em seus aposentos. Se você acha que eu o fodi nesse tempo, me subestima.

Nikandros não afastou seu cavalo do caminho.

– Ele manipulou Makedon perfeitamente naquela aldeia. Ele o manipulou perfeitamente, assim como fez com você.

– Nikandros...

– Não. Escute-me, Damianos. Estamos cavalgando para Akielos porque o príncipe de Vere decidiu levar a luta dele para seu país. É Akielos que vai sofrer nesse conflito. E quando as batalhas terminarem e Akielos estiver exausta pela luta, alguém vai tomar as rédeas do país. Assegure-se de que seja você. O príncipe de Vere é bom demais comandando pessoas, bom demais em manipular as pessoas à sua volta para conseguir as coisas do jeito que quer.

– Entendo. Você está me alertando novamente para não o levar para a cama.

– Não – disse Nikandros. – Eu sei que você vai levá-lo para a cama. Estou dizendo que, quando ele deixar que você faça isso, você devia pensar no que ele quer.

Então Damen foi deixado a sós e esporeou seu cavalo junto ao de Laurent enquanto eles assumiam posições, lado a lado. Laurent estava com as costas retas na sela ao lado dele, uma figura de metal polido. Não havia sinal do jovem hesitante daquela manhã, apenas um perfil implacável.

Os clarins soaram. As trombetas trombetearam. Todas as colunas dos exércitos unidos começaram a se mover, dois rivais cavalgando juntos, azul ao lado do vermelho.

◆ ◆ ◆

As torres de vigia estavam vazias.

Era isso o que os batedores estavam gritando enquanto voltavam correndo em cavalos cobertos de suor, trazendo notícias perturbadoras. Damen gritou em resposta. Todo mundo tinha que gritar para ser ouvido acima da cacofonia de sons: as rodas, os cavalos, os passos metálicos de armadura, o ronco da terra e o sopro alto de trombetas que era o exército em marcha. A coluna se estendia do alto do morro até o horizonte, uma fila de quadrados divididos que se moviam sobre campos e colinas. Todo o exército estava posicionado para atacar as torres de vigia de Karthas.

Mas as torres de vigia estavam vazias.

– É uma armadilha – disse Nikandros.

Damen ordenou que um pequeno grupo se destacasse do exército e tomasse a primeira torre. Ele observou da encosta. Os homens foram a meio-galope na direção dela, em seguida desmontaram, pegaram um aríete de madeira e forçaram a porta. A torre de vigia era um estranho bloco contra o horizonte, sem nenhuma atividade; pedra sem vida que deveria ter habitantes, embora não houvesse nenhum. Diferente de uma ruína, reivindicada pela natureza para formar parte da paisagem, a torre vazia era incongruente, sinal de algo errado.

Ele observou seus homens, pequenos como formigas, entrarem na torre sem resistência. Houve alguns minutos de um silêncio estranho e lúgubre em que nada aconteceu. Então seus homens saíram, montados, e trotaram de volta até o grupo para fazer seu relato.

Não havia armadilhas. Não havia defesas. Não havia pisos defeituosos para jogá-los para baixo, nenhum barril de óleo fervente, nenhum homem com espada saindo de trás das portas. A torre estava simplesmente vazia.

A segunda torre estava vazia, e a terceira, e a quarta.

A verdade se abateu sobre ele enquanto seus olhos passavam pelo forte, pelos muros mais baixos de pedra calcária grossa e cinza e pelas fortificações de tijolos de barro mais acima. A torre baixa de dois andares era coberta de telhas e construída para abrigar arqueiros. Mas as seteiras estavam escuras e não dispararam. Não havia estandartes. Não havia sons.

Ele disse:

— Não é uma armadilha. É uma retirada.

— Se é, eles estavam fugindo de alguma coisa – disse Nikandros. – Algo que os deixou aterrorizados.

Ele olhou para o forte no alto de sua elevação, então para seu exército se estendendo atrás dele, um quilômetro e meio de vermelho ao lado de um azul perigoso e cintilante.

— Nós – disse Damen.

Eles passaram pelas rochas irregulares e subiram a colina íngreme até o forte. Atravessaram sem problemas o portal aberto do pátio de acesso, que eram quatro torres baixas assomando sobre um beco fechado e silencioso. As torres baixas eram projetadas para chover fogo, aprisionando um exército que se aproximava do portão. Elas permaneceram imóveis e silenciosas quando os homens de Damen usaram o aríete de madeira e romperam as grandes portas para o interior do forte principal.

Lá dentro, a qualidade sobrenatural do silêncio aumentou. O átrio com colunas estava deserto; a água parada da fonte simples e elegante não corria. Damen viu uma cesta virada e abandonada sobre o mármore. Um gato subnutrido correu de um lado a outro da parede.

Ele não era tolo e alertou seus homens contra armadilhas, estoques contaminados e poços envenenados. Eles avançaram sistematicamente para o interior, atravessando os espaços públicos abertos até as residências particulares do forte.

Ali os sinais de retirada eram mais evidentes: móveis em desordem, conteúdos levados às pressas, o espaço vazio deixado pela falta de uma cortina enquanto outra permanecia ali. Ele podia ver nas áreas residenciais desorganizadas os momentos finais, o Conselho de Guerra desesperado, a decisão de fugir. Quem quer que o tivesse ordenado, o ataque à aldeia não havia funcionado. Em vez de Damianos se voltar contra seu general, ele forjara seu exército em uma única força poderosa e espalhara o medo de seu nome por todo o interior do país.

– Aqui! – chamou uma voz.

Na parte mais interna do forte, eles encontraram uma porta bloqueada.

Ele sinalizou para que seus homens tomassem cuidado. Era o primeiro sinal de resistência, a primeira indicação de perigo. Duas dúzias de soldados se reuniram, e ele fez um sinal com a cabeça para que seguissem em frente. Eles pegaram o aríete de madeira e escancararam as portas.

Era um solário arejado ainda adornado com móveis requintados. Do sofá com sua base de entalhes espiralados até as mesinhas de bronze, estava intacto.

E ele viu o que estava à sua espera no forte vazio de Karthas.

Ela estava sentada no sofá. Ao seu redor, havia sete mulheres, duas delas escravizadas, uma criada de idade, e as outras de bom nascimento, suas acompanhantes. Suas sobrancelhas se ergueram com o estrondo como se fosse uma quebra de etiqueta de mau gosto.

Ela não conseguira chegar a Triptolme para dar à luz. Devia ter planejado o ataque à aldeia para detê-lo ou atrasá-lo, e quando isso deu errado, foi deixada para trás, abandonada. O parto ocorrera cedo demais. Em algum momento recente, a julgar pelas suaves manchas sépia sob seus olhos. Estava fraca demais para viajar enquanto os outros fugiam, e permaneceu apenas com aquelas mulheres dispostas a ficar com ela.

Ele ficou surpreso ao ver que havia tantas. Talvez ela as tivesse coagido: fiquem ou suas gargantas vão ser cortadas. Mas não. Ela sempre fora capaz de inspirar lealdade.

Seu cabelo caía em ondas sobre o ombro, seus cílios estavam

apertados e seu pescoço era elegante como uma coluna. Ela estava um pouco pálida, com leves vincos na testa, o que não prejudicava em nada sua perfeição alta e clássica e parecia apenas valorizá-la, como o acabamento em um vaso.

Ela era bonita. Como sempre havia sido, mas isso era algo que você percebia de imediato e logo descartava, porque era seu aspecto menos perigoso. A ameaça era sua mente, prudente, calculista, olhando para ele de trás de um par de olhos azuis frios.

– Olá, Damen – disse Jokaste.

Ele se obrigou a olhar para ela. Lembrou-se de cada parte dela, do jeito como ela sorria, da aproximação lenta de seus pés com sandálias enquanto ele estava acorrentado, do toque de seus dedos elegantes sobre seu rosto machucado.

Então ele se virou para o soldado raso à sua direita e delegou uma tarefa que estava abaixo dele, e que agora não significava nada.

– Leve-a daqui – disse ele. – Nós temos o forte.

Capítulo onze

Ele se encontrava no solário das mulheres, com sua mobília leve e o sofá entalhado com um padrão simples, agora vazio. A janela tinha uma vista que se estendia até a primeira torre.

Ela teria visto o exército chegar dali, subindo a colina distante e se aproximando. Teria visto cada passo de seu avanço até o forte. Teria visto seu próprio povo partir, levando comida, carroças e soldados, fugindo até que a estrada ficou vazia, até que a imobilidade baixou, até que o segundo exército apareceu, ainda longe o bastante para ser silencioso, mas chegando mais perto.

Nikandros parou ao lado dele.

– Jokaste está confinada em uma cela na ala leste. Você tem outras ordens?

– Despi-la e mandá-la para Vere como escrava? – Damen não se moveu do peitoril.

Nikandros disse:

– Você não quer isso de verdade.

– Não – disse ele. – Quero que seja pior.

Ele disse isso com os olhos no horizonte. Sabia que não permitiria que ela fosse tratada com nada menos que respeito. Ele se lembrou dela seguindo pelo mármore frio em sua direção nos banhos dos escravizados. Ele podia ver a mão dela no ataque à aldeia, na incriminação de Makedon.

– Ninguém deve falar com ela. Ninguém deve entrar em sua cela. Deixe-a confortável, mas não permita que ela tenha influência sobre nenhum homem. – Ele não era mais um tolo. Conhecia as habilidades dela. – Ponha seus melhores soldados à porta dela, seus homens mais leais, e escolha-os entre aqueles que não têm gosto por mulheres.

– Vou postar Pallas e Lydos. – Nikandros assentiu e foi cumprir sua ordem.

Familiar com a guerra, Damen sabia o que viria em seguida, mas ainda sentiu uma satisfação amarga quando o primeiro aviso das torres de vigia começou a soar, todo o sistema de alerta ganhando vida: trombetas ressoando nas torres internas e seus homens gritando ordens, assumindo posições nas muralhas, saindo para os portões principais. Bem no horário.

Meniados tinha fugido. Damen tinha controle tanto de seu forte quanto de uma poderosa prisioneira política. E ele e seus exércitos estavam a caminho do sul.

Os mensageiros do regente tinham chegado a Karthas.

◆ ◆ ◆

Ele sabia o que olhos veretianos viam quando olhavam para ele: um bárbaro em esplendor selvagem.

Ele nada fez para minimizar essa impressão. Estava sentado

no trono de armadura, suas coxas e braços pesados com músculos expostos. Ele observou o mensageiro do regente entrar no salão.

Laurent estava sentado ao seu lado em um trono idêntico. Damen deixou que o mensageiro do regente os visse – realeza flanqueada por soldados akielons em armadura de guerra feita para matar. Ele deixou que ele observasse o salão de pedras nuas daquele forte provinciano, cheio de lanças de soldados, onde o matador akielon estava sentado ao lado do príncipe veretiano sobre o tablado, vestindo o mesmo couro cru de seus soldados.

Ele deixou que ele visse Laurent também, deixou que visse a imagem que eles apresentavam: a realeza unida. Laurent era o único veretiano em um salão cheio de akielons. Damen gostou disso. Gostou de ter Laurent ao seu lado, gostou de deixar que o mensageiro do regente visse que Laurent tinha Akielos do seu lado – que tinha Damianos de Akielos, agora em sua arena de guerra favorita.

O mensageiro estava acompanhado por um grupo de seis pessoas, quatro guardas cerimoniais e dois dignitários veretianos. Andar por um salão de akielons armados os deixou nervosos, embora eles se aproximassem do trono com insolência, sem dobrar os joelhos. O mensageiro parou nos degraus do tablado e olhou Damen nos olhos, com arrogância.

Damen ajeitou todo seu peso no trono, esparramado sobre ele confortavelmente, e observou tudo isso acontecer. Em Ios, os soldados de seu pai teriam agarrado o mensageiro pelo braço e o forçado a abaixar a testa até o chão com um pé sobre sua cabeça.

Ele ergueu dois dedos de leve. O gesto imperceptível impediu que seus homens fizessem o mesmo nesse instante. Na última vez, Damen se lembrava vividamente, o mensageiro do regente tinha sido recebido com tumulto em um pátio, Laurent de rosto pálido correndo a cavalo e girando a montaria para olhar de cima o enviado de seu tio. Ele se lembrou da arrogância do mensageiro, de suas palavras e do saco de pano preso a sua sela.

Era o mesmo homem. Damen reconheceu seu cabelo e sua pele mais escuros, suas sobrancelhas grossas e o padrão bordado em sua jaqueta de amarração veretiana. Seu grupo de quatro guardas e dois oficiais parou atrás dele.

– Nós aceitamos a rendição do regente em Charcy – disse Damen.

O mensageiro enrubesceu.

– O rei de Vere manda uma mensagem.

– O rei de Vere está sentado ao nosso lado – disse Damen. – Nós não reconhecemos a reivindicação falsa de seu tio ao trono.

O mensageiro foi forçado a fingir que essas palavras não tinham sido ditas. Ele se virou de Damen para Laurent.

– Laurent de Vere, seu tio estende sua amizade a você de boa-fé. Ele lhe oferece uma chance de restaurar seu bom nome.

– Nenhuma cabeça em um saco? – perguntou Laurent.

A voz dele estava suave. Relaxado no trono, com uma perna esticada e um pulso apoiado elegantemente no braço de madeira, a mudança de poder era evidente. Ele não era mais o sobrinho rebelde, lutando sozinho na fronteira. Era uma força importante e recém-estabelecida, com terras e um exército próprios.

– Seu tio é um bom homem. O Conselho pediu sua morte, mas

seu tio não quer lhes dar ouvidos. Ele não vai aceitar os rumores de que você se voltou contra seu próprio povo. Ele quer lhe dar a chance de provar sua inocência.

— Provar minha inocência — repetiu Laurent.

— Um julgamento justo. Venha para Ios. Apresente-se diante do Conselho e explique seu caso. Se for considerado inocente, tudo o que é seu lhe será devolvido.

— Tudo o que é meu — Laurent repetiu as palavras do mensageiro pela segunda vez.

— Sua alteza — disse um dos dignitários, e Damen se surpreendeu ao reconhecer Estienne, um aristocrata de menor importância da facção de Laurent.

Estienne teve a cortesia de retirar o chapéu.

— Seu tio tem sido justo com todos aqueles que se consideram seus aliados. Ele só quer recebê-lo de volta. Posso lhe assegurar que o julgamento é apenas uma formalidade para apaziguar o Conselho — disse, segurando o chapéu com seriedade. — Mesmo que tenha havido algumas... pequenas indiscrições, o senhor só precisa demonstrar arrependimento, e ele vai abrir o coração. Ele sabe, assim como seus apoiadores, que o que estão dizendo sobre o senhor em Ios não é... não pode ser verdade. O senhor não é um traidor de Vere.

Laurent apenas olhou para Estienne por um momento, antes de voltar a atenção novamente para o mensageiro.

— Tudo o que é meu vai ser devolvido a mim. Essas foram as palavras dele? Conte-me suas palavras exatas.

— Se o senhor vier para Ios para se submeter a um julgamento — disse o mensageiro —, tudo o que é seu lhe será devolvido.

— E se eu recusar?

— Se recusar, o senhor será executado — disse o mensageiro. — Sua morte será a morte pública de um traidor e seu corpo será exibido nos portões da cidade para que todos vejam. O que sobrar não vai ser enterrado. O senhor não será enterrado com seu pai e seu irmão. Seu nome será riscado de todos os registros da família. Vere não vai se lembrar do senhor, e tudo o que é seu será feito em pedaços. Essa é a promessa do rei e minha mensagem.

Laurent não disse nada, um silêncio nada característico, e Damen viu os sinais sutis — a tensão em seus ombros, o músculo deslizando em seu queixo. Damen voltou todo o peso de seu olhar para o mensageiro.

— Volte para o regente — disse Damen — e diga isso a ele: tudo o que pertence a Laurent por direito lhe será devolvido quando ele for rei. As falsas promessas de seu tio não nos tentam. Nós somos os reis de Akielos e Vere. Vamos manter nossa posição e vamos falar com ele em Ios quando cavalgarmos à frente de nossos exércitos. Ele enfrenta Vere e Akielos unidos. E vai cair diante de nosso poder.

— Sua alteza — rogou Estienne, agora apertando o chapéu com ansiedade. — Por favor. O senhor não pode se aliar com esse akielon, não com tudo o que é dito sobre ele, tudo o que ele fez! Os crimes dos quais ele é acusado em Ios são piores que os seus.

— E do que eu estou sendo acusado? — perguntou Damen com absoluto desprezo.

Foi o mensageiro que respondeu, em akielon claro e com uma voz que chegou a todos os cantos do salão:

– O senhor é um parricida. Matou o próprio pai, o rei Theomedes de Akielos.

Quando o salão mergulhou no caos, com vozes akielons gritando em fúria e observadores saltando de seus bancos, Damen olhou para o mensageiro e disse em voz baixa:

– Tirem-no de minha vista.

◆ ◆ ◆

Ele se levantou de seu trono e foi até uma das janelas. Era pequena demais e o vidro muito grosso para qualquer coisa exceto uma vista turva do pátio. Atrás dele, o salão tinha se esvaziado por ordem sua. Ele tentava controlar a respiração. Os gritos dos akielons no salão tinham sido gritos de ultraje furioso. Era o que ele dizia a si mesmo. Que ninguém podia pensar nem por um momento que ele tinha...

Sua cabeça estava latejando. Ele sentia uma impotência furiosa perante tudo aquilo – o fato de Kastor matar seu pai e depois mentir desse jeito, envenenar a própria verdade e conseguir se safar...

A injustiça o pegou pela garganta. Ele sentiu que era o rompimento final daquele relacionamento – como se, de algum modo, antes desse momento houvesse alguma esperança de que ele pusesse tocar Kastor, mas agora o que havia entre eles era irrecuperável. Pior do que fazê-lo prisioneiro, pior do que fazê-lo escravo, Kastor o tornara o assassino de seu pai. Ele sentiu a influência sorridente do regente, sua voz suave e moderada. Pensou nas mentiras do regente se espalhando e fazendo efeito, as pessoas em Ios acreditando que ele era um assassino, a morte de seu pai desonrada e usada contra ele.

Fazer seu povo desconfiar dele, fazer seus amigos lhe darem as costas, fazer com que a coisa que lhe era mais cara na vida fosse transformada em uma arma para feri-lo...

Ele se virou. Laurent estava parado sozinho com o salão ao fundo.

Com uma repentina visão embaçada, Damen viu Laurent como ele era, seu verdadeiro isolamento. O regente tinha feito a mesma coisa com Laurent – removido seu apoio e feito seu povo voltar-se contra ele. Ele se lembrou de tentar convencer Laurent da benevolência do regente em Arles, tão ingênuo quanto Estienne. Laurent tivera uma vida inteira daquilo.

Ele disse, com uma voz firme e controlada:

– Ele acha que pode me provocar. Não pode. Não vou agir com raiva nem com pressa. Vou recuperar as províncias de Akielos uma a uma, e, quando marchar sobre Ios, vou fazê-lo pagar pelo que ele fez.

Laurent apenas continuava a olhar para ele com aquela expressão levemente avaliadora no rosto.

– Você não pode estar considerando a oferta dele – disse Damen.

Laurent não respondeu de imediato. Damen insistiu:

– Você não pode ir a Ios, Laurent. Você não vai ter um julgamento. Ele vai matá-lo.

– Eu teria um julgamento – disse Laurent. – É o que ele quer. Ele quer que eu demonstre ser incapaz. Ele quer que o Conselho o ratifique como rei para que sua reivindicação seja plenamente legitimada.

– Mas...

– Eu teria um julgamento. – A voz de Laurent estava firme. – Ele faria um desfile de testemunhas, e cada uma delas iria jurar que sou um traidor. Laurent, o covarde degenerado que vendeu seu país para Akielos e abriu as pernas para o akielon que matou o príncipe. E quando não me restasse nenhuma reputação, eu seria levado para praça pública e morto diante de uma multidão. Eu não estou considerando a oferta.

Olhando para ele através da distância que os separava, Damen percebeu pela primeira vez que um julgamento talvez tivesse certo apelo sedutor para Laurent, que devia desejar, em algum lugar bem no fundo, limpar seu nome. Mas Laurent estava certo: qualquer julgamento seria uma sentença de morte, uma apresentação projetada para humilhá-lo, depois acabar com ele, supervisionada pelo comando aterrorizante do regente sobre espetáculos públicos.

– Então?

– Tem mais alguma coisa – disse Laurent.

– O que você quer dizer?

– Quero dizer que meu tio não estende a mão a alguém para ser dispensado. Ele mandou aquele mensageiro até nós por uma razão. Tem mais alguma coisa. – As palavras seguintes de Laurent foram quase relutantes: – Sempre tem mais alguma coisa.

Houve um som na porta. Damen se virou e viu Pallas em uniforme completo.

– É *lady* Jokaste – disse Pallas – Ela está pedindo para vê-lo.

❖ ❖ ❖

Durante todo o tempo em que seu pai estava morrendo, ela e Kastor estavam mantendo seu caso.

Isso era tudo em que ele podia pensar enquanto olhava fixamente para Pallas, seu pulso ainda acelerado com a acusação, com a traição de Kastor. Seu pai ficara mais fraco a cada respiração. Ele nunca tinha falado sobre isso com ela – nunca conseguira falar sobre isso com ninguém –, mas às vezes saíra do leito onde seu pai estava doente para vê-la; para ter consolo, sem palavras, em seu corpo.

Ele sabia que não estava no controle de si mesmo. Queria arrancar a verdade dela com as próprias mãos. *O que vocês fizeram? O que você e Kastor planejaram?* Ele sabia que era vulnerável a ela nesse estado, que a especialidade dela, como a de Laurent, era encontrar fraquezas e pressioná-las. Ele olhou para Laurent e disse, sem rodeios:

– Cuide disso.

Laurent olhou para ele por um longo momento, como se procurasse alguma coisa em sua expressão, em seguida assentiu sem dizer nada e seguiu na direção das celas.

Cinco minutos se passaram. Dez. Ele praguejou, afastou-se da janela e fez a única coisa que sabia que não devia fazer. Ele deixou o salão e desceu os degraus desgastados de pedra até as celas da prisão. Na grade da última porta, ouviu uma voz do outro lado e parou.

As celas em Karthas eram úmidas, apertadas e subterrâneas, como se Meniados de Sicyon nunca tivesse antecipado ter prisioneiros políticos, o que provavelmente era o caso. Damen sentiu a temperatura cair; era mais frio ali, na pedra lavrada embaixo do forte. Ele passou pela primeira porta, onde os guardas assumiram posição de sentido, e entrou num corredor com piso de pedra irregular. A segunda porta tinha uma grade apertada através da qual ele podia vislumbrar o interior da cela.

Ele podia vê-la, reclinada sobre um assento finamente entalhado. Sua cela era limpa e bem mobiliada, com tapeçarias e almofadas que tinham sido transferidas de seu solário por ordem de Damen.

Laurent estava parado em frente a ela.

Damen parou, sem ser visto no espaço sombreado por trás da grade. Ver os dois juntos fez algo se revirar em seu estômago. Ele ouviu uma voz tranquila e familiar.

– Ele não vem – disse Laurent.

Ela parecia uma rainha. Seu cabelo estava enrolado e preso no alto da cabeça por um único alfinete de pérola, uma coroa dourada de cachos reluzentes sobre seu pescoço comprido e equilibrado. Ela estava reclinada sobre o assento baixo, algo em sua postura reminiscente do pai dele, o rei Theomedes, em seu trono. As pregas simples de seu vestido branco, presas em cada ombro, estavam cobertas por um xale de seda bordado vermelho-real, que alguém permitira que ela mantivesse. Sob suas sobrancelhas castanhas arqueadas, seus olhos estavam da cor de ísates.

O grau em que ela e Laurent se assemelhavam um ao outro, na tez, na fria e intelectual ausência de emoções, no distanciamento com o qual olhavam um para o outro, era ao mesmo tempo perturbador e extraordinário.

Ela falava veretiano puro e sem sotaque.

– Damianos me mandou seu garoto de alcova. Louro, de olhos azuis, e todo amarrado como uma virgem intacta. Você é exatamente o tipo dele.

Laurent disse:

– Você sabe quem eu sou.

– O príncipe do dia – disse Jokaste.

Houve uma pausa.

Damen precisava se apresentar, anunciar sua presença e parar com aquilo. Ele observou Laurent se acomodar contra a parede.

Laurent disse:

– Se está perguntando se eu fodi com ele, a resposta é sim.

– Acho que nós dois sabemos que não foi você que o fodeu. Você estava de costas, com as pernas para o ar. Ele não mudou tanto assim.

A voz de Jokaste era tão refinada quanto seu porte, como se o costume da elegância não fosse perturbado nem pelas palavras de Laurent nem pelas dela. Jokaste disse:

– A pergunta é o quanto você gostou disso.

Damen se viu com a mão na madeira ao lado da grade, ouvindo com tanta atenção quanto possível a resposta de Laurent. Ele mudou de posição, tentando captar um vislumbre do rosto de Laurent.

– Entendo. Nós vamos trocar histórias? Eu devo lhe dizer minha posição favorita?

– Imagino que seja semelhante à minha.

– Presa? – perguntou Laurent.

Foi a vez dela de fazer uma pausa. Ela usou o tempo para examinar as feições de Laurent, como se experimentasse a qualidade de um pedaço de seda. Tanto ela quanto Laurent pareciam extremamente à vontade. Era o coração de Damen que estava batendo forte.

Ela disse:

— Você está perguntando como era?

Damen não se mexia, não respirava. Ele conhecia Jokaste, conhecia o perigo. Ele se sentiu preso no lugar enquanto Jokaste continuava seu estudo do rosto de Laurent.

— Laurent de Vere. Dizem que você é frígido. Dizem que rejeita todos os seus pretendentes, que nenhum homem foi bom o bastante para abrir suas pernas. Acredito que pensasse que seria brutal e físico, e talvez parte de você talvez até quisesse assim. Mas tanto você quanto eu sabemos que Damen não faz amor assim. Ele o tomou devagar, beijou-o até você começar a querer.

Laurent disse:

— Não pare por minha causa.

— Você deixou que ele o despisse. Deixou que ele pusesse as mãos em você. Dizem que você odeia akielons, mas recebeu um em sua cama. Você não estava esperando a sensação quando ele o tocou. Não estava esperando o peso de seu corpo, a sensação de ter a atenção dele, de tê-lo desejando você.

— Você esqueceu a parte perto do fim, quando foi tão bom que eu me permiti esquecer o que ele tinha feito.

— Ah — disse Jokaste. — Isso foi verdade.

Outra pausa.

— É emocionante, não é? — continuou Jokaste. — Ele nasceu para ser um rei. Ele não é um substituto ou uma segunda opção, como você. Ele governa homens apenas respirando. Quando entra em uma sala, ele a comanda. As pessoas o amam. Como amavam seu irmão.

– Meu irmão morto – disse Laurent para ajudar. – Agora é a parte em que eu me abro para o assassino de meu irmão? Você pode descrevê-la outra vez.

Ele não podia ver o rosto de Laurent ao dizer isso, mas sua voz era tranquila, assim como sua postura elegante, apoiado na parede de pedra da cela.

Ela disse:

– É difícil cavalgar um homem que é mais rei que você?

– Eu não deixaria que Kastor a ouvisse chamá-lo de rei.

– Ou é disso que você gosta? Que Damen seja o que você nunca vai ser. Que ele tenha segurança, autoconfiança e convicção. Essas são coisas que você deseja. Quando ele concentra toda sua atenção em você, faz você sentir que pode fazer qualquer coisa.

Laurent disse:

– Agora nós dois estamos dizendo a verdade.

A qualidade dessa pausa foi diferente. Jokaste olhou novamente para Laurent.

– Meniados não vai desertar de Kastor para Damianos – disse Jokaste.

– Por que não? – perguntou Laurent.

– Porque quando Meniados abandonou Karthas, eu o encorajei a procurar Kastor, que vai matá-lo por me deixar sozinha aqui.

Damen sentiu um arrepio.

Jokaste disse:

– Agora terminamos com as gentilezas. Estou de posse de

certa informação. Você vai me oferecer clemência em troca do que eu sei. Haverá uma série de negociações. Depois, quando tivermos chegado a um acordo mutuamente benéfico, vou voltar para Kastor em Ios. Afinal de contas, foi por isso que Damianos o mandou aqui.

Laurent pareceu estudá-la. Quando ele falou, foi sem nenhuma urgência em especial:

– Não. Ele me mandou aqui para lhe dizer que você não é importante. Vai ficar detida aqui até que ele seja coroado em Ios, depois será executada por traição. Ele nunca mais vai vê-la.

Laurent se afastou da parede.

– Mas obrigado pela informação sobre Meniados – disse Laurent. – Foi útil.

Ele tinha quase chegado até a porta quando ela falou.

– Você não me perguntou sobre meu filho:

Laurent parou, então se virou.

Sentada no sofá, como em um trono, sua postura era nobre, como uma rainha em uma frisa de mármore comandando toda a extensão de uma sala.

– Ele nasceu prematuro. Foi um parto longo que atravessou a noite e foi até a manhã. No fim de tudo, uma criança. Eu estava olhando em seus olhos quando recebemos a notícia de que os soldados de Damianos estavam marchando sobre o forte. Eu tive de mandá-lo embora, por segurança. É uma coisa terrível separar uma mãe de seu filho.

– Sério, isso é tudo? – perguntou Laurent. – Algumas provocações e o apelo desesperado da maternidade? Achei que você fosse

uma adversária. Acha mesmo que um príncipe de Vere vai se importar com o destino de um filho bastardo?
— Você deveria — disse Jokaste. — Ele é o filho de um rei.
O filho de um rei.
Damen se sentiu tonto, como se o chão estivesse correndo de baixo de seus pés. Ela disse as palavras com calma, assim como tudo o mais, exceto que isso mudava tudo. A ideia que ele pudesse ser — de que ele fosse...
Seu filho.
Tudo assumiu um padrão: o fato de a criança ter nascido tão cedo; de ela ter viajado para o norte para tê-la, um lugar onde a data do nascimento do filho pudesse ser obscurecida; o fato de que em Ios ela disfarçara fortemente os primeiros meses de gravidez, tanto dele mesmo como de Kastor.
Damen empalideceu com um choque atordoante, e encarou Jokaste como se tivesse sido atingido.
Mesmo através do próprio choque, o puro horror de Laurent pareceu excessivo. Damen não entendeu — não entendeu a expressão nos olhos de Laurent, nem nos de Jokaste. Então Laurent falou com uma voz horrenda.
— Você mandou o filho de Damianos para meu tio?
Ela disse:
— Viu? Eu sou uma adversária. Não serei deixada em uma cela para apodrecer. Você vai dizer a Damen que o verei como exijo, e acho que verá que ele não vai mandar um garoto de alcova dessa vez.

Capítulo Doze

Era estranho que tudo em que ele conseguisse pensar fosse seu pai.

Ele estava sentado na beira da cama em seus aposentos, com os cotovelos sobre os joelhos e a base das mãos apertando os olhos com força.

A última coisa da qual tivera plena consciência fora Laurent se virando e o vendo através da grade. Ele recuara um passo de Laurent, depois outro, então se virou e subiu as escadas até seu quarto, uma jornada nebulosa. Ninguém o incomodara desde então.

Ele precisava do silêncio e da solidão, de tempo sozinho para pensar, mas não conseguia raciocinar. A pulsação em sua cabeça estava forte demais; as emoções em seu peito, embaralhadas.

Ele podia ter um filho, e tudo em que conseguia pensar era seu pai.

Era como se alguma membrana protetora tivesse sido rasgada, e tudo que ele não se permitira sentir estivesse exposto por trás da ruptura. Não havia mais nada que pudesse conter tudo aquilo, apenas uma sensação dolorosa e terrível de ter negada uma família.

Em seu último dia em Ios, ele se ajoelhara, a mão do pai pesada em seu cabelo – ingênuo demais, tolo demais para ver que a doença dele era um assassinato. O cheiro denso de velas e incenso tinha se misturado com o som da respiração difícil do pai. As palavras dele eram feitas de respiração, sem qualquer resquício da voz profunda e amadeirada.

– Diga aos médicos que vou ficar bem – dissera o pai. – Quero ver tudo que meu filho vai realizar quando assumir o trono.

Em vida, ele conhecera apenas um de seus pais. O pai tinha sido para ele um conjunto de ideais, um homem para quem ele olhava com admiração e a quem se esforçava para agradar, um padrão contra o qual ele se avaliava. Desde a morte do pai, ele não tinha se permitido pensar nem sentir nada além da determinação de retornar, de ver seu lar novamente e recuperar seu trono.

Agora ele se sentia como se estivesse parado diante do pai, sentia a mão do pai em seu cabelo, como jamais tornaria a sentir. Ele quisera que o pai se orgulhasse dele e, no fim, falhara com ele.

Um som vindo da porta. Ele ergueu os olhos e viu Laurent.

Damen inspirou sem firmeza. Laurent estava fechando a porta às suas costas. Ele teria que lidar com isso também. Ele tentou se compor.

Laurent disse:

– Não. Não estou aqui para... Eu só estou aqui.

De repente, ele tomou consciência de que o quarto tinha escurecido, que a noite caíra e ninguém viera acender velas. Ele devia estar ali havia horas. Alguém mantivera os criados fora. Alguém mantivera todos fora. Seus generais e seus nobres e todas as pessoas que tinham assuntos com o rei haviam sido dispensados. Laurent, percebeu ele, resguardara sua solidão. E seu povo, temendo o príncipe estrangeiro feroz e estranho, fez o que Laurent ordenou e ficou do lado de fora. Ele estava estúpida e profundamente grato por isso.

Ele olhou para Laurent querendo dizer a ele o quanto isso significava, mas, do jeito que estava, levaria um momento antes que conseguisse reunir forças para falar.

Antes que pudesse fazer isso, ele sentiu os dedos de Laurent em sua nuca, um toque surpreendente que o pegou em um torvelinho de confusão e o fez se mover à frente, simplesmente. Era, da parte de Laurent, um pouco estranho, doce, raro, rígido com óbvia inexperiência.

Se tinham lhe oferecido isso enquanto adulto, ele não conseguia se lembrar. Não conseguia se lembrar de jamais ter precisado disso, exceto que talvez tivesse precisado desde que os sinos tocaram em Akielos, mas nunca se permitido pedir. Corpo se encostou em corpo e ele fechou os olhos.

Tempo se passou. Ele tomou consciência do pulso lento e forte, do corpo esguio, do calor em seus braços – e isso foi agradável de um jeito diferente.

– Agora você está se aproveitando do meu bom coração – disse Laurent, um murmúrio em seu ouvido.

Ele recuou, mas não se afastou completamente, nem Laurent pareceu esperar por isso; a roupa de cama se moveu quando Laurent se sentou ao seu lado, como se fosse natural para eles sentarem com os ombros quase se tocando.

Ele deixou que seus lábios formassem um meio sorriso.

— Você não vai me oferecer um de seus lenços veretianos espalhafatosos?

— Você podia usar a roupa que está vestindo. É mais ou menos do mesmo tamanho.

— Pobres sensibilidades veretianas. Todos aqueles pulsos e tornozelos.

— E braços e coxas e todas as outras partes.

— Meu pai está morto.

As palavras tinham um caráter definitivo. Seu pai estava enterrado em Akielos embaixo dos silenciosos salões com colunas, onde a dor e a confusão de seus últimos dias jamais tornariam a atormentá-lo. Ele olhou para Laurent.

— Você achava que ele era um tipo belicoso. Um rei agressivo e faminto por guerras, que invadiu seu país pelo mais frágil dos pretextos, buscando terras e a glória de Akielos.

— Não — disse Laurent. — Não precisamos fazer isso agora.

— Um bárbaro — continuou Damen. — Com ambições bárbaras, apto a governar apenas pela espada. Você o odiava.

— Eu odiava você — disse Laurent. — Eu o odiava tanto que achei que fosse sufocar. Se meu tio não tivesse me detido, eu teria matado você. Depois você salvou minha vida, e toda vez que eu precisava de você, você estava lá, e odiei você por isso também.

— Eu matei seu irmão.

O silêncio pareceu se retesar dolorosamente. Ele se obrigou a olhar para Laurent, uma presença brilhante e impetuosa ao seu lado.

— O que está fazendo aqui? — perguntou Damen.

Ele estava pálido ao luar, posicionado contra as sombras escuras do quarto que envolviam os dois.

Laurent disse:

— Sei como é perder a família.

O quarto estava muito quieto, sem nenhum indício da atividade que devia estar ocorrendo além de suas paredes, mesmo tão tarde. Um forte nunca era silencioso; sempre havia soldados, criados, escravizados. Lá fora, os guardas estavam fazendo suas rondas noturnas. As sentinelas nos muros estavam patrulhando, olhando para a noite.

— Não há caminho adiante para nós? — perguntou Damen. Aquilo simplesmente saiu. Ao seu lado, ele podia sentir Laurent se mantendo muito imóvel.

— Você está perguntando se eu vou voltar para sua cama pelo pouco tempo que nos resta?

— Quero dizer que nós controlamos o centro. Temos tudo de Acquitart até Sicyon. Não podemos chamar isso de reino e governá-lo juntos? Eu sou uma perspectiva tão pior que uma princesa patrana ou uma filha do império?

Ele se segurou para não dizer mais que isso, embora as palavras se acumulassem em seu peito. Ele esperou. Surpreendeu-o o quanto doía esperar, e que, quanto mais ele esperava, mais sentia que não aguentaria a resposta, levada até ele na ponta de uma faca.

Quando ele se forçou a olhar para Laurent, os olhos de Laurent sobre ele estavam muito sombrios; sua voz, baixa.

— Como pode confiar em mim depois do que seu próprio irmão fez com você?

– Porque ele era falso – respondeu Damen. – E você é verdadeiro. Nunca conheci um homem mais verdadeiro – disse ele em meio à imobilidade. – Acho que se eu lhe desse meu coração, você iria tratá-lo com carinho.

Laurent virou a cabeça, negando a Damen seu rosto. Damen podia sentir sua respiração. Depois de um momento, Laurent disse em voz baixa:

– Quando fala comigo desse jeito, eu não consigo pensar.

– Não pense – disse Damen.

Ele viu a mudança tremeluzente, a tensão, conforme as palavras provocavam uma batalha interna.

– Não brinque comigo – disse Laurent. – Eu... não tenho os meios para... me defender contra isso.

– Não estou brincando com você.

– Eu...

– Não pense – disse Damen.

– Beije-me – disse Laurent, então corou, uma cor vibrante. *Não pense*, dissera Damen, mas Laurent não conseguia fazer isso. Mesmo depois do que tinha dito, lutava uma batalha em sua cabeça.

As palavras pairaram estranhamente, um arroubo, mas Laurent não as retirou, apenas esperou, seu corpo vibrando de tensão.

Em vez se inclinar sobre ele, Damen pegou sua mão, levou-a em sua direção e beijou sua palma, uma vez.

Ele tinha aprendido durante sua única noite juntos a reconhecer quando Laurent era pego de surpresa. Não era fácil antecipar; as lacunas na experiência de Laurent não correspondiam a nada que ele entendesse. Ele sentiu isso naquele momento, os olhos de Laurent muito sérios, sem saber ao certo o que fazer.

– Eu quis dizer...
– Impedi-lo de pensar?

Laurent não respondeu. Damen esperou, em silêncio.

– Eu não... – disse Laurent. Então, enquanto o momento se estendia entre eles: – Não sou um inocente que precisa ser levado pela mão a cada passo.

– Não é?

Então Damen compreendeu: a relutância de Laurent não eram os muros altos da cidadela defendida. Era aquela de um homem que tinha baixado parte de sua guarda e estava desesperadamente desacostumado a isso.

Depois de um momento:

– Em Ravenel, eu... fazia muito tempo desde que eu tinha... com qualquer um. Eu estava nervoso.

– Eu sei – disse Damen.

– Houve – disse Laurent. Ele parou. – Houve apenas mais uma pessoa.

Com delicadeza:

– Sou um pouco mais experiente que isso.
– Sim, isso é imediatamente aparente.
– É mesmo? – Ficou um pouco satisfeito.
– É.

Ele olhou para Laurent, que estava sentado na beira da cama, seu rosto ainda um pouco virado para o lado. Ao redor havia apenas as formas mal iluminadas dos arcos do quarto, seus móveis,

a base estática de mármore da cama onde estavam sentados, acolchoada e com almofadas do pé até a curva do descanso de cabeça.
Ele falou com delicadeza:
– Laurent, eu nunca machucaria você.
Ele ouviu a respiração estranha e incrédula de Laurent e percebeu o que tinha dito.
– Eu sei – disse Damen – que *machuquei* você.
A imobilidade de Laurent era cautelosa, até sua respiração era cautelosa. Ele não se virou para Damen.
– Eu machuquei você, Laurent.
– Isso basta, pare – disse Laurent.
– Não foi certo. Você era apenas um menino. Não merecia o que aconteceu com você.
– Eu disse *basta*.
– É tão difícil ouvir?
Ele pensou em Auguste, pensou que nenhum garoto merecia perder o irmão. O quarto estava muito silencioso. Laurent não olhou de volta para ele. De modo deliberado, Damen se recostou, seu corpo intencionalmente relaxado, soltando seu peso sobre as mãos na cama. Ele não entendia as forças que se moviam em Laurent, mas algum instinto o forçou a dizer:
– Na minha primeira vez, rolei muito de um lado para outro. Eu estava ansioso e não tinha ideia do que fazer. Não é como em Vere, nós não assistimos às pessoas fazendo isso em público – disse. – Eu ainda fico envolvido demais perto do fim. Sei que me perco.
Um silêncio. Ele durou demais. Damen não voltou a falar, observando a linha tensa do corpo de Laurent.

– Quando você me beijou – disse Laurent, por fim, expelindo as palavras –, eu gostei. Eu gostei quando você me tomou em sua boca, foi a primeira vez que eu... fiz isso – disse ele. – Eu gostei quando você...

A respiração de Laurent ficou ofegante quando Damen se sentou.

Ele tinha beijado Laurent como escravizado, mas nunca em sua própria pele. Os dois sentiram essa diferença, o beijo antecipado tão real entre eles que era como se já estivesse acontecendo.

Os centímetros de ar entre eles não eram nada, e eram tudo. A reação de Laurent a beijos sempre fora complexa: tensa; vulnerável; quente. A tensão era grande parte disso, como se aquele único ato fosse demais para ele, extremo demais. Ainda assim, ele pedira por isso. *Beije-me.*

Damen levantou a mão, passou os dedos no cabelo curto e macio na nuca de Laurent e tomou sua cabeça na mão. Eles nunca tinham ficado tão próximos, não com o fato de quem ele era escancarado entre eles.

Ele sentiu a tensão em Laurent aumentar, a crise chegando a um pico com a proximidade.

– Eu não sou seu escravo – disse Damen. – Eu sou um homem.

Não pense, ele tinha dito, porque era mais fácil que dizer: *Aceite-me por quem eu sou.*

De repente, ele não aguentou aquela situação. Queria aquilo sem simulações, sem desculpas, seus dedos se enroscando com força no cabelo de Laurent.

– Sou eu – disse Damen. – Sou eu, aqui com você. Diga meu nome.

– Damianos.

Ao ouvir isso, ele sentiu a ruptura em Laurent, o nome uma confissão, uma afirmação de verdade, Laurent aberto para ele sem nada por trás de que se esconder. Ele ouviu na voz de Laurent: *matador do príncipe.*

Laurent estremeceu contra ele quando se beijaram, como se, depois de se render àquilo, à troca dolorosa de irmão por amante, ele estivesse em alguma realidade particular onde mito e homem se encontravam. Mesmo que houvesse algum impulso autodestrutivo em Laurent, Damen não era nobre o suficiente para abrir mão daquilo. Ele queria aquilo, e sentiu uma onda de desejo puramente egoísta ao pensar que Laurent sabia que era ele. Que Laurent queria aquilo com *ele*.

Ele empurrou Laurent sobre a cama e ficou por cima, os dedos de Laurent apertados em seu cabelo, embora vestidos daquele jeito eles não pudessem fazer nada mais que beijar. Era uma proximidade insuficiente. Os membros se emaranhavam. Suas mãos deslizaram impotentes pelas roupas apertadas de Laurent. Embaixo dele, os beijos de Laurent eram todos com a boca aberta. O desejo ardia, doloroso e luminoso.

Estava incluído, como tinha de ser, no ato de beijar. O corpo dele parecia pesado, uma forma de penetração substituída por outra. Os tremores em Laurent não eram uma única barreira desmoronando – ele estremecia como se uma atrás da outra elas estivessem sendo derrubadas, cada lugar inexplorado, cada lugar mais fundo que o anterior.

O matador do príncipe.

Uma deslizada e um empurrão, e Laurent estava em cima dele, olhando para baixo. A respiração de Laurent estava acelerada, suas pupilas dilatadas sob a luz mortiça. Por um momento, eles apenas olharam um para o outro. O olhar de Laurent se estendeu sobre ele, um joelho de cada lado das coxas de Damen. Com os olhos sérios, era um único momento de escolha: a chance de ir embora ou de parar.

Em vez disso, Laurent segurou o broche com o leão de ouro no ombro de Damen e, com um puxão brusco, arrancou-o. Ele deslizou pelo piso de mármore até a extremidade direita da cama.

Tecido se desenrolou de onde estava preso. A roupa de Damen caiu, revelando seu corpo para o olhar de Laurent.

– Eu... – Damen se ergueu instintivamente sobre um braço e foi parado a meio caminho pela expressão de Laurent.

Ele ficou extremamente consciente de que estava caído de costas, nu, com Laurent inteiramente vestido sobre ele, ainda usando suas botas engraxadas e a gola alta e bem amarrada de sua jaqueta. Numa fantasia súbita e repentina, ele pensou que Laurent fosse simplesmente se levantar e ir embora, caminhar pelo quarto ou se sentar na cadeira em frente para beber vinho com as pernas cruzadas, enquanto Damen ficava exposto na cama.

Laurent não fez isso. Ele ergueu as mãos até o próprio pescoço. Com os olhos em Damen, ele lentamente pegou um dos laços apertados em sua garganta e o puxou.

O jorro de calor que veio dali foi demais, a realidade de quem os dois eram escancarada entre eles. Aquele era o homem que o mandara chicotear, o príncipe de Vere, inimigo de sua nação.

Damen podia ver a respiração entrecortada de Laurent. Podia ver a intenção em seus olhos profundos. Laurent estava se despindo para ele, um laço atrás do outro, o tecido da jaqueta se abrindo, revelando a camisa branca elegante por baixo.

Calor emanou sobre a pele de Damen. A jaqueta de Laurent saiu primeiro, caindo como uma armadura. Ele parecia mais jovem só de camisa. Damen viu o vestígio da cicatriz no ombro de Laurent, a ferida de faca, recém-cicatrizada. O peito de Laurent estava arquejante. A pulsação martelava em seu pescoço. Laurent levou a mão às costas e tirou a camisa.

A visão da pele de Laurent causou um choque no interior de Damen. Ele queria tocá-lo, passar as mãos sobre ele, mas sentiu-se preso, controlado pela intensidade do que estava acontecendo. O corpo de Laurent estava obviamente tenso, dos mamilos duros e rosados aos músculos rígidos da barriga, e por um momento eles apenas se olharam, presos nos olhos um do outro. E mais do que pele foi revelada.

Laurent disse:

— Sei quem você é. Sei quem você é, Damianos.

— Laurent — disse Damen, então se sentou pois não conseguiu evitar, suas mãos subindo pelo tecido sobre as coxas de Laurent para apertar a cintura despida. Pele tocou pele. Todo seu corpo parecia estar tremendo.

Laurent deslizou, sentando de pernas abertas no colo de Damen, suas coxas afastadas. Ele pôs a mão no peito de Damen, na cicatriz que marcava onde Auguste o ferira, e o toque fez Damen sofrer. À luz mortiça, Auguste estava entre eles, afiado como uma faca. A cicatriz em seu ombro era a última coisa que Auguste tinha feito antes que Damen o matasse.

O beijo foi como um ferimento, como se Laurent estivesse se empalando nessa faca. Havia um toque de desespero naquilo – Laurent beijava como se precisasse disso, seus dedos apertando Damen, seu corpo vacilante.

Damen gemeu, desejando aquilo de modo egoísta, seus polegares apertando forte o corpo de Laurent. Ele retribuiu o beijo sabendo que isso iria machucá-lo, que iria machucar os dois. Havia desespero em ambos, uma necessidade dolorida que não podia ser preenchida, e ele podia sentir o mesmo desejo em Laurent.

Ele imaginara fazer amor lentamente, mas era como se, uma vez na beira do abismo, eles só pudessem saltar. Ele sentia os tremores delicados da respiração de Laurent, os beijos urgentes que aspiravam por proximidade, então as botas de Laurent foram tiradas e a seda fina de suas roupas de cortesão removida.

– Venha. – Laurent estava se virando em seus braços, apresentando-se como tinha feito na primeira noite que passaram juntos, oferecendo seu corpo da curva das costas até a nuca abaixada. – Venha. Eu quero. Eu quero...

Damen não conseguiu evitar pressionar o próprio peso adiante, passando a mão pelas costas de Laurent e lentamente se esfregando perto de seu objetivo, em uma foda delicada e simulada. Laurent arqueou as costas e Damen ficou sem fôlego.

– Não podemos, não temos...

– Eu não me importo – disse Laurent.

Laurent estremeceu, e seu corpo fez um movimento brusco

que era inconfundivelmente sexual para trás. Por um momento seus dois corpos estavam operando de forma um tanto instintiva, apertando-se juntos.

Não ia funcionar. A questão física era um obstáculo ao desejo, e ele gemeu contra o pescoço de Laurent, deslizando as mãos por seu corpo. Em uma súbita fantasia explícita, desejou que Laurent fosse um escravizado de estimação, que tivesse corpo que não necessitasse de preparação extensa e sedutora antes de poder ser penetrado. Ele sentiu que estava no limite do controle; que estava desse jeito por dias, meses.

Ele queria entrar. Queria sentir Laurent estremecer e ceder, sentir sua entrega total. Ele não queria nenhuma negação de que Laurent o permitira entrar, de *quem* ele permitira entrar. *Sou eu.* Seu corpo estava pronto, como se em apenas um ato aquilo pudesse ser consumado.

Ele subiu as mãos pelas coxas de Laurent, afastando-as um pouco. A vista era rosada, pequena e apertada, o cálice de uma flor, impenetrável.

– Venha, eu já lhe disse, eu não me importo...

Um estrondo, o queimador de óleo apagado atingindo o mármore e se estilhaçando no quarto escuro, seus dedos desajeitados. Ele apertou primeiro com os dedos oleosos. Não foi elegante, posicionado sobre as costas de Laurent, guiando-se com uma das mãos. Não adiantou muito.

– Deixe-me entrar – disse ele, e Laurent fez um novo som, sua cabeça caída entre as omoplatas, a respiração trêmula. – Deixe-me entrar em você.

A resistência diminuiu um pouco, e ele empurrou, devagar. Sentiu cada centímetro enquanto o quarto se transformava em sensação. Havia apenas aquilo, o deslizar de seu peito contra as costas de Laurent, a curva da cabeça e o cabelo molhado de suor na nuca de Laurent.

Damen estava arfando. Ele tinha consciência de seu próprio peso insistente e de Laurent embaixo dele, empurrado para frente sobre os cotovelos. Damen abaixou a cabeça até o pescoço de Laurent e apenas sentiu.

Ele estava dentro de Laurent. A sensação era rude e desprotegida. Ele nunca havia se sentido mais como si mesmo: Laurent o deixara entrar, sabendo quem ele era. Seu corpo já estava se movendo. Laurent fez um som impotente contra os lençóis que era a palavra veretiana para *sim*.

A pegada de Damen se apertou em um reflexo inevitável, sua testa curvada sobre o pescoço de Laurent enquanto o calor daquela admissão pulsava através dele. Ele queria Laurent totalmente encostado nele. Queria sentir cada músculo colaborativo, cada movimento de incentivo, de modo que toda vez que olhasse para Laurent se lembrasse de que tinha estado desse jeito.

Seu braço envolveu o peito de Laurent, coxa encaixada contra coxa. A mão de Damen, ainda com óleo, estava em volta da parte mais quente e honesta de Laurent. O corpo de Laurent respondeu, movimentando-se, encontrando o próprio prazer. Eles estavam se movendo juntos.

Era bom. Era muito bom, e ele queria mais, queria levar aquilo na direção de sua conclusão, queria que nunca acabasse. Ele estava apenas meio consciente de que falava palavras sem controle e em sua própria língua.

– Eu quero você – disse Damen. – Quero você há muito tempo, nunca me senti assim com ninguém...

– Damen – disse Laurent, sem controle. – Damen.

Seu corpo pulsou, quase chegando ao clímax. Ele mal percebeu o momento em que empurrou Laurent de costas, a breve interrupção, a necessidade de estar novamente dentro dele, a boca de Laurent se abrindo sob a sua, a pressão em seu pescoço quando Laurent o puxou para si. Seu peso caiu sobre Laurent, um calor trêmulo ao penetrá-lo outra vez em um movimento lento e forte.

E Laurent se abriu para isso, um único deslizar perfeito. Damen assumiu o ritmo de que precisava, seus corpos emaranhados em uma foda mais forte e contínua. Eles estavam presos um no outro, e quando seus olhos se cruzaram, Laurent disse outra vez:

– Damen.

Como se isso significasse tudo. E como se a identidade de Damen fosse suficiente, ele estremeceu e pulsou contra o ar.

Com uma expressão estridente como prova, Laurent gozou com Damen dentro dele, o nome de Damen em seus lábios, e Damen se perdeu no momento, todo seu corpo entregue, a primeira pulsação profunda de seu próprio clímax apenas uma parte de um prazer sufocante que o levou, devastador e resplandecente, ao esquecimento.

Capítulo Treze

Damen acordou com a impressão de Laurent ao seu lado, uma presença quente e maravilhosa em sua cama.

A satisfação aumentou, e ele se permitiu olhar em uma indulgência sonolenta. Laurent estava com o lençol emaranhado em torno da cintura, o sol da manhã matizando-o de dourado. Damen tinha pensado que ele iria embora, como tinha feito da outra vez, desaparecido como um sonho. A intimidade da noite anterior podia ter sido demais para algum deles – ou para os dois.

Ele ergueu a mão para acariciar o rosto de Laurent, sorrindo. Laurent estava abrindo os olhos.

– Damen – disse ele.

O coração de Damen se moveu em seu peito, porque o modo como Laurent disse seu nome foi quieto, feliz, um pouco tímido. Laurent o dissera antes apenas uma vez, na noite anterior.

– *Laurent* – disse Damen.

Eles olharam um para o outro, para o deleite de Damen. Laurent estendeu a mão para deslizá-la por seu corpo. Laurent estava olhando para ele como se não conseguisse acreditar direito que ele fosse real, como se nem o toque pudesse confirmá-lo.

– O quê? – Damen estava sorrindo.
– Você é muito... – começou Laurent, em seguida enrubesceu. – Atraente.
– Sério? – perguntou Damen com uma voz agradável e quente.
– Sim – disse Laurent.

O sorriso de Damen se abriu, e ele se encostou nos lençóis e apenas saboreou a ideia, sentindo-se ridiculamente satisfeito.

– Bom – disse Damen, voltando novamente a cabeça para Laurent –, você também é.

Laurent inclinou de leve a cabeça, prestes a rir, e disse, com ternura absurda:

– A maior parte das pessoas me diz isso imediatamente.

Era a primeira vez que ele dizia isso? Damen olhou para Laurent, agora deitado meio de lado, seu cabelo louro um pouco despenteado, os olhos cheios de luz provocante. Doce e simples pela manhã, a beleza de Laurent era impressionante.

– Eu teria dito – disse Damen – se tivesse tido a chance de cortejá-lo adequadamente. Se tivesse falado com seu pai oficialmente. Se houvesse uma chance de nossos países serem... – Amigos. Ele sentiu o estado de ânimo mudar, pensando no passado. Laurent não pareceu perceber.

– Obrigado, mas sei exatamente como teria sido. Você e Auguste ficariam dando tapinhas nas costas um do outro e assistindo a torneios, e eu andaria atrás puxando sua manga, tentando captar um olhar enviesado.

Damen se manteve imóvel. Aquele jeito relaxado de falar de Auguste era novo, e ele não queria perturbá-lo.

Depois de um momento, Laurent disse:

– Ele teria gostado de você.

– Mesmo depois que eu começasse a cortejar seu irmão mais novo? – perguntou Damen com cuidado.

Ele observou Laurent hesitar, do jeito que ele fazia quando era tomado de surpresa, e erguer os olhos para encontrar os de Damen.

– Sim – respondeu Laurent com delicadeza, suas bochechas um pouco coradas.

O beijo aconteceu porque eles não puderam evitá-lo, e foi tão doce e certo que Damen sentiu uma espécie de dor. Ele se afastou. A realidade do mundo exterior parecia pressioná-lo.

– Eu... – Ele não conseguiu concluir.

– Não. Escute-me. – Ele sentiu a mão de Laurent firme em sua nuca. – Não vou deixar que meu tio machuque você. – O olhar azul de Laurent estava calmo e firme, como se ele tivesse tomado uma decisão e quisesse que Damen soubesse. – Foi sobre isso que vim aqui falar ontem à noite. Eu vou cuidar disso.

Damen se ouviu dizer:

– Prometa, prometa que não vamos deixá-lo...

– Eu prometo.

Laurent falou sério, com voz honesta; não era nenhum jogo, apenas a verdade. Damen assentiu, enquanto puxava Laurent para si. Dessa vez, o beijo tinha um eco do desespero da noite anterior, uma necessidade de bloquear o mundo exterior e ficar por um momento a mais naquele casulo, os braços de Laurent enrolados em torno de seu pescoço. Damen rolou sobre ele, corpo se encaixando em corpo. O lençol caiu. O balanço lento começou a transformar o beijo em outra coisa.

Houve uma batida na porta.

– Entre – disse Laurent, virando a cabeça na direção do som.

– Laurent – disse Damen, chocado e completamente exposto quando a porta se abriu. Pallas entrou. Laurent o cumprimentou sem nenhuma vergonha.

– Sim? – A voz de Laurent estava natural.

Pallas ficou boquiaberto. Damen viu o que Pallas viu: Laurent como um virgem recém-fodido saído de um sonho, e ele próprio inconfundivelmente sobre o príncipe, totalmente excitado. Ele enrubesceu intensamente. Em Ios, poderia ter flertado com um amante enquanto um escravizado doméstico fazia alguma tarefa no quarto, mas só porque um escravizado estava tão abaixo dele na hierarquia para não significar nada. A ideia de um soldado o observar fazendo amor com Laurent era atordoante. Laurent nunca tivera um amante assumido, menos ainda...

Pallas voltou seus olhos para o chão.

– Minhas desculpas, *exaltado*. Vim receber suas ordens para a manhã.

– No momento estamos ocupados. Mande um criado preparar os banhos e traga-nos comida no meio da manhã. – Laurent falava como um administrador erguendo os olhos de sua escrivaninha.

– Sim, *exaltado*.

Pallas se virou cegamente e seguiu na direção da porta.

– O que é? – Laurent olhou para Damen, que tinha se afastado e estava sentado com o lençol puxado para se cobrir. Então, com o prazer florescente da descoberta: – Você é *tímido*?

— Em Akielos, nós não... – disse Damen. – Não na frente de outras pessoas.

— Nem mesmo o rei?

— Especialmente o rei – disse Damen, para quem *o rei* ainda significava, em parte, seu pai.

— Mas como a corte sabe se o casamento real foi consumado?

— O rei sabe se ele foi ou não consumado! – ele disse, horrorizado. Laurent olhava fixamente para ele. Damen ficou surpreso quando Laurent baixou a cabeça e ainda mais surpreso quando os ombros de Laurent começaram a tremer. Em torno disso, o riso emergiu.

— Você lutou com ele sem nenhuma roupa.

— Aquilo é *esporte* – disse Damen. Ele cruzou os braços, pensando que veretianos não tinham nenhum senso de dignidade, mesmo enquanto Laurent se sentava e dava um beijo delicado em seus lábios, o que o acalmou um pouco.

Depois:

— O rei de Vere realmente consuma seu casamento diante da corte?

— Não diante da corte – respondeu Laurent, como se isso fosse absurdamente tolo. – Diante do Conselho.

— Guion está no Conselho! – exclamou Damen.

Mais tarde, quando estavam deitados ao lado um do outro, Damen se viu traçando a cicatriz no ombro de Laurent, o único lugar em que sua pele era marcada, como Damen agora sabia intimamente.

— Sinto muito pela morte de Govart. Sei que você estava tentando mantê-lo vivo.

– Achei que ele soubesse de algo que eu pudesse usar contra meu tio. Mas não importa. Vamos detê-lo de outro jeito.

– Você nunca me contou o que aconteceu.

– Não foi nada. Houve uma briga de faca, eu me libertei, e Guion e eu chegamos a um acordo.

Damen olhou para ele.

– O que foi?

– Nikandros nunca vai acreditar nisso – disse Damen.

– Não vejo por que não.

– Você foi feito prisioneiro, escapou sozinho das celas de Fortaine e de algum modo conseguiu fazer Guion mudar de lado conforme escapava?

– Bem – disse Laurent –, nem todo mundo é tão ruim em fugir como você.

Damen exalou e se viu rindo como talvez nunca tivesse achado possível, considerando o que o esperava do lado de fora. Ele se lembrou de Laurent nas montanhas lutando ao seu lado, protegendo seu corpo ferido.

– Quando você perdeu seu irmão, houve alguém para confortá-lo?

– Sim – disse Laurent. – De certa forma.

– Então fico satisfeito – disse Damen. – Satisfeito por você não estar sozinho.

Laurent se afastou e se sentou, e por um momento ficou parado, sem falar. Ele apertou as palmas das mãos sobre os olhos.

– O que é?

– Não é nada – disse Laurent.

Damen, sentando ao lado dele, sentiu o mundo exterior invadir o quarto novamente.

– Nós deveríamos...

– E vamos. – Laurent se virou para ele, passando os dedos no cabelo de Damen. – Mas, primeiro, nós temos a manhã.

◆ ◆ ◆

Depois, eles conversaram.

Criados levaram um café da manhã com frutas, queijo macio, mel e pães em travessas redondas, e eles se sentaram à mesa em uma das salas que se abria para o quarto. Damen ocupou o assento mais perto da parede, prendendo no algodão em seu ombro o broche de ouro que recuperara. Laurent estava sentado com uma pose relaxada, só de calça e uma camisa solta, com a gola e as mangas ainda abertas. Ele estava falando.

Em voz baixa, sério, resumiu a situação como ele a via, descrevendo seus planos e suas possibilidades. Damen percebeu que Laurent estava deixando que ele compartilhasse uma parte de si que nunca havia compartilhado antes, e se viu atraído pelas complexidades políticas, embora a experiência parecesse nova e um pouco reveladora. Laurent nunca revelava seus pensamentos assim; sempre mantinha seus planos intensamente privados, tomando suas decisões sozinho.

Quando os criados entraram para tirar os pratos da mesa, Laurent os observou chegar e partir e, em seguida, olhou para Damen. Havia uma pergunta não dita em suas palavras.

– Você não está mantendo escravos entre seus serviçais.

– Não posso imaginar por quê – disse Damen.

– Se você se esqueceu do que fazer com um escravo, eu posso lhe contar – disse Laurent.

– Você odeia a ideia de escravidão. Ela embrulha seu estômago – disse Damen, afirmando uma verdade incontestável. – Se eu fosse qualquer outra pessoa, você teria me libertado na primeira noite. – Ele examinou o rosto de Laurent. – Quando defendi a escravidão em Arles, você não tentou me fazer mudar de ideia.

– Esse não é um assunto para *troca de ideias*. Não há nada a dizer.

– Haverá escravos em Akielos. Nós somos uma cultura escravocrata.

– Eu sei disso.

Damen perguntou:

– Os escravos de estimação com seus contratos são muito diferentes? Nicaise teve escolha?

– Ele teve a escolha dos pobres sem outro meio de sobrevivência, a escolha de uma criança impotente em relação a seus parentes mais velhos, a escolha de um homem quando seu rei lhe dá uma ordem. O que não é escolha nenhuma, mas ainda assim mais do que é permitido a um escravo.

Damen sentiu novamente o choque de ouvir Laurent enunciar suas crenças particulares. Pensou nele ajudando Erasmus. Pensou nele visitando a garota da aldeia, ensinando a ela um truque de mágica. Pela primeira vez, captou um vislumbre de como Laurent seria como rei. Ele o viu não como o sobrinho ainda despreparado do regente, não como o irmão mais novo de Auguste, mas como ele mesmo, um jovem com uma série de talentos alçado cedo demais à liderança, e assumindo essa responsabilidade, porque não lhe foi dada nenhuma outra escolha. *Eu o serviria*, pensou ele, e isso também era uma pequena revelação.

– Sei o que você pensa de meu tio, mas ele não é... – falou Laurent após uma pausa.

– Não?

– Ele não vai machucar a criança – disse Laurent. – Seja seu filho ou de Kastor, é algo que pode lhe dar uma vantagem contra você, contra seus exércitos e contra seus homens.

– Você quer dizer que me fere mais ter meu filho vivo e inteiro do que se ele estivesse mutilado ou morto.

– Sim – disse Laurent.

Ele disse isso seriamente, olhando nos olhos de Damen. Damen sentiu cada músculo em seu corpo doer com o esforço de não pensar naquilo. De não pensar o outro pensamento mais sombrio, aquele que devia ser evitado a todo custo. Ele tentou, em vez disso, pensar em um caminho à frente, embora fosse impossível.

Ele tinha todo um exército reunido, veretianos e akielons, prontos para marchar para o sul. Tinha passado meses com Laurent organizando suas forças, estabelecendo uma base de poder, criando linhas de suprimentos, ganhando soldados para sua causa.

Com um único golpe, o regente havia tornado seu exército inútil, incapaz de se mover, incapaz de lutar, porque se fizesse isso...

– Meu tio sabe que você não vai fazer nada contra ele enquanto ele tiver a criança – disse Laurent. Em seguida, com calma e firmeza: – Por isso nós a tomaremos de volta.

◆ ◆ ◆

Ele procurou mudanças nela, mas o ar frio e intocável era o mesmo, assim como o jeito particular com que seus olhos o examinavam. Ela tinha a mesma pigmentação de Laurent, a mesma mente matemática. Eles eram como um par de iguais, exceto que a presença dela era diferente. Havia uma parte de Laurent que estava sempre tensa, mesmo quando ele demonstrava calma. A compostura inexpugnável de Jokaste parecia serenidade, até a descoberta de que ela era perigosa. Um núcleo de aço parecido talvez existisse nos dois.

Ela estava esperando por ele em seu solário, onde ele permitira que ela ficasse sob guarda constante. Estava sentada com elegância, suas damas dispostas ao seu redor como flores em um jardim. Não parecia incomodada com seu encarceramento; não parecia nem mesmo percebê-lo.

Depois de seu olhar longo e examinador em torno do aposento, ele se sentou na cadeira em frente a ela, como se os soldados que tinham entrado atrás dele não existissem.

Ele perguntou:

– Há uma criança?

– Eu já lhe disse que há – respondeu Jokaste.

– Eu não estava falando com você – disse Damen.

As mulheres sentadas em torno de Jokaste eram de idades

variadas; a mais velha talvez tivesse 60 anos, enquanto a mais jovem, da idade de Jokaste, cerca de 24. Ele achou que todas as sete estavam a serviço dela havia muito tempo. Uma mulher com o cabelo preto trançado ele reconheceu vagamente (Kyrina?). As duas escravizadas também eram levemente familiares. Ele não reconheceu a criada mais velha nem as outras damas nobres. Damen passou os olhos lentamente por elas. Todas estavam em silêncio. Ele voltou seu olhar para Jokaste.

– Permita que eu lhe conte o que vai acontecer. Você vai ser executada independentemente do que diga ou faça, mas vou poupar suas mulheres, se elas concordarem em responder às minhas perguntas.

Silêncio. Nenhuma das mulheres falou nem se ofereceu para isso.

Ele disse para os soldados às suas costas.

– Levem-nas.

Jokaste disse:

– Essa atitude vai significar a morte da criança.

Ele retrucou:

– Nós nem confirmamos que há uma criança.

Ela sorriu, como se satisfeita ao descobrir que um animal de estimação era capaz de um truque.

– Você nunca foi bom em jogos. Não acho que tenha o que é preciso para jogar contra mim.

– Eu mudei – disse ele.

Os soldados tinham parado, mas havia uma agitação entre as damas agora, enquanto Damen se encostava em sua cadeira.

— Kastor vai matar a criança — disse ela. — Eu vou contar a Kastor que é sua, e ele vai matá-la. Estratagemas sofisticados para tirar proveito dela não vão entrar na cabeça dele.

— Acredito que Kastor mate qualquer filho que acredite ser meu. Mas você não tem meios de mandar uma mensagem para Kastor.

— A ama de leite da criança — disse Jokaste — vai contar a Kastor a verdade se eu for morta.

— Se você for morta.

— Isso mesmo.

— Você — disse Damen —, mas não suas mulheres.

Houve uma pausa.

— Você é a única protegida em seu esquema. Essas mulheres vão morrer. A menos que falem comigo.

Ela disse:

— Você mudou. Ou esse é o novo poder por trás do trono? Eu me pergunto com quem estou realmente negociando aqui.

Ele já estava acenando com a cabeça para o soldado mais próximo.

— Comece com ela.

Não foi agradável. As mulheres resistiram; houve gritos. Ele observou impassivelmente enquanto os soldados as agarravam e começavam a arrastá-las do aposento. Kyrina se libertou das mãos de dois soldados e se prostrou com a testa no chão.

— *Exaltado*...

— Não — disse Jokaste.

— *Exaltado*, o senhor é piedoso. Eu tenho um filho. Poupe minha vida, exaltado...

– Não – disse Jokaste. – Ele não vai matar uma sala cheia de mulheres por serem leais a sua senhora, Kyrina.

– Poupe minha vida e juro que vou lhe contar tudo o que sei...

– Não – protestou Jokaste.

– Conte-me – disse Damen.

Kyrina falou sem levantar a cabeça, com seu cabelo comprido, que havia escapado do penteado durante o conflito, espalhado sobre o chão.

– Há uma criança. Ela foi levada para Ios.

– Já chega – disse Jokaste.

– Nenhuma de nós sabe se a criança é sua. Ela diz que é.

– Já chega, Kyrina – disse Jokaste.

– Tem mais – disse Damen.

– *Exaltado...* – disse Kyrina, enquanto Jokaste dizia:

– *Não.*

– Minha senhora não confiou no regente de Vere para proteger seus interesses. Caso não houvesse outro meio de salvar a vida dela, a ama de leite poderia ser instruída a trazer a criança para o senhor, em troca da liberdade de minha senhora.

Damen se encostou em sua cadeira e ergueu as sobrancelhas para Jokaste.

A mão de Jokaste era um punho em sua saia, mas ela falou com a voz calma.

– Acha que arruinou meus planos? Não há maneira de evitar minhas condições. A ama de leite não vai deixar Ios. Se quiser fazer a troca, vai precisar me levar para lá e me trocar pessoalmente.

Damen olhou para Kyrina, que ergueu a cabeça e assentiu.

Jokaste, pensou ele, acreditava que era impossível para ele viajar até Ios e que não havia um lugar onde fosse seguro tentar uma troca.

Mas havia um lugar onde dois inimigos podiam se encontrar sem medo de emboscada. Um antigo local cerimonial regido por leis estritas, onde, desde os primórdios, os kyroi podiam se reunir em segurança, protegidos pela regra vigente de paz e por soldados que garantiam seu cumprimento. Reis viajavam até lá para serem coroados; nobres, para resolver disputas. Suas escrituras eram sagradas, e permitiam negociações sem os golpes de lança e o sangue derramado dos primeiros e belicosos dias de Akielos.

O lugar tinha uma qualidade predestinada que o atraía.

– Nós faremos a troca em um lugar onde nenhum homem pode levar um exército nem sacar uma espada, sob pena de morte – disse Damen. – Nós faremos a troca no Encontro dos Reis.

Não havia muito a fazer depois disso. Kyrina foi levada a uma antecâmara para providenciar a comunicação com a ama de leite. As mulheres foram escoltadas para fora. E então ele e Jokaste ficaram sozinhos.

– Dê meus parabéns ao príncipe de Vere – disse ela. – Mas você é um tolo por confiar nele. Ele tem seus próprios planos.

– Ele nunca fingiu o contrário – disse Damen.

Ele olhou para ela, sozinha no sofá baixo. Não pôde evitar a lembrança do dia em que se conheceram. Ela tinha sido apresentada ao pai dele, filha de um nobre de baixo escalão de Aegina, e ele não conseguira olhar para nenhum outro lugar. Foram três meses de corte até que ela estivesse em seus braços.

– Você escolheu um homem determinado a destruir o próprio país. Escolheu meu irmão, e veja aonde isso a levou. Você não tem posição, não tem amigos. Até suas próprias acompanhantes a abandonaram. Não acha uma pena que as coisas tenham de acabar assim entre nós?

– Sim – disse ela. – Kastor devia tê-lo matado.

Capítulo Quatorze

Como ele não podia botar Jokaste em uma saca e carregá-la através da fronteira até o território de Kastor, a viagem apresentava certos desafios logísticos.

Para justificar duas carroças e uma comitiva, eles iam fingir ser mercadores de tecidos. Esse disfarce não ia resistir a nenhum escrutínio sério. Haveria rolos de tecido nas carroças – mas também haveria Jokaste. Ela saiu para o pátio e olhou para os preparativos com a calma de quem iria cooperar totalmente com os planos de Damen, e então, na primeira oportunidade, destruí-los com um sorriso.

O maior problema não era nem mesmo o disfarce, e sim passar pelas patrulhas de fronteira. A história dos "mercadores de tecidos" podia ajudá-los a viajar sem impedimentos dentro de Akielos, mas não faria com que passassem pelas sentinelas de fronteira. Sem dúvida, não faria com que passassem por sentinelas de fronteira que – Damen estava bem certo – já tinham sido alertadas da possibilidade de sua chegada por Jokaste. Damen passou duas horas infrutíferas com Nikandros tentando estabelecer um trajeto que lhes permitisse passar duas carroças pela fronteira sem alertar as patrulhas, e outra hora infrutífera sozinho encarando o mapa, até que Laurent entrou e delineou um plano tão ultrajante que Damen disse sim com a sensação de que sua mente estava se abrindo ao meio.

Eles estavam levando seus melhores soldados, aqueles poucos de elite que haviam se destacado nos jogos: Jord, que tinha ganhado na espada curta; Lydos, no tridente; Aktis, o arremessador de lanças; o triplamente coroado Pallas; Lazar, que tinha assoviado para ele; e um punhado dos melhores lanceiros e espadachins. O acréscimo de Laurent à expedição foi Paschal, e Damen tentou não pensar demais em por que Laurent achava necessário levar um médico.

E ainda, absurdamente, Guion. Guion sabia usar uma espada. A culpa de Guion o tornava mais propenso a lutar por Damen que qualquer outra pessoa. E se o pior acontecesse, o testemunho de Guion tinha o potencial para derrubar a regência. Laurent havia falado tudo isso de modo sucinto e disse a Guion de modo agradável:

– Sua mulher pode fazer companhia a Jokaste na viagem.

Guion entendeu mais rápido que Damen.

– Compreendo. Minha mulher é a garantia de meu bom comportamento.

– Isso mesmo – disse Laurent.

Damen observava de uma janela no segundo andar enquanto eles se reuniam no pátio: duas carroças, duas mulheres nobres e doze soldados, dos quais dez eram soldados de fato e dois eram Guion e Paschal usando capacete.

Ele mesmo estava vestido com o tecido branco de um viajante humilde, com uma tira de couro sobre o bracelete de ouro. Estava esperando pela chegada de Laurent para discutir os detalhes de seu plano ridículo. Damen pegou um jarro de vinho para servi-lo em uma das taças rasas na mesa.

– Você descobriu a rota das patrulhas de fronteira? – perguntou Laurent.

– Sim, nossos batedores descobriram...

Laurent estava parado na porta usando um quíton de algodão branco sem adornos.

Damen deixou cair o jarro.

Ele se estilhaçou e cacos voaram quando ele escapou de seus dedos e atingiu o chão de pedra.

Os braços de Laurent estavam nus. Seu pescoço estava nu. Sua clavícula estava nua, e a maior parte de suas coxas, suas pernas compridas e todo seu ombro esquerdo. Damen olhava fixamente para ele.

– Você está usando roupas akielons – disse ele.

– Todo mundo está usando roupas akielons – disse Laurent.

Damen pensou que o jarro tinha se estilhaçado e agora ele não podia tomar um grande gole de vinho. Laurent se aproximou, desviando da cerâmica quebrada, em sua roupa curta de algodão e os pés com sandálias até chegar ao assento ao lado de Damen, onde o mapa estava disposto sobre a mesa de madeira.

– Quando tivermos a rota das patrulhas, vamos saber quando nos aproximar – disse Laurent, então se sentou. – Precisamos nos aproximar no início da rota para ter o máximo de tempo antes que eles voltem ao forte.

A roupa ficava ainda mais curta quando ele sentava.

– Damen.

– Sim. Desculpe – disse Damen. – O que você estava dizendo?

– As patrulhas – respondeu Laurent.

O plano não era menos ultrajante quando exposto nos mínimos detalhes, com estimativas de tempos de viagem e distâncias. O risco, se eles falhassem, era enorme. Eles estavam levando o maior número de soldados que podiam justificar, mas se fossem descobertos, se tivessem que lutar, iriam perder. Eles só tinham doze homens. Um pouco menos, emendou Damen, pensando em Paschal e Guion.

No pátio, ele olhou para o pequeno grupo reunido. Os exércitos que eles tinham passado tanto tempo construindo iam ficar para trás. Vannes e Makedon iam defender juntos a rede que eles haviam estabelecido a partir de Ravenel, passando por Fortaine, Marlas e Sicyon. Laurent disse que Vannes podia lidar com Makedon.

Ele devia ter adivinhado que um exército nunca seria o meio de enfrentar o regente. Estava fadado a ser assim, um grupo pequeno, sozinho e vulnerável, seguindo seu caminho pelo campo.

Nikandros o cumprimentou no pátio. As carroças estavam preparadas, seu pequeno bando pronto para partir. Os soldados só precisavam saber seus papéis na empreitada, e as instruções de Damen para eles foram curtas. Mas Nikandros era seu amigo e merecia saber como eles iam atravessar a fronteira.

Ele lhe contou o plano de Laurent.

❖ ❖ ❖

– Isso é desonroso – disse Nikandros.

Eles estavam se aproximando da sentinela de fronteira na estrada ao sul que ia de Sicyon para a província de Mellos. Damen examinou o bloqueio e a patrulha, que tinha 40 homens. Além do bloqueio, ficava a torre de sentinela, que também tinha homens – os quais podiam mandar qualquer mensagem através da rede de torres até o forte principal. Ele podia ver a prontidão armada dos homens. A aproximação das carroças, seguindo lentamente pelo campo, tinha sido observada havia muito tempo da torre.

– Eu gostaria de reforçar minha forte objeção – disse Nikandros.

– Está registrada – disse Damen.

De repente, ele se deu conta da fragilidade daquele disfarce, da incongruência da carroça, do aspecto estranho de seus próprios soldados, que tiveram de ser ensinados inúmeras vezes a não o chamar de "exaltado", e da grande ameaça da própria Jokaste, esperando com seus olhos frios no interior da carroça.

O perigo era real. Se Jokaste conseguisse se soltar de suas amarras e de sua mordaça e fizesse qualquer som, ou fosse descoberta no interior das carroças, eles enfrentariam captura e morte. A torre de sentinela detinha pelo menos 50 homens, além dos 40 ali na patrulha da estrada. Não havia como passar por eles lutando.

Damen tomou as rédeas da carroça e continuou a conduzi-la lentamente, sem ceder à tentação de acelerar, se aproximando do bloqueio em um passo tranquilo.

– Alto – disse o guarda.

Damen puxou as rédeas. Nikandros puxou as rédeas. Os doze soldados puxaram as rédeas. As carroças pararam, com um rangido e um longo e prolongado "Ôa" de Damen para os cavalos.

O capitão se aproximou, um homem de capacete em um cavalo baio, uma capa vermelha curta flutuando por cima de seu ombro direito.

– Identifiquem-se.

– Somos a escolta de *lady* Jokaste, voltando para Ios depois de seu parto – disse Damen. Não havia nada para confirmar ou negar essa afirmação além de uma carroça simples e coberta que parecia piscar ao sol.

Ele podia sentir a reprovação de Nikandros às suas costas. O capitão disse:

– Nossos relatórios disseram que *lady* Jokaste foi feita prisioneira em Karthas.

– Seus relatórios estão errados. *Lady* Jokaste está naquela carroça.

Houve uma pausa.

– Naquela carroça.

– Isso mesmo.

Outra pausa.

Damen, que estava dizendo a verdade, olhou novamente para o capitão com o olhar firme que aprendera com Laurent. Não funcionou.

– Tenho certeza de que *lady* Jokaste não vai se importar de responder a algumas perguntas.

– Tenho certeza de que ela vai se importar – disse Damen. – Ela pediu com muita clareza para não ser perturbada.

– Temos ordens de revistar toda carroça que passar. A senhora vai ter de fazer concessões. – Havia um novo tom na voz do capitão. Houvera objeções demais. Protelar novamente não era seguro.

Ainda assim, Damen se ouviu dizendo:

– O senhor não pode simplesmente ir abrin...

– Abram a carroça – disse o capitão, ignorando-o.

A primeira tentativa foi menos como abrir uma carga ilícita e mais como uma batida estranha na porta da senhora. Não houve resposta. Uma segunda batida. Nenhuma resposta. Uma terceira.

– Viu? Ela está dormindo. O senhor vai mesmo...

O capitão exclamou:

– Abram-na.

Houve um som de impacto e de algo quebrando, como um ferrolho de madeira atingido por uma marreta. Damen se forçou a não fazer nada. A mão de Nikandros foi para o cabo da espada, sua expressão tensa, pronta. A porta da carroça se abriu.

Houve um intervalo de silêncio, interrompido pelo som abafado de uma conversa. Ela durou por algum tempo.

– Minhas desculpas, senhor. – O capitão voltou e fez uma grande mesura. – *Lady* Jokaste é sem dúvida bem-vinda aonde quer que deseje ir. – Ele estava com o rosto vermelho e suando um pouco. – Por solicitação da senhora, vou cavalgar com vocês pessoalmente através dos últimos postos de controle para assegurar que não sejam detidos outra vez.

– Obrigado, capitão – disse Damen com grande dignidade.

– Deixem-nos passar! – veio o chamado.

– As histórias sobre a beleza de *lady* Jokaste não são exageradas – disse o capitão, de homem para homem, enquanto eles seguiam pelo campo.

– Espero que o senhor fale de *lady* Jokaste com todo o respeito, capitão – disse Damen.

– Sim, é claro, minhas desculpas – disse o capitão.

O capitão ordenou uma saudação completa para eles quando

se separaram no último posto de controle. Eles seguiram adiante por três quilômetros, até que o posto estava seguramente fora de vista, atrás de uma colina, então a carroça parou e a porta se abriu. Laurent emergiu usando apenas uma camisa veretiana solta, levemente desalinhada por cima da calça. Nikandros olhou dele para a carroça e novamente para ele.

— Como o senhor convenceu Jokaste a colaborar com os guardas? — perguntou ele.

— Eu não a convenci — disse Laurent.

Ele jogou o bolo de seda azul em suas mãos para um dos soldados se livrar dele, em seguida, vestiu sua jaqueta em um gesto um tanto másculo.

Nikandros estava olhando fixamente para ele.

— Não pense demais nisso — disse Damen.

◆ ◆ ◆

Eles tinham duas horas antes que as sentinelas voltassem ao forte principal e vissem que *lady* Jokaste não tinha chegado, momento em que o capitão iria lentamente perceber o que havia acontecido. Pouco depois, os homens de Kastor iriam aparecer, correndo pela estrada atrás deles.

Jokaste lhe deu um olhar frio quando eles tiraram o pano de sua boca e soltaram suas amarras. Sua pele reagiu como a de Laurent ao confinamento: machucados vermelhos onde eles amarraram seus pulsos com corda de seda. Laurent estendeu a mão para acompanhá-la da carroça de suprimentos para a carroça principal, um gesto veretiano entediado. Os olhos dela demonstravam o mesmo tédio quando pegou sua mão.

– Você tem sorte por sermos parecidos – disse ela, descendo.

Eles olharam um para o outro como dois répteis.

Para evitar as patrulhas de Kastor, eles estavam seguindo para uma espécie de santuário da sua infância, a propriedade de Heston de Thoas. As terras de Heston eram densamente florestadas e continham espaços amplos onde podiam se esconder para esperar a passagem das patrulhas, até que o interesse por eles diminuísse. Mas era mais que isso: Damen passara horas da infância naqueles pomares e vinhedos enquanto seu pai comia com Heston em suas viagens pelas províncias do norte. Heston era extremamente leal e abrigaria Damen de um exército invasor.

Era uma região familiar. Akielos no verão: em parte, encostas rochosas cobertas com arbustos e vegetação rasteira e faixas de terra cultivável, aromatizadas com flores de laranjeira. Áreas florestadas com árvores nas quais se esconder eram raras, e nenhuma delas deu a Damen a confiança de que pudessem disfarçar uma carroça. Com o risco das patrulhas crescendo, Damen gostava cada vez menos do plano de deixar as carroças desprotegidas e cavalgar à frente, para explorar o território e informar Heston de sua presença. Mas eles não tinham escolha.

– Mantenham as carroças em movimento – disse Damen para Nikandros. – Vou ser rápido e vou levar nosso melhor cavaleiro comigo.

– Esse sou eu – disse Laurent, girando o cavalo.

Eles foram rápido, Laurent leve e seguro na sela. A cerca de um quilômetro da propriedade, desmontaram e amarraram os animais fora de vista da estrada. Eles seguiram o resto do caminho a pé, afastando arbustos da frente, às vezes com o corpo.

Damen tirou um galho do rosto e disse:

— Achei que quando eu fosse rei não ia mais fazer esse tipo de coisa.

— Você subestimou as demandas do reinado akielon — disse Laurent.

Damen pisou em um tronco podre. Soltou sua roupa de um arbusto espinhoso. Desviou de uma saliência de granito afiada como navalha.

— A vegetação rasteira era menos densa quando eu era garoto.

— Ou você era menor.

Laurent disse isso enquanto segurava um galho baixo de árvore para Damen, que passou por ele com um farfalhar. Eles subiram juntos a última encosta e viram seu destino se estender à sua frente.

A propriedade de Heston de Thoas era uma série comprida e baixa de construções com relevos em mármore que se abriam para jardins particulares, e dali para pomares pitorescos de nectarina e damasco.

Ao vê-la, Damen só conseguiu pensar em como seria bom chegar lá, compartilhar a beleza da arquitetura com Laurent e descansar — ver o pôr do sol da sacada aberta, Heston oferecendo sua hospitalidade calorosa, pedindo iguarias simples e discutindo com ele algum ponto obscuro de filosofia.

Toda a propriedade era pontilhada com rochas convenientes que se projetavam através da cobertura fina do solo. Damen as localizou: elas forneciam um caminho protegido do grupo de árvores esparsas onde ele estava com Laurent até o portão da casa

– e dali ele conhecia o caminho até o escritório de Heston, com suas portas para os jardins, um lugar onde ele podia encontrar Heston sozinho.

– Pare – disse Laurent.

Damen parou. Ele seguiu o olhar de Laurent e viu um cachorro descansando em sua corrente perto de um campo pequeno e cercado cheio de cavalos no lado oeste da propriedade. Eles estavam a favor do vento; o animal ainda não tinha começado a latir.

– Há cavalos demais – disse Laurent.

Damen olhou novamente para o cercado e ficou apreensivo. Havia pelo menos 50 cavalos, em uma faixa pequena e lotada de campo que não havia sido feita para contê-los; seu pasto se esgotaria rápido demais.

E não eram os corcéis leves criados para um aristocrata. Eram montarias de soldados, todas elas, de peito grande e músculos capazes de carregar o peso de um cavaleiro de armadura, transportados de Kesus e Thrace para servir às guarnições do norte.

– Jokaste – disse ele.

Ele cerrou os punhos. Kastor podia ter se lembrado de que eles haviam caçado ali quando garotos, mas só Jokaste teria adivinhado que Damen pararia naquele lugar se viajasse para o sul – e mandado homens antecipadamente, negando a ele um porto seguro.

– Não posso deixar Heston com os homens de Kastor – disse Damen. – Eu devo isso a ele.

– Ele só está em perigo se você for encontrado aqui. *Aí* ele é um traidor – disse Laurent.

Seus olhos se encontraram, e a compreensão passou entre eles, rápida e sem palavras: eles precisavam de outro meio para retirar as carroças da estrada – e precisavam fazer isso evitando as sentinelas postadas na propriedade de Heston.

– Há um riacho alguns quilômetros ao norte que corre através da mata – disse Damen. – Ele vai cobrir nossos rastros e nos manter fora da estrada.

– Eu cuido das sentinelas – disse Laurent.

– Você deixou o vestido na carroça – disse Damen.

– Obrigado, mas tenho outras maneiras de passar por uma sentinela.

Eles entendiam um ao outro. A luz filtrada pelas árvores matizava o cabelo de Laurent, que agora estava mais comprido do que no palácio e mostrava sinais de pequeno desalinho. Havia um graveto preso nele.

– O rio fica ao norte daquela segunda subida – disse Damen.

– Vamos esperar por você rio abaixo, depois do segundo meandro.

Laurent assentiu e partiu, sem dizer nada.

Não havia sinal de uma cabeça loura, mas de algum modo o cachorro se soltou e saiu correndo pelo terreno até onde os cavalos desconhecidos estavam encurralados. Um cachorro latindo em um curral superlotado teve um efeito previsível nos cavalos: eles corcovearam, dispararam e escaparam de onde estavam presos. Como o pasto nos jardins particulares de Heston era excelente, quando as proteções caíram, os cavalos correram para desfrutá-lo, e desfrutar o pasto nas plantações adjacentes, e o pasto bem distante acima da colina ao leste. A excitação espasmódica do cão os provocou – assim como as ações de um fantasma que parecia um silfo, desamarrando cordas e abrindo porteiras.

Damen voltou para a própria montaria e deu um sorriso sombrio ao ouvir os gritos akielons distantes: *Os cavalos! Peguem os cavalos!* Eles não tinham cavalos com os quais tocar os cavalos. Teriam de correr a pé, tentando pegar as montarias e xingando cachorros pequenos.

Agora vinha a parte dele. As carroças, quando ele galopou de volta até elas, estavam ainda mais lentas do que ele se lembrava. Forçadas ao ritmo mais acelerado que podiam sustentar, pareciam rastejar pelo campo. Damen as forçou a ir mais rápido, o que lhe deu a sensação de gritar com um caracol para que corresse. Ele sentiu a opressão quente dos campos rasteiros que pareciam se estender por quilômetros com seus arbustos de formas estranhas espalhados pela paisagem.

Nikandros estava com uma expressão dura. Guion e sua esposa estavam nervosos. Eles provavelmente sentiam que eram quem mais tinha a perder, mas na verdade todos perderiam a mesma coisa: a própria vida. Todos menos Jokaste. Ela apenas perguntou com delicadeza:

– Problemas na propriedade de Heston?

O riacho era um brilho através das árvores quando eles o viram a distância. Uma das carroças quase se desgovernou quando eles saíram da estrada e desceram de modo precário até o rio. A outra rangeu e sacolejou de forma preocupante quando chegou ao leito. Houve um momento horrível quando pareceu que as carroças não iriam andar em água rasa, que eles ficariam presos ali, expostos e visíveis da estrada. Doze soldados desceram de seus cavalos na água que ia até a metade de suas canelas e se apoiaram de costas contra elas. Damen parou atrás da carroça maior e empurrou, todos os seus músculos se esforçando. Lentamente, a carroça se moveu em meio aos pequenos torvelinhos da corrente, entre seixos e pedras, na direção das árvores.

O som de cascos fez Damen erguer a cabeça bruscamente.

– Escondam-se. Agora.

Eles correram para o grupo de árvores que os ocultaria à frente, chegando lá apenas um momento antes que a patrulha irrompesse de trás da elevação, homens de Kastor cavalgando a toda velocidade. Damen parou, congelado. Jord e os veretianos estavam em um grupo coeso; os akielons, em outro. Damen sentiu a necessidade ridícula de cobrir o focinho do cavalo com uma mão e abafar qualquer chance de um relincho. Ele ergueu os olhos e viu que Nikandros, com raiva, estava com a mão sobre a boca de Jokaste, e a segurava dentro da carroça com uma pegada firme por trás.

Os homens de Kastor se aproximaram, e Damen tentou não pensar nos rastros de carroça mal escondidos, nos galhos de árvore flexionados, nas folhas de arbustos arrancadas e em todos os sinais de que eles tinham retirado duas carroças da estrada. Com capas vermelhas esvoaçantes, a patrulha galopou diretamente para eles... e passou reto, continuando pela estrada na direção da propriedade de Heston.

Depois de algum tempo, as batidas de cascos diminuíram. Fez-se silêncio, e todo mundo respirou. Damen deixou que se passassem longos minutos antes de acenar com a cabeça, então as carroças começaram a se mover, os cascos dos cavalos espirrando água rio abaixo, cada vez mais fundo na floresta, para longe da estrada.

Esfriava à medida que eles se aprofundavam no bosque, o ar sobre o riacho fresco e as folhas fornecendo proteção do sol. Não havia outros sons além da água e de seus próprios movimentos por ela, absorvidos pelas árvores.

Damen ordenou que parassem no segundo meandro, e eles esperaram. Ele tentou não pensar na probabilidade de Kastor ter se lembrado do dia em que eles haviam encontrado aquele riacho caçando, quando garotos, e de ter falado carinhosamente do lugar com Jokaste. Se tivesse feito isso, o planejamento meticuloso de Jokaste já teria soldados postados ali ou vindo atrás deles.

O som de um graveto se quebrando fez com que todos levassem a mão às espadas; lâminas akielons e veretianas foram sacadas silenciosamente. Damen esperou no silêncio tenso. Outro graveto se quebrou.

Então ele viu a pequena cabeça pálida e a camisa branca ainda mais pálida, uma figura ágil tateando o caminho de tronco de árvore em tronco de árvore.

– Você está atrasado – disse Damen.

– Eu te trouxe uma lembrança.

Laurent jogou um damasco para Damen. Damen podia sentir a exultação silenciosa dos homens de Laurent, enquanto os akielons pareciam um pouco atônitos. Nikandros passou as rédeas para Laurent.

– É assim que vocês fazem as coisas em Vere?

– Você quer dizer com eficiência? – retrucou Laurent.

E subiu em seu cavalo.

♦ ♦ ♦

O risco de machucar os cavalos era alto, e eles fizeram um progresso lento pelo leito do rio, porque tinham de proteger as carroças. Cavaleiros foram à frente para assegurar que o riacho não se aprofundava e que sua corrente não se acelerava, verificando se o leito do rio permanecia uma argila delicada com sustentação suficiente para as rodas.

Damen ordenou que parassem. Eles encostaram em uma margem, onde um afloramento rochoso podia disfarçar uma pequena fogueira. Também havia ruínas de granito, que forneceriam cobertura. Damen reconheceu as formas, que vira em Acquitart e, mais recentemente, em Marlas, embora ali as ruínas fossem apenas o remanescente de um muro, as pedras desgastadas e cobertas de mato.

Pallas e Aktis exercitaram suas habilidades atléticas e pescaram peixes com lanças, que eles comeram assados e envoltos em folhas, bebendo vinho fortificado. Foi um suplemento saboroso para a ração habitual de estrada, que consistia em pão e queijo duro. Os cavalos, amarrados para a noite, pastavam um pouco, bufando delicadamente junto ao solo. Jord e Lydos assumiram o primeiro turno de vigia, enquanto os outros foram se sentar em um semicírculo em torno da pequena fogueira.

Quando Damen chegou para se sentar, todos correram para se levantar, constrangidos. Mais cedo, Laurent jogara para Damen seu saco de dormir e dissera:

– Desembale isso. – E Pallas quase o desafiara para um duelo pelo insulto. Sentar-se e comer queijo despreocupadamente com seu rei não era algo que eles soubessem fazer. Damen serviu uma taça rasa de vinho e a passou para o soldado ao lado dele, Pallas, e houve um silêncio prolongado no qual o rapaz obviamente reunia cada fragmento de coragem que tinha para estender a mão e pegá-la.

Laurent se aproximou do impasse, jogou-se no tronco ao lado de Damen e em uma voz inexpressiva começou a contar a história da aventura no bordel que lhe valera o vestido azul, que era tão desavergonhada e suja que fez Lazar corar, e tão engraçada que deixou Pallas enxugando os olhos. Os veretianos fizeram perguntas francas sobre a fuga de Laurent do bordel. Isso levou a respostas francas e mais olhos enxugados, já que todo mundo tinha opiniões sobre bordéis que eram traduzidas e retraduzidas de maneira equivocada e hilariante. O vinho circulou.

Para não serem superados, os akielons contaram a Laurent sobre a fuga dos soldados de Kastor, o momento em que se encolheram no leito do rio, a corrida em carroças lentas e o momento em que se esconderam por trás da folhagem das árvores. Pallas fez uma imitação acurada de Paschal cavalgando. Lazar observava Pallas com admiração preguiçosa. Não era a imitação que ele estava admirando. Damen deu uma mordida no damasco.

Quando Damen se levantou um pouco depois, todo mundo lembrou outra vez que ele era o rei, mas o formalismo rígido estava banido, e ele foi bastante satisfeito para o saco de dormir que desembalara obedientemente. Deitou-se sobre ele, ouvindo os sons do acampamento, e se preparou para dormir.

Foi com um pequeno choque que ele ouviu passos e o som

suave de um saco de dormir atingindo a terra ao seu lado. Laurent se esticou, e eles ficaram deitados lado a lado sob as estrelas.

– Você está cheirando a cavalo – disse Damen.

– Foi assim que passei pelo cachorro.

Ele sentiu uma palpitação de felicidade e não disse nada, apenas ficou deitado de costas olhando as estrelas.

– É como nos velhos tempos – disse Damen, embora a verdade fosse que ele nunca tivera tempos como aquele.

– Minha primeira viagem a Akielos – disse Laurent.

– Está gostando?

– É como Vere, com menos lugares onde tomar banho – disse Laurent.

Quando virou para o lado, Laurent estava deitado olhando para ele, suas posturas ecoando uma à outra.

– O rio é logo ali.

– Você quer que eu saia andando por Akielos pelado à noite? – E depois: – Você fede tanto a cavalo quanto eu.

– Mais – disse Damen. Ele estava sorrindo.

Laurent era uma forma pálida sob o luar. Depois dele ficava o acampamento adormecido e as ruínas e o granito que iriam desmoronar com o tempo e cair para sempre na água.

– São artesianas, não são? Do velho império de Artes. Dizem que costumava ocupar nossos dois países.

– Como as ruínas em Acquitart – observou Laurent. Ele não disse: *E em Marlas*. – Meu irmão e eu costumávamos brincar lá, quando meninos, de matar todos os akielons e restaurar o antigo império.

– Meu pai tinha a mesma ideia.

E veja o que aconteceu com ele. Laurent também não disse isso. Sua respiração estava tranquila, como se ele estivesse relaxado e sonolento, deitado ao lado de Damen. Damen se ouviu dizer:

– Há um palácio de verão em Ios, perto da capital. Minha mãe projetou os jardins ali. Dizem que ele é construído sobre fundações artesianas. – Ele pensou nos caminhos sinuosos, nas orquídeas delicadas e floridas no sul, nos ramos de flor de laranjeira. – É fresco no verão, e há fontes e pistas para cavalgar. – Seu pulso batia com um nervosismo incomum; ele se sentiu quase tímido. – Quando tudo isso acabar... podíamos pegar cavalos e ficar uma semana no palácio. – Desde sua noite juntos em Karthas, ele não ousara falar sobre o futuro.

Ele sentiu que Laurent mantinha uma postura cuidadosa, e houve uma pausa estranha. Depois de um momento, Laurent disse com delicadeza:

– Eu gostaria disso.

Damen rolou de costas outra vez e sentiu as palavras como felicidade quando se permitiu erguer os olhos novamente para a grande vastidão de estrelas.

Capítulo quinze

Foi típico da sorte deles que a carroça, que se mantivera inteira por cinco dias em um leito de rio, quebrasse assim que eles retomaram a estrada.

Ela parou como uma criança truculenta no meio da terra, a segunda carroça desconfortavelmente repleta atrás dela. Lazar, emergindo de baixo da carroça com uma mancha no rosto, anunciou um eixo quebrado. Damen, que como príncipe não era muito bom em reparos de carroças, assentiu com sabedoria e ordenou que seus homens a consertassem. Todo mundo desmontou e começou a trabalhar, erguendo a carroça e derrubando uma árvore jovem para obter madeira.

Foi quando um esquadrão de soldados akielons apareceu no horizonte.

Damen estendeu a mão pedindo silêncio – silêncio total. O martelar parou. Tudo parou. Havia uma vista limpa através da planície até o esquadrão que trotava em formação cerrada: 50 soldados viajando para noroeste.

– Se eles vierem por aqui... – disse Nikandros em voz baixa.

– Ei! – exclamou Laurent. Ele estava subindo da roda da frente para o alto da carroça. Tinha um pedaço de seda amarela na mão que acenou animadamente para o grupo. – Ei, vocês! Akielons!

Damen sentiu um aperto no estômago e deu um passo impotente.

– Detenham-no! – disse Nikandros, fazendo um movimento parecido à frente... tarde demais. No horizonte, o esquadrão estava girando como um bando de estorninhos.

Era tarde demais para detê-lo. Tarde demais para segurar o tornozelo de Laurent. O esquadrão os havia visto. Breves visões em que ele estrangulava Laurent não ajudaram. Damen olhou para Nikandros. Eles estavam em inferioridade numérica, e não havia nenhum lugar para se esconder naquela planície ampla e plana. Os dois sutilmente se postaram na direção do esquadrão que se aproximava. Damen avaliou a distância entre ele e os soldados mais próximos, suas chances de matá-los, de matar o suficiente para igualar as coisas para os outros.

Laurent desceu do alto da carroça, ainda segurando a seda. Ele saudou o esquadrão com uma voz aliviada e uma versão exagerada de seu sotaque veretiano.

– Muito obrigado, oficial. O que eu teria feito se o senhor não tivesse parado? Nós temos 18 rolos de tecido para entregar a Milo de Argos e, como pode ver, Christofle nos vendeu uma carroça com defeito.

O oficial em questão era identificável por seu cavalo superior. Ele tinha cabelo escuro curto sob o capacete, e o tipo de expressão inflexível que vinha apenas com muito treinamento. Ele olhou ao redor à procura de um akielon e encontrou Damen.

Damen tentou manter a própria expressão afável e não olhar para as carroças. A primeira estava cheia de tecido, mas a segunda estava cheia de Jokaste, com Guion e a mulher também atulhados em seu interior. No momento em que as portas fossem abertas, eles seriam revelados. Não haveria vestido azul que pudesse salvá-los.

– Vocês são mercadores?
– Somos.
– Qual seu nome? – perguntou o oficial.
– Charls – disse Damen, o único mercador que ele conhecia.
– Você é Charls, o renomado mercador veretiano de tecidos? – perguntou o oficial com ceticismo, como se fosse um nome bem conhecido para ele.
– Não – disse Laurent, como se essa tivesse sido a coisa mais tola do mundo. – *Eu* sou Charls, o mercador de tecidos veretiano. Esse é meu assistente, Lamen.

Em silêncio, o oficial passou seu olhar por Laurent, em seguida por Damen. Então ele olhou para a carroça, observando cada buraco, cada grão de poeira, cada sinal da longa viagem com cuidado minucioso.

– Bom, Charls – disse ele por fim. – Parece que você está com um eixo quebrado.
– Seus homens não poderiam nos ajudar no conserto?

Damen olhou fixamente para Laurent. Eles estavam circundados por 50 soldados akielons montados. Jokaste estava dentro daquela carroça.

O oficial disse:
– Estamos em patrulha, à procura de Damianos de Akielos.

– Quem é Damianos de Akielos? – perguntou Laurent.

Seu rosto estava completamente aberto; os olhos azuis não piscavam, virados para cima na direção do oficial em seu cavalo.

Damen se ouviu dizer:

– Ele é o filho do rei. O irmão de Kastor.

– Não seja ridículo, Lamen. O príncipe Damianos está morto – disse Laurent. – Ele não pode ser o homem ao qual o oficial está se referindo. – Em seguida, dirigiu-se ao oficial: – Desculpe por meu assistente. Ele não se mantém atualizado sobre os assuntos akielons.

– Ao contrário. Acredita-se que Damianos de Akielos esteja vivo e que tenha entrado nesta província com seus homens há seis dias. – O oficial gesticulou para seu esquadrão, acenando para que se aproximassem. – Damianos está em Akielos.

Para a incredulidade de Damen, ele estava acenando para que os homens se aproximassem para consertar a carroça. Um dos soldados pediu a Nikandros um bloco de madeira para apoiar a roda. Nikandros o entregou a ele sem dizer nada. Ele tinha a expressão um pouco estupefata da qual Damen se lembrava de suas próprias aventuras com Laurent.

– Quando sua carroça estiver consertada, podemos acompanhá-los até a estalagem – disse o oficial. – Vocês estarão seguros. O resto da guarnição está baseado lá.

Ele usou o mesmo tom usado por Laurent ao perguntar: "Quem é Damianos?".

De repente, ficou óbvio que eles não estavam livres de suspeitas. Um oficial provinciano podia não se sentir confortável confrontando um mercador conhecido na estrada e revistando suas carroças, mas em uma estalagem poderia mandar seus homens investigarem as carroças à vontade. E por que arriscar uma luta contra doze guardas na estrada, quando ele podia simplesmente escoltá-los de volta para os braços abertos de sua guarnição?

– Obrigado, oficial – disse Laurent sem hesitar. – Pode nos conduzir.

O nome do oficial era Stavos, e quando a carroça estava consertada, ele cavalgou ao lado de Laurent, todos trotando eretos em suas selas na direção da estalagem. O ar de confiança de Stavos ficou mais forte conforme avançavam, o que avivou a sensação de perigo de Damen. Ainda assim, qualquer relutância seria um indício certo de culpa. Ele só podia seguir adiante.

A estalagem era uma das maiores hospedarias em Mellos, equipada para receber hóspedes poderosos, e sua entrada era um conjunto de portões através dos quais as carroças e carruagens passavam para chegar a um pátio interno que continha espaços amplos para bestas de carga lentas e baias para bons cavalos.

A sensação de perigo de Damen cresceu quando passaram pelos portões e entraram no pátio de piso irregular. Havia grandes alojamentos; a estalagem obviamente era usada como ponto de passagem pelos militares na região. Era um arranjo bastante comum nas províncias: mercadores e viajantes de boa estirpe apreciavam e até subsidiavam a presença militar, que elevava um estabelecimento acima das casas públicas onde nem um escravizado, se tivesse um resto de respeitabilidade, arriscaria comer. Ele contou cem soldados.

– Obrigado, Stavos. Nós podemos assumir daqui.

– De jeito nenhum. Deixe-me escoltá-lo até o interior.

– Muito bem. – Laurent não mostrou nenhum sinal de hesitação. – Venha, Lamen.

Damen foi atrás dele, totalmente consciente de que estava sendo separado de seus homens. Laurent simplesmente entrou na estalagem.

A estalagem tinha um teto alto no estilo akielon e um espeto gigante sobre o fogo, que dominava o salão com o cheiro de carne assando. Havia apenas mais um grupo de hóspedes, parcialmente visível através de uma passagem, sentados em torno de uma mesa e envolvidos numa discussão animada. À esquerda, havia uma escadaria de pedra que levava aos quartos no segundo andar. Dois soldados akielons haviam tomado posição na entrada, outros dois estavam postados na porta mais distante, e o próprio Stavos entrara com uma pequena escolta de quatro soldados.

Damen pensou, absurdamente, que a escada sem corrimãos podia ser um terreno elevado em uma luta – como se eles pudessem enfrentar uma guarnição inteira, apenas os dois. Talvez ele conseguisse derrubar Stavos. Podia negociar algum tipo de troca, a vida de Stavos pela liberdade deles.

Stavos estava apresentando Laurent ao estalajadeiro.

– Este é Charls, o renomado mercador de tecidos veretiano.

– Este não é Charls, o renomado mercador de tecidos veretiano. – O estalajadeiro olhou para Laurent.

– Eu posso lhe assegurar que sou.

– Eu posso lhe assegurar que não. Charls, o renomado mercador, já está aqui.

Houve uma pausa.

Damen se viu olhando para Laurent como um homem que chega à sua marca em uma competição de arremesso de lança depois que o último competidor fez um lançamento perfeito.

– Isso é impossível. Chame-o aqui.

– Sim, chame-o aqui – disse Stavos, e todo mundo esperou enquanto um menino correu até o grupo de hóspedes na sala ao lado. Um momento depois, Damen ouviu uma voz familiar.

– Quem é o impostor dizendo ser e...

Eles ficaram cara a cara com Charls, o mercador de tecidos veretiano.

Charls tinha mudado muito pouco nos meses desde a última vez que tinham se visto. Sua expressão de mercador continuava séria, assim como sua roupa, um brocado pesado e de aparência cara. Ele era um homem de quase 40 anos, com uma natureza ávida temperada pela presença de espírito desenvolvida ao longo de anos de comércio.

Charls deu uma olhada nos olhos azuis e no cabelo inconfundíveis do príncipe, que ele vira pela última vez no colo de Damen vestido como um escravizado de estimação em uma taberna em Nesson. Seus olhos se arregalaram. Então, em um esforço verdadeiramente heroico:

– Charls! – disse Charls.

– Se ele é Charls, então quem é você? – perguntou o oficial para Charls.

– Eu – disse Charls –, eu sou...

– Ele é Charls, eu o conheço há oito anos – disse o estalajadeiro.

– Isso mesmo. Ele é Charls. Eu sou Charls. Nós somos primos – disse Charls corajosamente. – Temos o nome de nosso bisavô. Charls.

– Obrigado, Charls. Este homem acredita que eu sou o rei de Akielos – disse Laurent.

– Eu quis dizer apenas que você podia ser um agente do rei – disse Stavos, irritado.

– Um agente do rei quando ele aumentou impostos e ameaça levar toda a indústria de tecidos à falência? – perguntou Laurent.

Damen desviou os olhos para um canto onde eles não iriam se encontrar com os de Laurent, enquanto todos os outros olhavam fixamente para ele – para seu rosto louro, com suas pálidas sobrancelhas arqueadas, enquanto estendia as mãos num gesto veretiano para combinar com seu sotaque veretiano.

– Acho que todos podemos concordar que ele não é o rei de Akielos – disse o estalajadeiro. – Se Charls diz que esse é seu primo, isso deve satisfazer a guarnição.

– Eu sem dúvida afirmo isso – disse Charls.

Depois de um momento, Stavos fez uma mesura rígida.

– Minhas desculpas, Charls. Nós estamos tomando todas as precauções na estrada.

– Não há necessidade de se desculpar, Stavos. Sua vigilância lhe faz crédito. – Laurent também fez uma mesura rígida.

Então ele tirou sua capa de montaria e a passou para Damen carregar.

– Disfarçado novamente! – sussurrou Charls, puxando Laurent para sua mesa perto do fogo. – O que é dessa vez? Uma missão para a coroa? Um encontro secreto? Não tenha medo, alteza, é uma honra manter seu segredo.

Charls apresentou Laurent aos seis homens à mesa e cada um deles expressou sua surpresa e seu prazer ao conhecer o jovem primo de Charls em Akielos.

– Esse é meu assistente Guilliame.

– Esse é meu assistente Lamen – disse Laurent.

E assim Damen se viu a uma mesa cheia de mercadores veretianos em uma estalagem em Akielos, discutindo tecidos. Os seis homens no grupo de Charls eram todos mercadores. Laurent encontrou um assento perto de Charls e do mercador de seda Mathelin. Lamen foi relegado a um banquinho de três pernas no fim da mesa.

Criados serviram pão ázimo mergulhado em azeite, azeitonas e carnes cortadas do espeto. Vinho tinto foi decantado em tigelas e bebido em taças rasas. Era um vinho decente, e não havia flautistas nem garotos dançando, o que era o melhor que se podia esperar de uma estalagem pública, pensou Damen.

Guilliame foi falar com ele, já que eram do mesmo nível.

– Lamen. Esse é um nome estranho.

– É patrano – disse Damen.

– Você fala akielon muito bem – disse Guilliame, alto e lentamente.

– Obrigado – disse Damen.

Nikandros teve de ficar parado na extremidade da mesa, desconfortável, quando chegou. Ele franziu o cenho quando percebeu que tinha de fazer seu relatório para Laurent.

— As carroças foram esvaziadas. Charls.

— Obrigado, soldado — disse Laurent, acrescentando de maneira expansiva ao grupo:

— Nós normalmente operamos em Delfeur, mas fui forçado a viajar para o sul. Nikandros é completamente inútil como kyros — disse Laurent, alto o bastante para que Nikandros o ouvisse. — Ele não sabe nada sobre tecidos.

— Isso é bem verdade — concordou Mathelin.

Charls disse:

— Ele proibiu o comércio de seda kemptiana, e quando eu tentei vender seda de Varenne, ele cobrou cinco sols de imposto por rolo!

Isso foi recebido com exclamações de reprovação que merecia, e a conversa passou para as dificuldades do comércio através das fronteiras e a intranquilidade que assolava os comboios de suprimentos. Se fosse verdade que Damianos tinha voltado para o norte, Charls previa que aquele seria seu último carregamento antes que as estradas se fechassem. A guerra estava chegando, e eles deviam esperar tempos magros.

A especulação era sobre o preço do grão em tempos de guerra e o impacto sobre produtores e agricultores. Ninguém sabia muito sobre Damianos ou por que seu próprio príncipe tinha se aliado a ele.

— Charls conheceu o príncipe de Vere uma vez — disse Guilliame para Damen, baixando a voz a um tom conspiratório. — Em uma taberna em Nesson, disfarçado de... — Ele baixou ainda mais a voz. — *Prostituto.*

Damen olhou para Laurent, que estava profundamente

envolvido nas conversas, deixando que seus olhos passassem pelos traços familiares e a expressão tranquila bordejada de ouro à luz do fogo. Ele disse:

– Ele fez isso?

– Charls disse: "pense no escravo de estimação mais caro que você já viu, então dobre".

– É mesmo? – perguntou Damen.

– É claro, Charls soube quem ele era imediatamente, porque ele não conseguia esconder seu estilo principesco nem sua nobreza de espírito.

– É claro – disse Damen.

Do outro lado da mesa, Laurent estava fazendo perguntas sobre diferenças culturais no comércio. Veretianos gostavam de tecidos enfeitados e tingidos, tramas e ornamentações, disse Charls, mas akielons tinham um foco maior na qualidade, e seus têxteis eram sem dúvida mais sofisticados, uma vez que todo aspecto da tecelagem era revelado por seu estilo falsamente simples. De certa forma, era mais difícil negociar ali.

– Talvez vocês pudessem encorajar os akielons a usar mangas. Venderiam mais tecido – disse Laurent.

Todos riram educadamente da piada, mas então expressões especulativas passaram por um ou dois rostos, como se aquele jovem primo de Charls pudesse ter esbarrado por acidente em uma boa ideia.

◆ ◆ ◆

Os homens estavam dormindo nas construções anexas. Damen, o assistente, verificou tanto os soldados quanto as carroças e viu que Jord e a maioria dos outros tinham ido se deitar. Guion estava no anexo também, desconfortável. Paschal estava roncando. Lazar e Pallas dividiam um cobertor. Nikandros estava acordado, com os dois soldados que estavam guardando a carroça onde Jokaste passaria a noite junto com a mulher de Guion, Loyse.

– Tudo está quieto – relatou Nikandros.

Um dos homens da estalagem saiu com uma lanterna na mão e atravessou o pátio para dizer a Lamen que seu quarto estava pronto, segunda porta à direita.

Ele seguiu a lanterna. A estalagem estava escura e silenciosa. Charls e seu grupo haviam se retirado, e as últimas brasas estavam queimando no fogo onde havia o espeto. A escada de pedra apoiada contra a parede não tinha corrimão, o que era típico da arquitetura akielon e confiava bastante na sobriedade dos fregueses.

Ele subiu a escada. Sem a lanterna, o percurso era de escuridão completa, mas ele encontrou a segunda porta à esquerda e a abriu.

O quarto era aconchegante, simples, as paredes de pedra com uma boa camada de argamassa e a lareira com um fogo quente. Ele tinha uma cama, uma mesa de madeira com um jarro, duas janelas pequenas de vidro preto com peitoril profundo e um interior bem iluminado. Três velas acesas: uma extravagância, as chamas baixas davam ao quarto um brilho quente e receptivo.

Laurent estava envolto pela luz das velas, todo creme e ouro. Estava recém-banhado, o cabelo secando. Tinha trocado o algodão akielon por uma camisa de dormir veretiana grande, solta e com laços pendurados. E tinha tirado os lençóis da cama em estilo akielon e os empilhado diante do fogo, arrastando até o colchão limpo para se juntar ao colchão de palha menor que havia ali.

Damen olhou para o leito e disse, com cuidado:

— O estalajadeiro me mandou aqui.

— Por minha instrução — disse Laurent.

Ele estava se aproximando. Damen sentiu o coração começar a bater forte, embora se mantivesse imóvel e tentasse não fazer nenhuma suposição perigosa.

Laurent disse:

— É nossa última chance de uma cama de verdade antes do Encontro dos Reis.

Damen não teve tempo para responder que Laurent havia desfeito a cama, porque Laurent estava se apertando contra ele. Suas mãos subiram automaticamente para segurar os flancos de Laurent por cima do tecido fino da camisa de dormir. Eles se beijaram, os dedos de Laurent se enfiando em seu cabelo, puxando sua cabeça para baixo. Ele pôde sentir o suor e a sujeira de três dias de cavalgada em si mesmo contra a pele limpa e fresca de Laurent.

Laurent não parecia se importar, até parecia gostar disso. Damen o pressionou contra a parede e tomou sua boca. Laurent cheirava a sabão e algodão fresco. Os polegares de Damen se cravaram em sua cintura.

— Preciso tomar um banho — disse ele no ouvido de Laurent, deixando que seus lábios encontrassem a pele sensível logo atrás.

Eles se beijaram de novo, um beijo profundo e quente.

— Então tome um banho.

Ele se viu empurrado para trás, olhando para Laurent através de certa distância. Encostado na parede, Laurent indicou uma porta pequena de madeira com o queixo. Suas sobrancelhas pálidas se arquearam.

– Ou espera que eu sirva você?

No aposento anexo, ele viu sabões e toalhas limpas, a grande banheira de madeira cheia de água fumegante e o balde menor ao seu lado. Tudo isso havia sido arranjado antecipadamente; um criado teria levado as toalhas e trazido a água quente. O indício de planejamento era na verdade bem típico de Laurent, embora Damen nunca houvesse experimentado esse aspecto dele neste exato contexto antes.

Laurent não entrou com ele, mas deixou que se lavasse, uma tarefa utilitária. Era bom se livrar da poeira e da sujeira da estrada. E havia algo tentador em parar tudo e passar um intervalo se lavando. Eles ainda não haviam tido o luxo de fazer amor por muito tempo, deliberadamente e sem pressa como em uma primeira noite. Os pensamentos dele corriam com todas as coisas que eles ainda tinham por fazer.

Ele ensaboou bem o corpo. Jogou água no cabelo, esfregou-o, secou-se inteiro com a toalha e saiu da banheira de madeira.

Quando voltou para o quarto, sua pele estava vermelha devido ao vapor e à água, a toalha enrolada em torno da cintura, seu tronco e seus ombros nus molhados pelas gotículas que caíam das pontas de seu cabelo.

Ali, também, havia indícios de planejamento, e ele podia vê-lo agora pelo que realmente era: as velas acesas, as camas juntas e o próprio Laurent limpo e vestindo uma camisa de dormir. Ele pensou em Laurent, esperando por ele com expectativa. Era charmoso, porque estava claro que Laurent não sabia ao certo o que fazer e, ainda assim, tipicamente, agira para assumir o controle de tudo.

Laurent perguntou:

– Você se banhou?

– Sim – respondeu Damen.

Laurent estava parado do outro lado do quarto, perto da cama vazia. Ele parecia tenso à luz das chamas, firmando-se com nervosismo.

Laurent disse:

– Dê um passo para trás.

Damen teve de olhar às costas rapidamente, porque recuar significava atingir a parede. O colchão de palha e o que havia na cama estavam no chão à sua esquerda. A parede era uma presença firme às suas costas.

– Ponha as mãos na parede – ordenou Laurent.

As três chamas em seus pavios faziam a luz se mover, ampliando a sensação que Damen tinha do quarto. Laurent estava se aproximando, seus olhos azuis muito sérios. Damen espalmou as mãos sobre a parede às suas costas.

Os olhos de Laurent estavam nele. O quarto estava silencioso; graças às paredes grossas, o único som era o do fogo. Até o lado de fora nada mais era do que o reflexo da luz das velas nos vidros pretos da janela.

– Tire a toalha – disse Laurent.

Damen tirou uma das mãos da parede e soltou a toalha. Ela se desenrolou e deslizou de sua cintura para o chão.

Ele observou Laurent reagir a seu corpo. Os virgens e inexperientes costumavam ficar nervosos, o que ele gostava, como um desafio a ser superado, uma hesitação transformada em avidez e prazer. Agradava a alguma parte profunda dele ver em Laurent um lampejo de uma reação similar. Laurent acabou por erguer os olhos do lugar para onde tinham instintivamente caído.

Ele deixou que Laurent o visse, sua nudez em exibição, o fato evidente de sua excitação. As chamas na lareira de pedra ruidosamente consumiam a madeira recém-cortada.

– Não me toque – disse Laurent.

E caiu de joelhos no chão da estalagem.

A simples visão eliminou palavras e pensamentos. O pulso de Damen se acelerou loucamente, mesmo enquanto ele tentava com um esforço desesperado não presumir que outra ação fosse necessariamente se seguir a essa.

Laurent não estava olhando de volta para ele, e sim para a nudez de Damen. Os lábios de Laurent estavam afastados, a tensão nele agora maior por estar perto de sua origem. Damen sentiu o primeiro adejar da respiração de Laurent contra ele.

Laurent ia fazer aquilo. *Quando você vê uma pantera abrindo a boca, não põe o pau para fora.* Damen não se movia, não respirava. Laurent pôs uma das mãos nele, e tudo que ele pôde fazer foi ficar de pé, com as palmas e as costas apoiadas na parede atrás de si. A ideia do príncipe frígido de Vere chupando seu pau era inconcebível. Laurent apoiou a palma da própria mão contra a parede.

Ele podia ver os planos no rosto de Laurent desse ângulo diferente. A curvatura pálida de seus cílios escondia os olhos azuis por baixo. O quarto silencioso em torno deles era um cenário surreal de móveis simples e uma cama vazia. Laurent encostou a boca na ponta.

A cabeça de Damen atingiu a parede. Todo seu corpo incendiou-se, e ele fez um som áspero e baixo de necessidade, um momento de sensação pura enquanto fechava os olhos.

Eles se abriram a tempo de ver a cabeça inclinada de Laurent se afastar, de modo que aquilo tudo podia ter sido imaginário, exceto que a ponta estava molhada.

Confinado contra a parede, Damen sentiu o reboco áspero sob a palma das mãos. Os olhos de Laurent estavam profundos, seu peito subindo e descendo com uma respiração entrecortada, claramente lutando contra alguma coisa enquanto se inclinava outra vez.

– Laurent – disse ele, um gemido. Os lábios de Laurent estavam nele outra vez, afastando-se. Damen ofegava. Ele queria se mexer, estocar, e não podia. Era demais e não o bastante, e ele tentava controlar o corpo, se segurando imóvel contra todo instinto de sua natureza.

Seus dedos se cravaram na parede. Qualquer batalha que estivesse ocorrendo na mente de Laurent não atrapalhou sua lenta habilidade, a atenção sexual que ignorava qualquer ritmo ou desejo por clímax, mas era insuportavelmente intensa. Laurent devia estar sentindo o gosto dele, as gotículas salgadas de seu desejo e necessidade. Esse pensamento quase foi demais; ele estava muito perto do limite.

Ele não havia imaginado que seria assim. Conhecia a boca de Laurent, sua capacidade perversa. Sabia que era sua principal arma.

Em sua vida cotidiana, Laurent mantinha os lábios tensos, reprimindo sua forma sensual em uma linha dura, sua boca feita de curvas cruéis. Damen vira Laurent eviscerar pessoas com aquela boca.

Agora os lábios de Laurent estavam entregues ao prazer, suas palavras trocadas pelo membro de Damen.

Ele ia gozar na boca de Laurent. Essa conclusão chegou um momento antes que Laurent mergulhasse com vontade, um deslizar longo e experiente. O calor atingiu uma explosão, e Damen gozou em um jato antes que conseguisse se segurar, cedo demais, estupefato, pleno. Seu corpo estremeceu enquanto ele lutava para não se mexer, a barriga contraída, os dedos agarrando o reboco.

Por fim, seus olhos se abriram. Sua cabeça estava apoiada na parede, e ele observou enquanto Laurent, os olhos escuros, afastou-se. Meio que esperava que Laurent fosse até o fogo e cuidadosamente cuspisse, mas ele não fez isso. Havia engolido. Estava apertando as costas da mão sobre a boca e parou longe, perto da janela, observando Damen com certa cautela.

Damen se afastou da parede.

Quando chegou aonde estava Laurent, pôs a mão na parede novamente, dessa vez ao lado da cabeça de Laurent. Ele podia ver os movimentos da respiração de Laurent no espaço entre eles, o corpo de Laurent inconfundivelmente excitado pelo que tinha acabado de fazer.

Estava claro que Laurent não sabia como processar o fato de que estava excitado, e que parte de sua cautela era o fato de ele não saber ao certo o que vinha em seguida, uma das estranhas lacunas em sua experiência que Damen não conseguia prever.

À luz mortiça, Laurent disse:
— Uma troca justa, não é?
— Não sei. O que você quer?
Os olhos de Laurent estavam muito sérios. Damen quase podia ver o conflito, a tensão de Laurent claramente aumentando. Por um momento, Damen não achou que Laurent fosse responder, a verdade de seu desejo algo doloroso e vulnerável demais.
— Mostre-me — disse Laurent — como poderia ser.
Ele corou depois de dizer isso, suas palavras deixando-o exposto, um homem jovem e inexperiente contra a parede rebocada da estalagem.
Do lado de fora havia a extensão hostil de Akielos, cheia de inimigos que os queriam mortos, uma paisagem perigosa que devia ser atravessada antes que qualquer um deles estivesse em segurança.
Ali, eles estavam sozinhos. A luz de velas transformava o cabelo de Laurent em ouro, chamejava na curva de seus cílios, na linha de sua garganta. Damen imaginou que estivesse lhe fazendo a corte em alguma terra distante, onde tudo aquilo nunca havia acontecido, fazendo amor com ele em palavras em uma sacada, talvez, com flores perfumadas de algum jardim noturno elevando-se, o brilho de uma festa atrás delas. Um pretendente abusando dos limites da atenção.
— Eu cortejaria você — disse Damen —, com toda a graça e a cortesia que você merece.
Ele desamarrou o primeiro laço da camisa de Laurent, e o tecido começou a se abrir, expondo um vislumbre da depressão em sua garganta. Os lábios de Laurent estavam afastados, seu peito mal se movia.

Damen disse:

– Não haveria mentiras entre nós.

Ele abriu o segundo laço, sentiu o latejar baixo do próprio pulso, o calor da pele de Laurent quando seus dedos se moveram até o terceiro.

– Nós teríamos tempo para ficar juntos – disse Damen.

E, à luz quente das chamas, ele ergueu a mão e envolveu o rosto de Laurent, então se debruçou sobre ele e o beijou delicadamente nos lábios.

Ele sentiu o choque de Laurent, como se ele não estivesse esperando ser beijado depois do que tinha acabado de fazer. Depois de um momento, Laurent retribuiu o beijo. O jeito como Laurent beijava não se parecia em nada com o modo como ele fazia qualquer outra coisa. Era simples e sem artifícios, como se beijar fosse sério. Havia nele uma sensação de expectativa, como se esperasse que Damen assumisse o controle do beijo.

Quando ele não fez isso, Laurent inclinou sua cabeça, e seus dedos se entrelaçaram no cabelo de Damen, ainda úmido do banho. O beijo se aprofundou por solicitação de Laurent. Damen podia sentir o corpo de Laurent contra o seu e enfiou a mão por dentro da camisa aberta, gostando da sensação de estender a palma ali, o tipo de toque possessivo com o qual ele não teria sonhado antes daquela noite, e pelo qual ainda meio esperava que Laurent o matasse. Laurent fez um som baixo de excitação, interrompendo o beijo por um momento e fechando os olhos, toda sua atenção no toque de Damen.

– Você gosta de ir devagar. – Ele abaixou a cabeça até o ouvido de Laurent.

– Sim.

Ele beijou o pescoço de Laurent com muita delicadeza, mesmo enquanto a palma de sua mão alisava lentamente a pele abaixo da camisa. A pele muito fina de Laurent era mais sensível que a sua, embora durante o dia ele se envolvesse com as roupas mais severas possíveis. Ele se perguntou se Laurent reprimia as sensações pelo mesmo motivo que lutava para admiti-las agora, com a mandíbula tensa.

Seu próprio corpo estava se excitando outra vez enquanto ele imaginava penetrar Laurent lentamente, tomando-o tão devagar quanto ele gostava, por um período extenso e prolongado, até que eles não soubessem onde um terminava e o outro começava.

Quando Laurent ergueu e tirou a camisa e parou nu diante dele, como tinha feito uma vez, muito tempo atrás, nos banhos, Damen teve que se aproximar, tocando a pele de Laurent com a ponta dos dedos, seus olhos seguindo o toque do peito até o quadril. O corpo de Laurent era um creme dourado à luz das chamas.

Laurent estava olhando novamente para ele, como se o físico de Damen estivesse mais pronunciado agora que estavam os dois nus. Foi Laurent quem o empurrou para o colchão. As mãos de Laurent caíram sobre ele. Laurent o tocava como se quisesse aprender a forma e a sensação de seu corpo, como se quisesse catalogar cada parte dele e guardá-la na memória.

Damen sentiu o calor do fogo contra sua pele quando eles se beijaram. Laurent se afastou e pareceu ter chegado a uma decisão, sua respiração acelerada, mas controlada.

– Me faça gozar – disse ele, e pôs a mão de Damen entre suas pernas.

Damen fechou a mão. A respiração talvez tenha ficado um pouco mais difícil de controlar.

– Assim?

Não. Mais devagar.

Não houve mudança perceptível em Laurent além de seus lábios se afastando, seus cílios abaixando uma fração. As reações de Laurent sempre tinham sido sutis, suas preferências nunca óbvias. Ele não conseguira gozar em Ravenel com a boca de Damen em seu membro. Ele não sabia se conseguiria gozar agora, percebeu Damen.

Ele desacelerou, de modo que por um momento não havia nada além de uma pegada forte e um movimento lento de seu polegar na ponta. Ele sentiu o membro inchado e ereto de Laurent em sua mão, gostando de seu peso. Tinha uma bela forma e era proporcional a seu dono. Os nós de seus dedos roçaram a linha de pelos dourados finos que desciam do umbigo de Laurent.

O interesse renovado de seu próprio corpo crescera de uma excitação preguiçosa para uma excitação carregada, pesada; pronto para montar, mesmo enquanto deixava seu desejo de lado para ver Laurent tentar abaixar sua guarda.

Ele sentiu a repressão quando ela veio, a contenção rígida que Laurent exercia sobre seu corpo, sua barriga se contraindo, um músculo se movendo em seu queixo. Ele sabia o que isso sinalizava. Damen não parou de mexer a mão.

– Não quer gozar?

– Isso é um problema? – Com a respiração entrecortada, Laurent não conseguiu se aproximar de seu tom habitual.

– Não para mim. Eu lhe conto como foi quando terminar.

Laurent praguejou, uma vez, de forma sucinta, e o mundo virou, Laurent de repente em cima dele com seu corpo dolorosamente excitado. De costas, Damen sentiu o colchão de palha embaixo de si e olhou para Laurent. Seu próprio desejo incendiou-se enquanto ele tomava Laurent na mão e dizia:

– Venha, então. – Parecia ridiculamente ousado dizer a Laurent de qualquer forma o que fazer.

A primeira estocada contra ele foi deliberada, um pulso de calor em sua mão. Os olhos de Laurent estavam nos dele. Ele podia sentir que era novidade para Laurent fazer isso, assim como era novidade para ele sentir como se estivesse recebendo. Ele se perguntou se Laurent alguma vez tinha fodido alguém ardentemente, e se deu conta com uma onda de choque que Laurent não tinha. A torrente de calor que veio com isso não foi confortável. Então, como Laurent, ele estava em um lugar onde nunca havia estado.

– Eu nunca... – disse Damen.

– Nem eu – disse Laurent. – Você seria meu primeiro.

Tudo foi ampliado, a sensação do membro de Laurent deslizando tão perto do seu, o movimento lento dos quadris, a pele ruborizada. O calor do fogo era forte demais; sua palma no flanco de Laurent sentia a flexão rítmica do músculo ali. Olhando para Laurent, os olhos de Damen estavam mostrando mais do que ele sabia, mostrando tudo, e Laurent estava respondendo, empurrando-se contra ele.

– Você também seria meu – ele se ouviu dizer.

Laurent disse:

– Achei que, em Akielos, uma primeira noite fosse especial.

– Para um escravo, é – disse Damen. – Para um escravo ela significa tudo.

O primeiro tremor de Laurent veio com seu primeiro som, inconsciente do empenho, seu corpo agora levando-o. Estava acontecendo, os olhos dos dois bem abertos e olhando um para o outro, a excitação de Damen saindo de controle. O clímax chegou embora eles não estivessem dentro do corpo um do outro, mas unidos como um só.

Laurent estava arfando acima dele, seu corpo ainda se movendo com os abalos do clímax, os intervalos entre eles cada vez mais longos. Sua cabeça estava virada para o lado e ele não olhava para Damen, como se houvessem compartilhado demais. A mão de Damen estava pousada sobre a pele corada de Laurent, e ele podia sentir as batidas do coração dele contra si. Ele sentiu Laurent se mover, cedo demais.

– Vou pegar...

Laurent se afastou enquanto Damen se esticava de costas com um braço erguido acima da cabeça, seu próprio corpo levando mais tempo para se recuperar. Com Laurent longe, ele sentiu o calor do fogo novamente sobre a pele, e ouviu o crepitar e os estalidos de sua chama.

Ele observou Laurent atravessar o quarto para buscar toalhas e um jarro de água antes mesmo que sua respiração se acalmasse. Sabia que Laurent era meticuloso depois de fazer amor, e gostava de saber disso, gostava de estar aprendendo suas idiossincrasias. Laurent fez uma pausa, tocando a borda de madeira da mesa com os dedos e apenas respirando à luz mortiça. Os hábitos pós-coitais de Laurent também eram uma desculpa que encobriam a necessidade de tirar um momento para si mesmo, e Damen sabia isso também.

Quando ele voltou, Damen deixou que Laurent passasse a toalha em seu corpo, com uma atenção doce e inesperada que também era parte do jeito como se comportava na cama. Ele bebeu da taça rasa que Laurent forneceu e depois serviu água para Laurent, o que o outro não parecia esperar. Laurent se sentou estranhamente ereto sobre o colchão e a roupa de cama.

Damen se alongou confortavelmente e esperou que Laurent fizesse o mesmo. Isso levou muito mais tempo do que teria com qualquer outro amante. Por fim, com aquela mesma rigidez estranha, Laurent se deitou ao lado dele. Laurent estava mais perto do fogo, a única fonte remanescente de iluminação do quarto, e a luz criou poços de luz e sombra pelo seu corpo.

– Você ainda o está usando.

Ele não conseguiu segurar. O pulso de Laurent estava pesado com o ouro, como a cor de seu cabelo à luz do fogo.

– Você também.

– Diga-me por quê.

– Você sabe o porquê – disse Laurent.

Eles ficaram deitados lado a lado, em meio aos lençóis, ao colchão e às almofadas baixas. Ele rolou de costas e olhou para o teto. Podia sentir as batidas do próprio coração.

– Vou ficar com ciúme quando você se casar com sua princesa patrana – Damen se ouviu dizer.

O quarto ficou em silêncio depois que ele falou. Ele pôde ouvir o fogo outra vez e estava consciente demais da própria respiração. Depois de um momento, Laurent respondeu:

– Não vai haver nenhuma princesa patrana nem filha do império.

– É seu dever dar seguimento a sua linhagem.

Ele não sabia por que tinha dito isso. Havia marcas no teto, que era revestido de madeira, não rebocado, e ele podia ver os redemoinhos escuros e o grão da madeira.

– Não, eu sou o último. Minha linhagem acaba comigo.

Damen se virou e viu que Laurent não estava olhando para ele, também com os olhos em algum ponto na luz mortiça. A voz de Laurent estava baixa.

– Eu nunca disse isso para ninguém antes.

Damen não quis perturbar o silêncio que se seguiu, a distância de um palmo que separava seus corpos, o espaço cuidadoso entre eles.

– Fico feliz que você esteja aqui – disse Laurent. – Sempre achei que teria de enfrentar meu tio sozinho.

Ele se virou para olhar para Damen, e seus olhos se encontraram.

– Você não está sozinho – disse Damen.

Laurent não respondeu, mas deu um sorriso e estendeu a mão para tocá-lo, sem dizer nada.

◆ ◆ ◆

Eles se despediram de Charls seis dias depois, após cruzarem para a província mais ao sul de Akielos.

Tinha sido uma jornada sinuosa e relaxada, os dias passando em meio ao zumbido de insetos de verão e paradas à tarde para descansar e evitar o pior do calor. O comboio de carroças de Charls lhes dava a aparência de respeitabilidade, e eles passaram pelas patrulhas de Kastor sem dificuldade. Jord ensinou dados para Aktis, que lhe ensinou uma seleção de vocabulário akielon. Lazar perseguia Pallas com o tipo de confiança preguiçosa que faria o outro levantar a saia assim que eles parassem em algum lugar com qualquer resquício de privacidade. Paschal deu conselhos a Lydos, que saiu aliviado sobre a natureza médica de seus problemas.

Quando os dias ficavam quentes demais, eles se recolhiam em estalagens e albergues, e uma vez em uma grande fazenda onde comeram pão, queijo duro, figos e doces akielons com mel e nozes que atraíam vespas no calor grudento.

Na fazenda, Damen se viu em uma mesa externa em frente a Paschal, que apontou o queixo para Laurent, visível a distância sob os galhos refrescantes de uma árvore.

– Ele não está acostumado com o calor.

Isso era verdade. Laurent não era feito para o verão akielon, e durante o dia escapava para a sombra das carroças ou, nas paradas de descanso, ficava sob toldos ou a sombra frondosa de uma árvore. Mas dava poucos sinais claros de desconforto, nem reclamando nem se esquivando quando era necessário fazer algum trabalho.

– Você nunca me contou como acabou na facção de Laurent.

– Eu era o médico do regente.

– Então você cuidava de sua casa.

– E de seus garotos – disse Paschal.

Damen não disse nada.

Depois de um momento, Paschal falou:

— Antes de morrer, meu irmão serviu na Guarda do Rei. Eu nunca fiz o juramento de meu irmão ao rei, mas gosto de pensar que eu o estou cumprindo.

Damen desceu até o riacho, onde Laurent tinha as costas apoiadas no tronco de um cipreste jovem. Ele estava usando sandálias e um quíton branco de algodão, solto e maravilhoso, e tinha os olhos na vista: Akielos, sob um vasto céu azul.

As colinas prosseguiam até uma costa distante, onde o oceano brilhava e casas se aglomeravam, pintadas de branco como velas, com uma geometria parecida. A arquitetura tinha a elegância simples que os akielons valorizavam em sua arte, em sua matemática e em sua filosofia, e ele vira Laurent responder a ela silenciosamente na viagem.

Damen parou por um momento, mas foi Laurent quem se virou e disse:

— É bonito.

— É quente — disse Damen. Ele chegou à margem de seixos, abaixou-se e enfiou um pano na água limpa do rio. Então se aproximou.

— Aqui — disse com delicadeza. Depois de uma pequena hesitação, Laurent inclinou a cabeça para frente e permitiu a Damen o prazer de pingar água fresca em sua nuca, enquanto ele fechava os olhos e emitia um som doce e delicado de alívio. Só perto daquele jeito era possível ver o suave rubor em suas bochechas e a leve umidade de suor nas raízes de seu cabelo.

— Alteza, Charls e os mercadores estão se preparando para partir. — Pallas os pegou com as cabeças juntas, um filete de água escorrendo pela nuca de Laurent. Damen ergueu os olhos, com a palma da mão apoiada sobre a casca áspera da árvore.

— Vejo que você costumava ser um escravo, e que Charls o libertou — Guilliame disse a ele quando se despediram. Guilliame falava muito francamente. — Quero que saiba que Charls e eu nunca negociamos escravos.

Damen olhou para a beleza estranha da paisagem retorcida. Ele se ouviu dizer:

— Damianos vai acabar com a escravidão quando se tornar rei.

— Obrigado, Charls. Nós não podemos mais botá-lo em perigo. — Laurent estava fazendo suas próprias despedidas dos mercadores.

— Foi uma honra cavalgar com o senhor — disse Charls.

Laurent apertou sua mão.

— Quando Damianos de Akielos assumir o trono, mencione meu nome e diga a ele que você me ajudou. Ele vai lhe dar um bom preço por seus tecidos.

Nikandros estava olhando para Laurent.

— Ele é muito...

— Você se acostuma — disse Damen, com uma pontada de alegria em seu interior, porque isso não era bem verdade.

Eles montaram acampamento pela última vez em um pequeno bosque que lhes forneceu cobertura, à beira da planície ampla onde o Encontro dos Reis se erguia sobre a única elevação.

Era visível a distância, com seus muros altos de pedra e colunas de mármore, um lugar de reis. No dia seguinte, ele e Laurent iriam viajar até ali e se encontrar com a ama de leite que trocaria a si mesma e sua pequena responsabilidade precoce pela liberdade de Jokaste. Ele olhou para lá e sentiu uma crença no futuro e verdadeira esperança.

Com a mente cheia de pensamentos sobre a manhã seguinte, ele se deitou no saco de dormir ao lado de Laurent.

◆ ◆ ◆

Laurent ficou deitado ao lado de Damen até que todos os sons do acampamento se silenciassem. Então, quando Damen estava dormindo e não havia ninguém para detê-lo, se levantou e atravessou o acampamento adormecido até a carroça fechada que detinha Jokaste.

Era muito tarde, e todas as estrelas haviam nascido no céu akielon. E era estranho. Estar ali, tão perto do fim de seus próprios planos. Tão perto do fim, na verdade, de tudo.

Estar onde ele nunca sonhara estar e saber que de manhã tudo estaria terminado, ou pelo menos sua parte nisso. Laurent passou em silêncio pelos soldados adormecidos e foi até o lugar, a uma pequena distância, onde estavam as carroças, imóveis e silenciosas.

Então, como não devia haver testemunhas, ele dispensou os guardas. Todas as coisas ruins eram feitas no escuro. A carroça estava aberta para o ar noturno, as barras de ferro de sua porta interna mantendo a prisioneira em seu interior. Ele parou em frente a ela. Jokaste observou tudo isso acontecer sem piscar; não gritou nem implorou ajuda, exatamente como ele achava que ela faria. Ela só o olhou nos olhos calmamente através da grade.

– Então você tem seus próprios planos.
– Sim – disse Laurent.
Então se aproximou, destrancou a porta gradeada da carroça e deixou que ela se abrisse.

Ele recuou. Não levava armas. Era simplesmente um caminho desimpedido para a liberdade. Perto, havia um cavalo selado. Ios ficava a meio dia de cavalgada.

Ela não saiu pela porta aberta, apenas olhou para ele e, no azul frio e firme de seus olhos, havia todas as maneiras em que deixar a carroça fosse uma armadilha.

Ele disse:
– Eu acho que é filho de Kastor.

Jokaste não respondeu, e houve um silêncio no qual ela o encarou. Laurent olhava para ela também. Em volta deles, o acampamento permanecia silencioso, nenhum som exceto pela brisa e a noite.

– Acho que você viu com clareza, naqueles dias crepusculares em Akielos, que o fim estava chegando e Damianos não dava ouvidos a ninguém. O único jeito de salvar a vida dele foi convencer Kastor a enviá-lo como escravo para Vere. Para fazer isso, era preciso estar na cama de Kastor.

A expressão dela não se alterou, mas ele sentiu a mudança nela, o jeito novo e cuidadoso com que estava se portando. No ar fresco da noite, sua postura transmitia algo para ele, contra a vontade dela. Entregava alguma coisa. Ela estava com raiva por isso, e pela primeira vez estava com medo.

Ele disse:

– Acho que é filho de Kastor, porque não acho que você usaria o filho de Damen contra ele.

– Então você me subestima.

– Subestimo? – Ele a olhou nos olhos. – Acho que vamos descobrir.

Laurent jogou a chave no interior da carroça, diante do lugar onde ela estava imóvel.

– Nós somos iguais. Você mesma disse. Teria aberto a porta para mim? Não sei. Mas abriu uma para ele.

A voz dela estava implacavelmente desprovida de qualquer inflexão, de modo que nada transparecia além de uma amargura irônica e suave.

– Você quer dizer que a única diferença entre nós é que eu escolhi o irmão errado?

Conforme as estrelas começavam a se mover pelo céu, Laurent pensou em Nicaise, parado no pátio com um punhado de safiras.

– Eu não acho que você escolheu – disse Laurent.

Capítulo Dezesseis

Era melhor não arrancar Jokaste de sua carroça antes que a troca estivesse garantida, disse Laurent, por isso os dois cavalgaram sozinhos até o Encontro dos Reis.

Isso se adequava aos próprios protocolos do Encontro dos Reis, que aplicava leis de não violência. Era um santuário, um lugar de diálogo, com regras seculares de paz. Peregrinos podiam entrar, mas grupos de soldados não eram permitidos além de seus muros.

Havia três estágios na aproximação. O primeiro era atravessar a vasta planície. O segundo era passar pelos portões. Finalmente, eles entrariam no salão, e dali passariam para a câmara interna que abrigava a Pedra do Rei. O Encontro dos Reis no horizonte era uma coroa branca de mármore, imponente na única elevação na planície ampla e poeirenta. Todo soldado de capa branca no Encontro dos Reis veria Damen se aproximar com Laurent: dois peregrinos humildes ali a cavalo para prestar seu tributo.

— *Vocês se aproximam do Encontro dos Reis. Anunciem seu propósito.*

A voz do homem era muito baixa, descendo de uma altura imensa de 15 metros. Damen protegeu os olhos e gritou de volta:

— Somos viajantes, aqui para prestar tributo à Pedra do Rei.

– *Faça o juramento, viajante, e seja bem-vindo.*

Com o som de uma corrente gritando, a porta corrediça se ergueu. Eles subiram com os cavalos até os portões, passando pela enorme porta suspensa de ferro protegida por quatro torres de pedra imensas, como em Karthas.

Lá dentro, eles apearam e encontraram um homem mais velho, cuja capa branca estava presa ao ombro com um broche de ouro. Quando entregaram cerimonialmente uma grande quantidade de ouro em tributo, o homem avançou para botar uma faixa branca em torno do pescoço de cada um deles. Damen teve de se abaixar um pouco para isso.

– Este é um lugar de paz. Nenhum golpe pode ser dado; nenhuma espada pode ser sacada. O homem que desrespeitar a paz do Encontro dos Reis deve enfrentar a justiça do rei. Vocês aceitam o compromisso? – perguntou o homem.

– Aceito – disse Damen. O homem se voltou para Laurent, que jurou o mesmo compromisso.

– Aceito.

E eles entraram.

Ele não estava esperando aquela tranquilidade de verão, as florezinhas crescendo nas encostas gramadas que levavam ao antigo salão, os blocos maciços e protuberantes de rocha, remanescentes de uma primeira e antiga estrutura. Ele só tinha estado ali durante cerimônias, com os kyroi e seus homens enchendo as encostas e seu pai se erguendo poderoso no salão.

Ele era bebê na primeira vez que estivera ali, erguido pelo pai para ser apresentado aos kyroi. Damen ouvira a história muitas vezes, o rei o levantando, a alegria da nação com a chegada de um herdeiro depois de anos de abortos espontâneos de uma rainha aparentemente incapaz de lhes dar uma criança.

Nas histórias, ninguém falava do Kastor de 9 anos assistindo de fora enquanto uma cerimônia concedia àquele bebê tudo o que havia sido prometido a ele.

Kastor teria sido coroado ali. Ele teria convocado os kyroi como Theomedes os convocara e teria sido coroado do modo antigo, com os kyroi assistindo e os rostos impassíveis das sentinelas do Encontro dos Reis observando.

Agora essas sentinelas os flanqueavam. Eram uma guarnição militar permanente e independente, os melhores escolhidos de cada uma das províncias com neutralidade escrupulosa para servir por um período de dois anos. Eles viviam no complexo de construções externas, enchendo os alojamentos e os ginásios, onde dormiam, acordavam e treinavam com disciplina imaculada.

Era a maior honra para um soldado competir nos jogos anuais e ser escolhido entre os melhores para servir ali, para preservar as leis estritas.

Damen disse:

– Nikandros serviu aqui, por dois anos.

Aos 15 anos, ele sentira grande prazer com a conquista de Nikandros, mesmo quando abraçou Nikandros e sentiu o que significava a partida de seu amigo mais próximo para servir com os melhores lutadores de Akielos. Talvez, por baixo disso, outra coisa, irreconhecível, estivesse em sua voz.

– Você ficou com inveja.

– Meu pai disse que eu tinha de aprender a ler, não a obedecer.

– Ele estava certo – disse Laurent. – Você é um rei em um lugar de reis.

Eles tinham passado pelos portões. Começaram a subir os degraus na encosta gramada em direção aos pilares de mármore que marcavam a entrada do salão. Cada estágio tinha sentinelas, de capa branca e montando guarda.

Cem rainhas e reis akielons tinham sido coroados ali, as procissões seguindo a mesma trilha que eles seguiam agora: subindo os degraus de mármore que levavam dos portões por todo o caminho até a entrada do salão, os próprios degraus erodidos por décadas de pés que subiram por eles.

Damen sentiu a solenidade do lugar e sua majestade silenciosa. Ele se ouviu dizer:

– O primeiro rei de Akielos foi coroado aqui, e todo rei e rainha desde então.

Eles cruzaram com mais sentinelas ao passar pelos pilares e entrar no espaço comprido e cavernoso de mármore pálido. A passagem de mármore era entalhada com figuras, e Laurent parou diante de uma delas, uma mulher a cavalo.

– Essa é Kydippe. Ela foi rainha antes de Euandros. Ela tomou o trono do rei Treus e evitou uma guerra civil.

– E aquele?

– Aquele é Thestos. Ele construiu o palácio em Ios.

– Ele se parece com você. – Os contornos de Thestos estavam entalhados, a figura segurando no alto um grande pedaço de pedra. Laurent tocou seu bíceps, depois o de Damen. Damen exalou.

Ele sentia uma emoção transgressora ao caminhar por ali com Laurent – ele levara um príncipe veretiano ao coração de Akielos. Seu pai teria impedido a entrada de Laurent, não teria deixado subir aquela figura delgada completamente diminuída pela escala do salão.

– Esse é Nekton, que quebrou as regras do Encontro dos Reis. Nekton sacara uma espada para proteger seu irmão, o rei Timon. Ele foi retratado de joelhos, com uma machadada no pescoço. O rei Timon fora forçado a condenar o irmão à morte pelo que tinha feito, tão rígidas eram as leis antigas do Encontro dos Reis.

– Aquele é Timon, seu irmão.

Os dois passaram pelos reis e rainhas em sucessão: Eradne, a Rainha dos Seis, a primeira desde Agathon a governar seis províncias e comandar seis kyroi; a rainha Agar, que unira Isthima ao reino; o rei Euandros, que perdera Delpha. Ele sentiu o peso desses reis e rainhas como nunca havia sentido – ali diante deles não como rei, mas como homem.

Ele parou em frente ao relevo mais antigo, um único nome cinzelado rusticamente na pedra.

– Esse é Agathon – disse Damen. – O primeiro rei de Akielos. Meu pai é descendente do rei Euandros, mas minha linhagem remonta a Agathon pelo lado de minha mãe.

– O nariz dele está lascado – disse Laurent.

– Ele unificou um reino. – *Meu pai tinha os mesmos sonhos.* Damen disse: – Tudo o que tenho me foi passado por ele. – Eles chegaram ao fim da passagem.

As sentinelas permaneciam de pé, guardando o espaço inviolável, a câmara interna de pedra mais bruta, o único lugar em

Akielos onde um príncipe podia ajoelhar para ser coroado e se levantar como rei.

— Como vai acontecer, imagino, com meu filho — disse Damen.

Eles entraram e viram um homem esperando por eles, vestido de vermelho, sentado confortavelmente no trono pesado de madeira entalhada.

— Não exatamente — disse o regente.

◆ ◆ ◆

Todo nervo entrou em alerta. A mente de Damen passou rapidamente por *emboscada* e *traição* enquanto seus olhos examinavam as entradas à procura de figuras, do enxame de homens que iria cercá-los. Mas o som do metal, o barulho de passos, não chegou. Havia apenas seu coração batendo no silêncio, os rostos impassíveis dos soldados do Encontro dos Reis e o regente se levantando e caminhando adiante sozinho.

Damen se forçou a largar o cabo da espada, que ele agarrara instintivamente. O desejo frustrado de enfiar a espada na garganta do regente pulsava dentro dele, um chamado trovejante à ação que ele devia ignorar. As regras do Encontro dos Reis eram sacrossantas. Ele não podia sacar uma espada ali e permanecer vivo.

O regente parou, esperando por ele como um rei diante da Pedra do Rei, sua autoridade carregada nos ossos, vestido de vermelho-escuro com um manto real nos ombros. A escala do salão era apropriada a ele, ao poder dominante que exalava quando olhou Laurent nos olhos.

— Laurent — disse o regente com delicadeza. — Você me causou muitos problemas.

A leve palpitação do pulso de Laurent em seu pescoço camuflava seu exterior firme. Damen podia sentir a reverberação que ele estava encobrindo, o controle que exercia sobre sua respiração.

— Causei? — perguntou Laurent. — Ah, isso mesmo. Você teve de substituir um garoto de alcova. Não me culpe demais. De qualquer jeito, ele estaria velho demais para você este ano.

O regente avaliou Laurent, uma leitura lenta que levou vários segundos; enquanto pensava, ele falou:

— Essas observações petulantes nunca lhe caíram bem. Os maneirismos de um menino não são nada atraentes em um homem. — Sua voz era suave, especulativa, talvez levemente desapontada. — Sabe, Nicaise achou mesmo que você ia ajudá-lo. Ele não conhecia sua natureza, não sabia que você abandonaria um menino à traição e à morte por puro rancor. Ou havia alguma outra razão para você matá-lo?

— O prostituto que você comprou? Não achei que ninguém fosse sentir falta dele.

Damen se forçou a não recuar. Ele havia se esquecido da violência dessas conversas, mesmo sem derramamento de sangue.

— Ele foi substituído — disse o regente.

— Eu achei que seria. Você cortou a cabeça dele, o que torna um pouco difícil chupar seu pau.

Depois de um momento, o regente falou com Damen, seu tom deliberativo:

— Imagino que qualquer prazer barato que ele lhe dê na cama

o leve a relevar sua natureza. Afinal de contas, você é um akielon. Deve sentir alguma satisfação em ter o príncipe de Vere embaixo de você. Ele é desagradável, mas isso mal deve registrar quando você está no cio.

Damen disse, sua voz firme:

— Você está sozinho. Não pode usar armas. Não tem homens. Pode nos ter pegado de surpresa, mas isso não vai lhe valer de nada. Suas palavras são insignificantes.

— De surpresa? Você é refrescantemente inocente — disse o regente. — Laurent estava me esperando. Ele está aqui para se entregar pela criança.

— Laurent não está aqui para se entregar — disse Damen, e no segundo de silêncio que se seguiu a suas palavras, ele se virou e viu o rosto de Laurent.

Laurent estava branco, com os ombros aprumados, seu silêncio uma espécie de aceitação de um acordo que tinha sido feito havia muito tempo entre ele e o tio. *Entregue-se, e tudo o que é seu lhe será devolvido.*

Havia algo terrível, de repente, no Encontro dos Reis, nos soldados impassíveis de capas brancas postados a intervalos e nas imensas pedras brancas. Damen disse:

— Não.

— Meu sobrinho é previsível — disse o regente. — Ele libertou Jokaste porque sabe que eu *nunca* trocaria uma vantagem tática por uma puta. E ele veio aqui para se entregar em troca da criança. Ele nem liga para quem é o pai. Só sabe que a criança está em perigo, e que você nunca vai lutar contra mim enquanto eu a tiver.

Ele encontrou um meio de garantir que, no fim, você ganhe: se entregar em troca da vida de seu filho.

O silêncio de Laurent era o de um homem exposto. Ele não olhou para Damen. Apenas ficou ali parado com a respiração entrecortada, o corpo rígido, como se estivesse se preparando para algo.

O regente disse:

– Mas essa troca não me interessa, sobrinho.

Na pausa que se seguiu, a expressão de Laurent mudou. Damen mal teve tempo de registrar a mudança antes que Laurent dissesse, com voz tensa:

– É uma armadilha. Você não pode dar ouvidos a ele. Precisamos ir.

O regente estendeu as mãos.

– Mas eu estou aqui sozinho.

– Damen, vá embora – disse Laurent.

– Não – disse Damen. – Ele é apenas um homem.

– Damen – repetiu Laurent.

– Não.

Ele se obrigou a observar o regente com mais atenção, sua barba bem aparada, o cabelo escuro e os olhos azuis que eram o único ponto em comum com Laurent.

– Ele veio aqui para fazer um acordo comigo – disse Damen.

O Encontro dos Reis, com suas leis estritas contra a violência, era o único lugar onde dois inimigos podiam se encontrar e fazer um acordo. Havia algo apropriado em enfrentar o regente ali, naquele lugar cerimonial feito para adversários.

Ele disse:

– Diga-me suas exigências pela criança.

– Ah – disse o regente. – Não. A criança não está em oferta. Desculpe. Você estava tentando fazer um gesto grandioso? Eu prefiro mantê-la. Não, eu estou aqui por meu sobrinho. Ele vai enfrentar um julgamento diante do Conselho. Depois vai morrer por seus crimes. Eu não preciso negociar nem abrir mão da criança. Laurent vai ficar de joelhos e implorar que eu o leve. Não vai, Laurent?

Laurent disse:

– Damen, eu disse para você ir embora.

– Laurent nunca vai se ajoelhar para você – disse Damen. Ele se moveu à frente para ficar entre Laurent e o regente.

– Você acha que não? – perguntou o regente.

– *Damen* – disse Laurent.

– Ele quer que você vá – disse o regente. – Você não está curioso por quê?

– Damen – disse Laurent.

– Ele se ajoelhou para mim.

O regente disse isso em uma voz calma e prosaica, de modo que, a princípio, o significado não penetrou sua mente. Era apenas uma coleção de palavras mesmo quando Damen se virou e viu o vermelho nas bochechas de Laurent como uma mancha. Então o sentido daquelas palavras começou a expulsar todos os outros pensamentos.

– Eu provavelmente devia tê-lo repelido, mas quem resiste quando um menino com um rosto desses lhe pede para ficar com ele? Ele ficou muito solitário depois da morte do irmão. "Tio, não me deixe sozinho..."

Fúria – ela fornecia clareza e simplicidade, queimando todos os pensamentos. A expressão horrível de Laurent, o movimento das sentinelas de capas brancas ao primeiro raspar de aço – nada disso era importante, impressões rápidas. Damen sacara a espada e ia enfiá-la no corpo desarmado do regente.

Uma sentinela se movia em sua direção. O som metálico de sua espada disparara uma torrente de ação. Sentinelas de capas brancas do Encontro dos Reis estavam enchendo o salão, gritando ordens. *Detenham-no!* Os homens estavam indo em sua direção. Ele iria removê-los. O som de osso se quebrando, um grito de dor – aqueles eram os melhores lutadores em Akielos, escolhidos à mão. Eles não importavam. Nada importava além de matar o regente.

Um golpe forte em sua cabeça escureceu momentaneamente sua visão. Ele cambaleou, em seguida se recuperou. Mais um. Ele estava cercado, segurado por oito homens que se esforçavam para contê-lo, outros gritando por reforços. Ele se soltou parcialmente das mãos deles e, quando não conseguiu se livrar, arrastou-os com violência para a frente, usando pura força contra eles, como se chapinhasse por areia movediça ou por alto-mar.

Ele deu quatro passos antes que outro golpe o derrubasse. Seus joelhos atingiram o mármore. Seu braço estava torcido às costas e ele sentiu o ferro frio e duro antes de entender o que estava acontecendo, antes de sentir as correntes prendendo seus pulsos e pernas. Seus movimentos ficaram totalmente restritos.

Arfando e de joelhos, Damen começou a voltar a si. Sua espada ensanguentada e descartada jazia sobre a pedra a pouco mais de 1 metro dele, onde tinha sido arrancada de sua mão. O salão estava cheio de capas brancas, nem todas de pé. Um dos soldados apertava a barriga, onde sangue brotava vermelho através do uniforme branco. Havia outros seis no chão ao seu lado, três que não iam levantar. O regente ainda estava de pé a alguns metros de distância.

No silêncio arfante do salão, uma das sentinelas ajoelhadas se levantou e começou a falar:

– *Você sacou sua espada no Encontro dos Reis.*

Os olhos de Damen se fixaram nos do regente. Nada importava além de uma promessa.

– Eu vou matá-lo.

– *Você quebrou a paz do salão.*

Damen disse:

– No momento em que encostou a mão nele, você estava morto.

– *As leis do Encontro dos Reis são sagradas.*

Damen disse:

– Eu vou ser a última coisa que você vai ver. Você vai tombar no chão com minha espada em seu corpo.

– *Sua vida pertence ao rei* – disse a sentinela.

Damen ouviu as palavras. O riso que saiu dele era vazio e farpado.

– O rei? – perguntou ele com desprezo completo. – Que rei?

Laurent estava olhando fixamente para ele com os olhos arregalados. Ao contrário de Damen, foi preciso apenas um dos soldados para conter Laurent. Seus braços estavam forçados às costas, sua respiração entrecortada.

– Na verdade, há apenas um rei aqui – disse o regente.

E lentamente o impacto do que ele tinha feito começou a se tornar claro para Damen.

Ele olhou para a devastação do Encontro dos Reis, o mármore sujo de sangue, e para as sentinelas em desordem, a paz de seu santuário destruída.

– Não – disse Damen. – Vocês ouviram o que ele fez. – As palavras saíram ásperas. – Vocês todos *o escutaram* e vão deixar que ele faça isso?

A sentinela que se levantara o ignorou e se aproximou do regente. Damen lutou novamente e sentiu a pressão dos homens que o seguravam quase quebrar seus braços.

A sentinela fez uma mesura com a cabeça para o regente e disse:

– O senhor é o rei de Vere e não de Akielos, mas o ataque foi contra o senhor, e o julgamento de um rei é sagrado no Encontro dos Reis. Dê sua sentença.

– Matem-no – disse o regente.

Ele falou com autoridade indiferente. A testa de Damen foi pressionada contra a pedra fria e ele ouviu o arranhar de metal quando sua espada foi apanhada do mármore. Um soldado de capa branca se aproximou segurando a espada grande do executor com as duas mãos.

– Não – disse Laurent para o tio, com uma voz uniforme e sem emoção que Damen nunca havia escutado antes. – Pare. É a mim que o senhor quer.

– *Laurent* – disse Damen.

Uma compreensão final e terrível se concretizou quando Laurent disse:

– É a mim que o senhor quer, não ele.

A voz do regente estava suave.

— Eu não quero você, Laurent. Você é um incômodo. Um pequeno incômodo que vou tirar de meu caminho sem pensar muito.

— *Laurent* — disse Damen, tentando deter o que estava acontecendo mesmo contido e de joelhos.

— Eu vou com o senhor para Ios — disse Laurent, naquela mesma voz neutra. — Deixarei que tenha seu julgamento. Apenas permita que ele... — Ele não olhou para Damen. — Permita que ele viva. Permita que ele saia andando daqui inteiro e vivo. Leve-me.

O soldado segurando a espada parou, olhando para o regente à espera de uma ordem. Os olhos do regente estavam em Laurent, olhando para ele com atenção reflexiva.

— Implore — disse o regente.

Laurent era segurado por um soldado, os braços torcidos atrás das costas, o algodão branco de seu quíton em desalinho. O soldado o soltou e o empurrou para a frente no silêncio. Laurent cambaleou um pouco, em seguida recuperou a firmeza e deu um passo, depois outro. *Laurent vai ficar de joelhos e implorar.* Como um homem caminhando na direção da beira de um penhasco, Laurent parou diante do tio. Lentamente, ele ficou de joelhos.

— Por favor — pediu Laurent. — Por favor, tio. Eu estava errado em desafiá-lo. Eu mereço punição. Por favor.

Havia um horror surreal no que estava acontecendo. Ninguém estava detendo essa paródia de justiça. Os olhos do regente passaram por Laurent como os de um pai recebendo um ato há muito devido de obrigação filial.

— Essa troca é aceitável para o senhor, *exaltado*? — perguntou a sentinela.

– Acredito que sim – disse o regente depois de um momento.
– Sabe, Laurent, eu sou um homem razoável. Quando você é adequadamente penitente, eu sou piedoso.

– Sim, tio. Obrigado, tio.

A sentinela fez uma mesura.

– A troca de uma vida satisfaz nossas leis. Seu sobrinho vai enfrentar julgamento em Ios. O outro ficará detido até de manhã e então será liberado. Que a vontade do rei seja feita.

As outras sentinelas ecoaram as palavras:

– *Que a vontade do rei seja feita.*

Damen disse:

– *Não.* – E começou a lutar outra vez.

Laurent não olhou para Damen. Ele manteve os olhos fixos em um ponto à sua frente, o azul deles levemente vidrado. Por baixo do algodão fino de seu quíton, sua respiração estava ofegante, seu corpo tenso em uma tentativa de controle.

– Venha, sobrinho – disse o regente.

Eles foram.

Capítulo Dezessete

Eles mantiveram Damen até o amanhecer, depois o levaram de volta ao acampamento, com as mãos amarradas novamente. Ele lutou, intermitentemente, por todo o caminho, através de uma espécie de neblina escura de exaustão que não o deixava.

Quando chegaram ao acampamento, eles o jogaram no chão de modo que ele caiu de joelhos com as mãos amarradas às costas. Jord se aproximou com a espada na mão, mas Nikandros o segurou com os olhos arregalados de medo e respeito pelas capas brancas do Encontro dos Reis. Então Nikandros se aproximou. Damen se levantou e sentiu Nikandros virá-lo e cortar as cordas que prendiam seus braços com a faca.

– O príncipe?

– Ele está com o regente – disse, e então, por um momento, não conseguiu dizer nada.

Ele era um soldado. Conhecia a brutalidade do campo de batalha, tinha visto as coisas que homens podiam fazer com os mais fracos, mas nunca havia pensado...

A cabeça exangue de Nicaise retirada de um saco manchado de sangue, o corpo frio de Aimeric deitado ao lado de uma carta e...

Tudo estava muito nítido. Ele estava consciente de Nikandros falando com ele.

— Sei que você sentia alguma coisa por ele. Se vai passar mal, faça isso logo. Precisamos ir. Já deve haver homens vindos para nos procurar.

Através da neblina ele ouviu a voz de Jord.

— O senhor o deixou? Salvou a própria vida e o deixou com o tio?

Damen ergueu os olhos e viu que todos haviam saído das carroças para vê-lo. Ele estava circundado por um pequeno grupo de faces. Jord se aproximara e parara à sua frente. Nikandros estava parado às suas costas, ainda com uma das mãos em seu ombro, depois de firmá-lo para cortar as cordas. Ele viu Guion a alguns passos de distância. Loyse. Paschal.

Jord disse:

— Seu covarde, você o deixou para...

As palavras foram abruptamente interrompidas quando Nikandros segurou Jord e o jogou de costas contra a carroça.

— Você não vai falar desse jeito com nosso rei.

— Deixe-o. — As palavras saíram densas da garganta de Damen. — Deixe-o. Ele é leal. Você teria reagido do mesmo jeito se Laurent tivesse voltado sozinho. — Ele viu que estava entre os dois, que havia interferido com o próprio corpo. Nikandros estava a dois passos de distância; Damen se soltara dele.

Solto, Jord respirava com dificuldade.

— Ele não teria voltado sozinho. Se acha isso, o senhor não o conhece.

Ele sentiu a mão de Nikandros em seu ombro, firmando-o, embora Nikandros estivesse falando com Jord.

– Pare com isso. Você não pode ver que ele está...

– O que vai acontecer com ele? – Era a voz de Jord, exigente.

– Ele vai ser morto – disse Damen. – Vai haver um julgamento. Ele vai ser considerado um traidor. Seu nome vai ser arrastado na lama. Quando acabar, eles vão matá-lo.

Era a verdade nua e crua. Ia acontecer, publicamente. Em Ios, eles exibiam cabeças cortadas em lanças de madeira ao longo do caminho dos traidores. Nikandros estava falando:

– Não podemos ficar aqui, Damianos. Precisamos...

– Não – disse Damen.

Ele estava com a mão na testa. Seus pensamentos rodopiavam, inúteis. Ele se lembrou de Laurent dizendo *Eu não consigo pensar*.

O que Laurent ia fazer? Ele sabia o que Laurent ia fazer. O louco e estúpido Laurent havia se sacrificado. Usara a última carta que tinha: a própria vida. Mas a vida de Damen não tinha valor para o regente.

Ele sentiu os limites da própria natureza, que se voltava para a raiva com facilidade excessiva e a necessidade – frustrada pelas circunstâncias – de causar a morte do regente. Tudo o que ele queria era pegar a espada e abrir caminho até Ios. Seu corpo parecia denso e embotado por um único pensamento que o pressionava, tentando sair. Ele fechou os olhos com força.

– Ele acha que está sozinho – disse.

Ele falou a si mesmo, horrorizado, que não ia ser rápido. O julgamento ia demorar. O regente ia prolongá-lo. Era do que ele gostava: humilhação pública unida a castigos privados, sua realidade validada por todos aqueles à sua volta. A morte de Laurent, sancionada pelo Conselho, iria restaurar a ordem pessoal do regente. O mundo voltaria aos eixos.

Não seria rápido. Havia tempo. Tinha de haver tempo. Se ele conseguisse apenas pensar. Ele se sentia como um homem parado diante dos portões altos de uma cidade sem ter como entrar.

– Damianos, escute. Se ele for levado para o palácio, então está perdido. Você não vai conseguir entrar lá à força sozinho. Mesmo que conseguisse passar pelos muros, nunca conseguiria voltar a sair. Todo soldado em Ios é leal a Kastor ou ao regente.

As palavras de Nikandros penetraram sua mente, duras e dolorosas como só a verdade podia ser.

– Você tem razão. Eu não posso entrar lá à força.

Desde o começo ele tinha sido uma ferramenta, uma arma para ser usada contra Laurent. O regente o usara para ferir, para perturbar, para abalar o controle de Laurent – e, finalmente, para destruí-lo.

– Eu sei o que preciso fazer – disse ele.

◆ ◆ ◆

Ele chegou sozinho no frescor da manhã. Deixou o cavalo e seguiu o resto do caminho a pé, enveredando primeiro pelas trilhas de cabras, depois passando por avenidas de damascos e amêndoas e pelas sombras sarapintadas das oliveiras. Pouco tempo depois, todas as trilhas se ergueram, e ele começou a subir um morro baixo de calcário, a primeira das elevações que o levaram cada vez mais para cima na direção dos penhascos brancos e da cidade.

Ios, a cidade branca, construída sobre penhascos altos de calcário que se quebravam e desfaziam no mar. A familiaridade era tão forte que o deixou atordoado. No horizonte, o mar era de um azul-claro, apenas alguns tons mais escuro que a coloração estridente do céu. Ele sentira falta do oceano. Mais que qualquer coisa, a desordem espumante de rochas e a sensação repentina e forte de como seriam os borrifos contra sua pele fizeram com que ele se sentisse em casa.

Ele esperava ser desafiado nos portões externos por soldados avisados e cautelosos à sua procura. Mas talvez eles estivessem esperando por Damianos, o jovem rei arrogante à frente de seu exército, não um único homem em uma capa velha e surrada com um capuz que cobria seu rosto e mangas escondendo os braços. Ninguém o deteve.

Então ele entrou, passando pelo primeiro portão. Pegou a estrada do norte, um homem caminhando através da multidão. E quando dobrou a primeira esquina, viu o palácio como todos o viam de fora: desorientador. Ali, pequenas como pontos, estavam as altas janelas abertas e as sacadas compridas de mármore que convidavam a entrada do ar marinho durante a noite para refrescar as pedras quentes. Ao leste, ficava o salão comprido com colunas e os arejados aposentos superiores. Ao norte, os aposentos do rei e jardins cercados por muros altos, com seus degraus baixos, trilhas sinuosas e as murtas plantadas para sua mãe.

A memória foi repentina; dias longos treinando na serragem, noites no salão, seu pai presidindo do trono, ele mesmo caminhando por aqueles corredores de mármore com segurança e despreocupação, uma antiga personalidade irreal que passava as noites no grande salão rindo com amigos, sendo servido como desejava por escravizados.

Um cachorro latindo atravessou seu caminho. Uma mulher com um embrulho embaixo do braço esbarrou nele, então gritou em dialeto do sul para ele olhar aonde estava indo.

Ele continuou andando. Passou pelas casas externas, com suas janelas pequenas de retângulos e quadrados de tamanhos diferentes. Passou pelos depósitos externos, pelos celeiros, por uma pedra girando em uma base de moinho, puxada por bois. Passou pelos gritos de uma dúzia de barracas no mercado que vendiam peixes retirados do oceano antes do amanhecer.

Ele passou pelo caminho dos traidores, cheio de moscas. Examinou o alto das lanças, mas os mortos tinham todos cabelo escuro.

Uma explosão a galope se aproximou trotando. Ele se afastou e os homens passaram por ele, de capas vermelhas e organizados, sem olhar duas vezes.

Sempre era preciso subir na cidade, porque o palácio ficava no cume, com o mar às suas costas. Ele percebeu enquanto caminhava que nunca tinha feito aquele percurso a pé antes. Quando chegou à praça do palácio, foi tomado novamente por uma sensação de desorientação, porque só conhecia a praça do ângulo oposto: como uma vista da sacada branca, onde o pai aparecia às vezes para erguer a mão e se dirigir ao povo.

Dessa vez, ele entrou na praça como um visitante de uma das entradas da cidade. Desse ângulo, o palácio assomava de maneira impressionante, os guardas como estátuas reluzentes, as bases de suas lanças presas ao chão.

Ele fixou os olhos no guarda mais próximo e começou a se aproximar.

No início ninguém prestou atenção nele. Era apenas um homem na movimentada praça com colunas. Mas, quando chegou ao primeiro dos guardas, havia atraído alguns olhares. Era raro alguém se aproximar diretamente da escada do portão alto.

Ele podia sentir a atenção crescente, podia sentir os olhos se virando para ele, podia sentir a consciência dos guardas, embora mantivessem suas posições impassíveis. Ele pôs uma das sandálias no primeiro degrau.

Lanças cruzadas bloquearam seu caminho, e os homens e mulheres na praça começaram a se virar, a criar um semicírculo de curiosidade, cutucando uns aos outros.

– Alto – disse o guarda. – Diga o que quer, viajante.

Ele esperou até os olhos de todos perto do portão recaírem sobre ele, em seguida deixou que o capuz da capa caísse para trás. Ele ouviu os murmúrios chocados, a explosão de som quando ele falou, suas palavras claras e inconfundíveis:

– Eu sou Damianos de Akielos e me entrego a meu irmão.

◆ ◆ ◆

Os soldados estavam nervosos.

Damianos. Nos momentos antes que eles o conduzissem às pressas pelo portão, a multidão cresceu. *Damianos.* O nome se espalhou de boca em boca – como uma centelha em uma fileira de chamas flamejantes – com maravilha, temor, choque. *Damianos de Akielos*. O guarda à direita apenas continuou a olhar inexpressivamente para ele, mas havia um reconhecimento crescente no rosto do guarda à esquerda, que disse, em um tom fatal:

– *É ele.*

É ele. E a centelha se tornou uma chama, tomando a multidão. *É ele. É ele. Damianos.* De repente, as palavras estavam por toda parte. A multidão estava se acotovelando, exclamando. Uma mulher caiu de joelhos. Um homem abriu caminho à frente. Os guardas estavam quase sendo sobrepujados.

Eles o puxaram para dentro com força. Sua rendição pública tinha conseguido pelo menos isso: ele obtivera o privilégio de ser arrastado para dentro do palácio.

Se funcionasse, se ele estivesse na hora – quanto tempo um julgamento podia durar? Quanto tempo Laurent conseguiria enrolar? O julgamento teria começado de manhã – quanto tempo até que o Conselho desse seu veredito e Laurent fosse levado à praça pública para ser empurrado de joelhos e abaixar a cabeça, a espada descendo sobre seu pescoço...

Ele precisava que o levassem até o salão para encarar Kastor. Ele abrira mão de sua liberdade por essa única chance, apostando tudo nisso. *Ele está vivo. Damianos está vivo.* Toda a cidade sabia, eles não podiam se livrar dele em segredo. Tinham de levá-lo ao salão.

Na verdade, eles o levaram a um conjunto vazio de aposentos no lado leste do palácio e discutiram em sussurros abafados o que fazer. Ele se sentou sob guarda em um dos assentos baixos e não gritou de frustração à medida que o tempo passava, então passou ainda mais. Aquilo já era diferente de tudo que ele tinha esperado; havia coisas demais que podiam dar errado.

O trinco das portas foi aberto e um novo grupo de soldados entrou, todos fortemente armados. Um era oficial. Outro carregava grilhões. Este parou repentinamente ao ver Damen.

– Algeme-o – disse o oficial.

O soldado segurando as correntes não se mexeu, seus olhos arregalados encarando Damen.

– Faça isso – veio a ordem.

– Faça isso, soldado – disse Damen.

– Sim, *exaltado* – disse o soldado, então enrubesceu, como se tivesse feito alguma coisa errada. Talvez tivesse. Podia ser traição chamá-lo assim.

Ou podia ser traição se aproximar e fechar os grilhões em torno dos pulsos dele. Damen estendeu os braços às suas costas e, ainda assim, o homem hesitou. Aquela era uma situação política complexa para os soldados. Eles estavam nervosos.

No momento em que o ferro se fechou em torno dos pulsos de Damen, o nervosismo se mostrou de um jeito diferente. Os soldados tinham feito algo irreversível. Agora, tinham que pensar em Damen como prisioneiro, e ficaram mais duros, gritando e empurrando-o para fora dos aposentos, tripudiando e vociferando.

O coração de Damen acelerou. Tinha sido suficiente? Ele tinha chegado a tempo? Os soldados o empurraram por uma curva, e ele viu a extensão de corredor. Estava acontecendo – ele estava sendo levado para o grande salão

Rostos altos e chocados se enfileiravam nas passagens conforme eles atravessavam. A primeira pessoa a reconhecê-lo foi um oficial da residência – o homem carregava um vaso que se quebrou ao cair de suas mãos. *Damianos*. Um escravizado, capturado em uma crise de como se comportar, caiu parcialmente de joelhos e então parou, agoniado, sem saber se devia completar sua prostração. Um soldado parou bruscamente, os olhos arregalados de horror. Era impensável que qualquer homem pusesse as mãos no filho do rei. Ainda assim, Damen estava sendo escoltado em algemas, empurrado adiante por um cabo de lança quando caminhava devagar demais.

Empurrado para o meio da pressão do salão grande, Damen viu várias coisas ao mesmo tempo.

Havia uma cerimônia acontecendo – o corredor com colunas estava cheio de soldados. Metade da multidão densa eram soldados. Soldados guardavam a entrada. Soldados se enfileiravam ao longo das paredes. Mas eram soldados do regente. Havia apenas uma pequena guarda de honra akielon perto do tablado. Cortesãos veretianos e akielons estavam amontoados no salão com eles, reunidos para um espetáculo.

E não havia um trono no tablado, mas dois.

Kastor e o regente estavam sentados lado a lado, presidindo sobre o salão. Todo o corpo de Damen reagiu contra a visão errada do regente sentado no trono de seu pai. De forma asquerosa, havia um menino de aproximadamente 11 anos em um banco ao lado do regente. O olhar de Damen se fixou no rosto barbado do regente, os ombros largos envoltos em veludo vermelho, as mãos com anéis grandes e pesados.

Era esquisito – ele tinha esperado tanto tempo para encarar

Kastor e agora achava-o irrelevante. O regente era a única intrusão, a única ameaça.

Kastor parecia satisfeito. Ele não via o perigo. Ele não entendia o que levara para Akielos. Os soldados do regente enchiam o salão. Todo o Conselho Veretiano estava ali, reunido em assembleia perto do tablado, como se Akielos já fosse seu país. Parte da mente de Damen registrou tudo isso, enquanto o resto não parava de olhar, não parava de examinar os rostos...

Então, quando a multidão se afastou um pouco, ele viu o que estava procurando: o primeiro vislumbre de uma cabeça loira.

Vivo, vivo, Laurent estava vivo. O coração de Damen saltou, e por um momento ele ficou parado ali, embevecido com a visão, eufórico de alívio.

Laurent estava de pé, sozinho, em um espaço aberto à esquerda dos degraus da plataforma, flanqueado por seu próprio grupo de guardas. Ele ainda estava usando o quíton akielon curto que usara no Encontro dos Reis, mas sujo e rasgado. Pequeno e demonstrando sinais de brutalidade infligida, era um traje humilhante no qual se apresentar diante do Conselho. Como Damen, ele estava com as mãos acorrentadas às costas.

De repente, ficou óbvio que aquele espetáculo era o julgamento de Laurent, e que estava se desenrolando havia horas, a postura ereta de Laurent mantida apenas por sua força de vontade. O ato de ficar de pé por horas a fio devia estar cobrando seu preço – ele imaginou a dor intensa da exaustão muscular, o tratamento rude e o próprio interrogatório, as perguntas do regente e as respostas firmes e determinadas de Laurent.

Mas Laurent usava as roupas e as correntes com indiferença, com a postura, como sempre, tranquila e inatingível. Sua expressão não podia ser lida, exceto se a pessoa o conhecesse, pela coragem que ele mantinha embora estivesse sozinho, cansado e sem amigos, sabendo que estava perto do fim.

Então Damen foi empurrado para o meio do salão à ponta de espada e Laurent se virou e o viu.

Ficou claro pela expressão de reconhecimento horrorizado de Laurent que ele não esperava por Damen – que ele não esperava por ninguém. Na plataforma, Kastor fez um pequeno gesto para o regente, como se para dizer: *Está vendo? Eu o trouxe para você.* Todo o salão pareceu se agitar com a interrupção.

– *Não* – disse Laurent, voltando seu olhar novamente para o tio. – O senhor *prometeu*. – Damen viu Laurent reassumir o autocontrole, contendo qualquer outra reação.

– Prometi o quê, sobrinho?

O regente estava sentado calmamente em seu trono. Suas palavras seguintes se dirigiram ao Conselho:

– Esse é Damianos de Akielos. Ele foi capturado nos portões esta manhã. Ele é o homem responsável pela morte do rei Theomedes e pela traição de meu sobrinho. Ele é amante de meu sobrinho.

De perto, Damen viu os rostos do Conselho: o velho e leal Herode, o vacilante Audin, o razoável Chelaut, e Jeurre, que tinha o cenho franzido. Então ele viu outros rostos na multidão. Ali estava o soldado que havia entrado nos aposentos de Laurent depois da tentativa de assassinato em Arles. Ali estava um oficial do exército de lorde Touars. Havia um homem usando os trajes dos clãs vaskianos. Eles eram testemunhas, todos eles.

— Todos ouvimos provas da traição do príncipe — disse o mais novo conselheiro do regente, Mathe. — Ouvimos como ele plantou provas em Arles para incitar uma guerra com Akielos, como ele mandou cavaleiros de clãs matarem inocentes na fronteira.

Mathe gesticulou para Damen.

— Agora vemos a prova de todas essas afirmações. Damianos, o matador do príncipe, está aqui, confirmando que o que príncipe tem dito é mentira, provando de uma vez por todas que eles estão em conluio. Nosso príncipe se deita no abraço depravado do homem que matou seu irmão.

Damen foi empurrado para a frente do salão, com todos os olhos fixos nele. De repente, ele se tornou um objeto em exposição, um tipo de prova que ninguém havia imaginado: Damianos de Akielos capturado e acorrentado.

A voz do regente procurava entender.

— Mesmo com tudo o que ouvimos hoje, não consigo acreditar que Laurent permitiu que as mãos que mataram seu irmão o tocassem. Que ele se deita no suor de uma cama akielon e deixa que um assassino tome seu corpo.

O regente se ergueu e começou a descer do tablado enquanto falava. Um tio preocupado à procura de respostas, ele parou diante de Laurent. Damen viu um ou dois conselheiros reagirem à proximidade, temendo pela segurança física do regente, embora fosse Laurent quem estivesse imobilizado, seguro nas mãos de um soldado, os pulsos acorrentados com força às costas.

Em um gesto amoroso, o regente ergueu a mão e afastou um fio de cabelo louro do rosto de Laurent, procurando seus olhos.

– Sobrinho, Damianos está preso. Você pode falar honestamente. Está a salvo de qualquer dano. – Laurent suportou o toque lento e afetuoso, enquanto o regente perguntava, com delicadeza: – Há alguma explicação? Talvez você não estivesse disposto? Talvez ele o tenha forçado?

Os olhos de Laurent se encontraram com os do tio. O peito de Laurent subia e descia, arquejando sob o tecido fino de seu quíton.

– Ele não me forçou – disse Laurent. – Eu me deitei com ele porque quis.

O salão irrompeu em comentários. Damen pôde sentir que, em um dia inteiro de interrogatórios, aquela fora a primeira confissão.

– Você não precisa mentir por ele, Laurent – disse o regente. – Pode contar a verdade.

– Eu não minto – disse Laurent. – Nós dormimos juntos. A meu pedido. Eu ordenei que ele deitasse comigo. Damianos é inocente de todas as acusações levantadas contra mim. Ele só tolerou minha companhia à força. Ele é um homem bom que nunca agiu contra o próprio país.

– Infelizmente cabe a Akielos decidir a culpa ou a inocência de Damianos, não Vere – disse o regente.

Damen sentia o que Laurent estava tentando fazer, e seu coração sofreu com o fato de que, mesmo naquele momento, Laurent estava tentando protegê-lo. Damen deixou sua voz ecoar através do salão:

– E do que sou acusado? De ter me deitado com Laurent de

Vere? – Os olhos de Damen examinaram o Conselho. – Eu me deitei. Eu o achei honesto e verdadeiro. Ele é falsamente acusado diante de vocês. E se este é um julgamento justo, vocês vão me ouvir.

– Isso é insuportável! – exclamou Mathe. – Nós não vamos ouvir o testemunho do *matador do príncipe de Akielos*...

– Vocês vão me ouvir – disse Damen. – Vão me ouvir e se ainda assim acharem que ele é culpado, então eu enfrentarei meu destino junto com ele. Ou o Conselho teme a verdade?

Damen se viu com os olhos no regente, que havia tornado a subir os quatro degraus baixos da plataforma e agora estava sentado em seu trono ao lado de Kastor, supremamente confortável. Seus olhos, por sua vez, pousaram em Damen.

O regente disse:

– Com toda a certeza, fale.

Era um desafio. Ter o amante de Laurent em suas mãos agradava o regente, como uma demonstração da superioridade de seu poder. Damen podia sentir isso. O regente queria que ele se embaraçasse, queria uma vitória total sobre Laurent.

Damen respirou fundo. Ele sabia o que estava em jogo. Sabia que, se falhasse, morreria junto com Laurent, e o regente governaria Vere e Akielos. Entregaria sua vida e seu reino.

Ele olhou ao redor do salão com colunas. Era sua casa, seu direito de nascença e seu legado, mais preciosa para ele do que qualquer coisa. E Laurent lhe dera os meios de assegurá-la. No Encontro dos Reis, ele podia ter abandonado Laurent ao seu destino e voltado para Karthas e seu exército. Ele não tinha sido derrotado no campo, e nem mesmo o regente teria conseguido enfrentá-lo.

Mesmo agora, tudo o que ele tinha de fazer era denunciar Laurent e então poderia enfrentar Kastor com uma chance verdadeira de recuperar seu trono.

Mas ele fizera a si mesmo a pergunta em Ravenel, e agora sabia a resposta.

Um reino ou isso.

— Eu conheci o príncipe em Vere. Eu pensava como vocês. Eu não conhecia seu coração.

Foi Laurent quem disse:

— Não.

— Eu acabei por descobri-lo lentamente.

— Damen, não faça isso.

— Acabei por descobrir sua honestidade, sua integridade, sua força mental.

— Damen...

Claro que Laurent queria que tudo fosse feito a seu jeito. Mas naquele dia ia ser diferente.

— Eu fui um tolo, cego pelo preconceito. Eu não entendia que ele estava lutando sozinho, que ele estava lutando sozinho havia muito tempo. Então vi os homens que ele comandava, disciplinados e leais. Vi como as pessoas que o serviam o amavam, porque ele conhecia seus interesses, se preocupava por suas vidas. Eu o vi proteger escravos.

Damen prosseguiu:

— E quando eu o deixei, drogado e sem amigos depois de um ataque contra sua vida, eu o vi se levantar diante do tio e discutir para salvar minha vida, porque ele achava ter uma dívida comigo.

Ele sabia que isso podia custar sua própria vida. Ele sabia que seria mandado para a fronteira, para enfrentar uma trama com o objetivo de matá-lo. E ainda assim ele me defendeu. Ele fez isso porque era devido; porque, segundo o código muito particular com que ele leva sua vida, era a coisa certa a fazer.

Ele olhou para Laurent e entendeu agora o que não tinha entendido então: que Laurent sabia quem ele era naquela noite. Laurent sabia quem ele era e ainda assim o protegera, por um senso de justiça que de algum modo sobrevivera ao que havia acontecido com ele.

— Esse é o homem que vocês estão vendo. Ele tem mais honra e integridade do que qualquer homem que já conheci. Ele é dedicado a seu povo e seu país. E tenho orgulho de ter sido seu amante.

Damen disse isso com os olhos em Laurent, desejando que ele soubesse o quanto estava falando sério, e por um momento Laurent apenas o olhou de volta, com os olhos azuis e arregalados.

A voz do regente o interrompeu:

— Uma declaração emocionada não é prova. Sinto dizer que não há nada que possa mudar a decisão do Conselho. Você não ofereceu nenhuma prova, apenas acusações de uma trama improvável contra Laurent, sem nenhuma pista de quem possa ser seu arquiteto.

— Você é o arquiteto — disse Damen, erguendo os olhos para o regente. — E eu tenho provas.

Capítulo Dezoito

—Eu chamo Guion de Fortaine como testemunha.

Isso é ultrajante!, veio a exclamação, e *Como você ousa acusar nosso rei!* Damen tinha falado com firmeza em meio aos gritos furiosos, os olhos fixos nos do regente.

– Muito bem – disse o regente, encostando-se em seu assento e gesticulando para o Conselho.

Então eles tiveram que esperar os mensageiros que foram enviados para o lugar onde Damen mandara seus homens acamparem, nas cercanias da cidade.

Os conselheiros se sentaram, assim como o regente e Kastor. Sorte deles. Ao lado do regente, o menino de 11 anos de cabelo castanho estava batendo os calcanhares na base de seu banco, obviamente entediado. O regente se aproximou e murmurou algo no ouvido do garoto, em seguida gesticulou para que um dos criados trouxesse um prato de doces. Isso manteve o menino ocupado.

Mas não manteve mais ninguém ocupado. Em torno deles, o salão estava sufocante, a pressão densa de soldados e observadores, uma massa compacta e agitada. O esforço de ficar de pé com as correntes pesadas estava começando a se fazer sentir nas costas e nos ombros de Damen. Para Laurent, que estava ali havia horas, seria pior: a dor que começava nas costas viajava pelos braços, pelas coxas, até que o corpo inteiro parecia feito de fogo.

Guion entrou no salão.

Não apenas Guion, mas todos os membros do grupo de Damen: a esposa de Guion, Loyse, com o rosto branco; o médico Paschal; Nikandros e seus homens; até Jord e Lazar. Significava muito para Damen o fato de ter dado a todos eles a opção de partir, e eles houvessem escolhido segui-lo. Ele sabia o que eles estavam arriscando. Sua lealdade o emocionou.

Ele sabia que Laurent não gostava disso. Laurent queria fazer tudo sozinho. Mas as coisas não iam ser assim.

Guion foi escoltado à frente e parou diante dos tronos.

– Guion de Fortaine. – Mathe retomou seu papel de interrogador enquanto os espectadores esticavam o pescoço, aborrecidos com as colunas que obstruíam a visão. – Nós estamos reunidos para determinar se Laurent de Vere é culpado ou inocente. Ele é acusado de traição. Nós soubemos que ele vendeu segredos a Akielos, que apoiou golpes, que atacou e matou veretianos para promover sua causa. Você tem um testemunho que vai trazer clareza para essas alegações?

– Eu tenho.

Guion se voltou para o Conselho. Ele mesmo tinha sido conselheiro, um colega respeitado que eles sabiam conhecer bem os negócios particulares do regente. Ele falou com clareza e sem hesitar.

– Laurent de Vere é culpado de todas as acusações apresentadas contra ele – disse Guion.

Levou um momento para que as palavras fizessem sentido. Quando isso aconteceu, Damen sentiu o chão sumir sob seus pés.

– *Não* – exclamou ele enquanto o salão irrompia em comentários uma segunda vez.

Guion levantou a voz:

– Eu sou prisioneiro dele há meses. Vi em primeira mão a depravação na qual ele caiu, como ele leva o akielon para a cama toda noite, como ele se deita no abraço obsceno do homem que matou seu irmão, saciando seus desejos à custa de nosso país.

– *Você jurou dizer a verdade!* – exclamou Damen. Ninguém lhe deu ouvidos.

– Ele tentou me coagir a mentir por ele. Ele ameaçou me matar. Ameaçou matar minha mulher. Ameaçou matar meus filhos. Ele matou seu próprio povo em Ravenel. Eu mesmo votaria por sua culpa se ainda fosse membro do Conselho.

– Acho que estamos satisfeitos – disse Mathe.

– Não – repetiu Damen, sua luta involuntária abortada por sua escolta enquanto gritos de concordância e justiça vinham dos apoiadores do regente no salão. – Conte a eles o que você sabe sobre o golpe do regente em Akielos.

Guion estendeu as mãos.

– O regente é um homem inocente cujo único crime foi ter confiado em um sobrinho caprichoso.

Isso foi o suficiente para o Conselho. Afinal, eles tinham passado o dia inteiro deliberando. Damen voltou seu olhar para o regente, que estava observando os procedimentos com confiança calma. Ele soubera. Ele soubera o que Guion ia dizer.

– Ele planejou isso – disse Damen desesperadamente. – Eles estão em conluio. – Um golpe nas costas o jogou de joelhos, como foi segurado. Guion atravessou calmamente o aposento para assumir seu lugar no Conselho. O regente se levantou e desceu do tablado, então pôs a mão no ombro de Guion e falou algumas palavras para ele, não alto o bastante para que Damen ouvisse.

– O Conselho vai dar sua sentença agora.

Um escravizado se aproximou levando um cetro de ouro. Herode o pegou, segurando-o como um cajado, de ponta para baixo. Em seguida, outro escravizado seguiu até ele levando um quadrado preto de tecido, símbolo da vindoura sentença de morte.

Damen sentiu um vazio no estômago. Laurent também tinha visto o tecido e estava olhando para ele sem piscar, embora seu rosto estivesse muito pálido. De joelhos, Damen não podia fazer nada para deter aquilo. Ele lutou com força e foi contido, arfando. Houve um momento horrível no qual tudo o que ele pôde fazer foi erguer os olhos para Laurent, impotente.

Laurent foi empurrado até o outro lado do salão para ficar diante do Conselho, acorrentado e sozinho, exceto pelos soldados que o seguravam pelos dois braços com força. *Ninguém sabe*, pensou Damen. *Ninguém sabe o que o tio fez com ele.* Seus olhos se voltaram para o regente, que estava olhando para Laurent com decepção. O Conselho estava parado ao seu lado.

A cena tinha uma força simbólica, aqueles seis parados de um lado do salão, e Laurent – em seu traje akielon esfarrapado amarrotado nas mãos dos soldados do tio –, do outro. Laurent perguntou:

– Nenhum conselho final? Nenhum beijo de afeição de um tio?

– Você era tão promissor, Laurent – disse o regente. – Lamento aquilo em que se transformou mais do que você.

– O senhor quer dizer que peso em sua consciência? – disse Laurent.

– Fico magoado – disse o regente – por você sentir tanta animosidade em relação a mim, mesmo agora. Por tentar me sabotar, quando eu sempre quis apenas o melhor para você. – Sua voz estava triste. – Você tinha que saber que não devia trazer Guion para testemunhar contra mim.

Os olhos de Laurent, parado sozinho diante do Conselho, se encontraram com os do regente.

– Mas, tio – disse Laurent –, não foi Guion quem eu trouxe.

– Ele trouxe a mim – disse a esposa de Guion, Loyse, dando um passo à frente.

Damen se virou – todos se viraram. Loyse era uma mulher de meia-idade e cabelo grisalho, que estava escorrido depois de um dia e uma noite na estrada com pouco descanso. Ele não falara com ela durante a viagem. Mas a ouviu agora quando ela se apresentou diante do Conselho.

– Eu tenho algo a dizer. É sobre meu marido e esse homem, o regente, que levou minha família à ruína e que tirou a vida de meu filho mais novo, Aimeric.

– Loyse, o que está fazendo? – perguntou Guion enquanto todos os olhos no salão se fixaram em sua esposa.

Ela não deu atenção a ele, só continuou a caminhar adiante até parar ao lado de Damen, então dirigiu suas palavras ao Conselho.

– No ano depois de Marlas, o regente visitou minha família em

Fortaine – disse Loyse. – E meu marido, que é ambicioso, lhe deu permissão para entrar no quarto de nosso filho mais novo.

– Loyse, pare com isso agora.

Mas as palavras dela continuaram:

– Foi um acordo de cavalheiros. O regente podia se entreter em privacidade em nossa casa, e meu marido foi recompensado com terras e uma posição proeminente na corte. Ele foi nomeado embaixador em Akielos e se tornou intermediário entre o regente e o conspirador do regente, Kastor.

Guion estava olhando de Loyse para o Conselho. Ele deu uma risada, zurrada e alta.

– Vocês não podem estar dando crédito a nada disso.

Ninguém respondeu; o silêncio era desconfortável. O olhar do conselheiro Chelaut foi por um momento até o menino sentado ao lado do regente, seus dedos grudentos com o açúcar dos doces.

– Sei que ninguém aqui se importa com Aimeric – disse Loyse. – Ninguém se importa que ele tenha se matado em Ravenel porque não podia viver com o que tinha feito. Por isso, deixem-me contar em vez disso sobre por que Aimeric morreu, uma trama entre o regente e Kastor para matar o rei Theomedes e depois tomar seu país.

– São mentiras – disse Kastor em akielon, em seguida repetiu as palavras em veretiano, com um sotaque forte. – Prendam-na!

No momento tenso que se seguiu, a pequena guarda de honra akielon pôs as mãos no cabo das espadas, e os soldados veretianos se moveram em oposição, detendo-os. Estava claro pelo rosto de Kastor que ele havia se dado conta pela primeira vez que não estava no controle do salão.

– Prendam-me, mas não antes de verem a prova. – Loyse estava pegando um anel em uma corrente em seu vestido; era um anel de sinete, rubi ou granada, e nele havia o selo real de Vere. – Meu marido negociou o acordo. Kastor assassinou o próprio pai em troca das tropas veretianas que vocês veem hoje. As tropas de que ele precisava para tomar Ios.

Guion se virou bruscamente para o regente.

– Ela não é uma traidora. Está apenas confusa. Ela foi enganada e treinada para dizer essas coisas, está perturbada desde a morte de Aimeric. Ela não sabe o que está dizendo. Está sendo manipulada por essas pessoas.

Damen olhou para o Conselho. Herode e Chelaut exibiam expressões de aversão reprimida, até de repulsa. Damen viu de repente que a juventude obscena dos amantes do regente sempre tinha sido repelente para aqueles homens, e a ideia de que o filho de um conselheiro tivesse sido usado desse jeito era perturbadora além da conta.

Mas eles eram homens políticos, e o regente era seu mestre. Chelaut disse, quase com relutância:

– Mesmo que o que você está dizendo seja verdade, isso não isenta Laurent de seus crimes. A morte de Theomedes é uma questão para Akielos.

Ele estava certo, percebeu Damen. Laurent não levara Loyse para limpar o próprio nome, mas para limpar o de Damen. Não havia nenhuma prova que pudesse limpar o nome de Laurent. O regente tinha sido meticuloso. Os assassinos do palácio estavam mortos. Os assassinos da estrada estavam mortos. Até Govart estava morto, amaldiçoando meninos de estimação e médicos.

Damen pensou nisso – que Govart sabia algo incriminador sobre o regente. Isso o mantivera vivo, cercado de vinho e mulheres, até o dia em que não funcionou mais. Ele pensou na trilha de mortes que se estendia até o palácio. Ele se lembrou de Nicaise, aparecendo em roupas de cama na noite da tentativa de assassinato. Nicaise fora executado apenas alguns meses depois. O coração de Damen começou a bater forte.

Eles estavam conectados de algum modo. De repente, ele teve certeza disso. O que quer que Govart soubesse, Nicaise sabia também, e o regente o matara por isso. E isso significava que...

Damen se ergueu abruptamente.

– Há outro homem aqui que pode testemunhar – disse Damen. – Ele não se apresentou por conta própria. Eu não sei por quê. Mas deve ter uma razão. É um bom homem. Sei que falaria se tivesse a liberdade de fazer isso. Talvez ele tema represálias, contra si mesmo ou contra sua família.

Ele dirigiu suas palavras ao salão:

– Eu rogo a ele agora: qualquer que seja sua razão, você tem um dever com seu país. Devia saber isso melhor que qualquer um. Seu irmão morreu protegendo o rei.

Silêncio. Os espectadores no salão olhavam de um para o outro, e as palavras de Damen pareceram pairar estranhamente. A expectativa de uma contestação chegou e se foi com a ausência de qualquer resposta.

Então Paschal deu um passo à frente, seu rosto vincado e bastante pálido.

– Não – disse Paschal. – Ele morreu por causa disso.

Ele pegou das dobras da roupa um maço de papéis amarrados com barbante.

— As últimas palavras de meu irmão, o arqueiro Langren, levadas pelo soldado chamado Govart e roubadas pelo escravo de estimação do regente Nicaise, que foi morto por isso. Esse é o testemunho dos mortos.

Ele puxou o barbante dos papéis e os desdobrou, parado diante do Conselho em sua túnica e seu chapéu torto.

— Eu sou Paschal, um médico do palácio. E tenho uma história para contar sobre Marlas.

◆ ◆ ◆

— Meu irmão e eu chegamos à capital juntos — disse Paschal. — Ele como arqueiro e eu como médico. Primeiro, para o séquito do rei. Meu irmão era ambicioso e subiu rapidamente pelas fileiras, juntando-se à Guarda do Rei. Imagino que eu fosse ambicioso também, e logo ganhei uma posição como médico real, servindo tanto à rainha quanto ao rei.

"Tivemos anos de paz e boas colheitas. O reino estava seguro, e a rainha Hennike fornecera dois herdeiros. Então, há seis anos, quando a rainha morreu, nós perdemos nossa aliança com Kempt, e Akielos viu nisso uma possibilidade para nos invadir."

Ele chegara a uma parte da história que Damen conhecia, embora fosse diferente ouvi-la contada na voz de Paschal.

— A diplomacia fracassou. As negociações não deram em nada. Theomedes queria terra, não paz. Ele expulsou os emissários veretianos sem ouvi-los. Mas nós tínhamos confiança em nossos fortes. Nenhum exército tomara um forte veretiano em mais de 200 anos. Então o rei levou seu exército inteiro para o sul, para Marlas, a fim de repelir Theomedes de seus muros.

Damen se lembrava disso – os estandartes se reunindo, o aumento nos números, dois exércitos de imenso poder, e seu pai confiante, mesmo diante daqueles fortes impenetráveis. *Eles são arrogantes o suficiente para sair.*

– Lembro-me de meu irmão antes da luta. Ele estava nervoso. Empolgado. Com uma espécie de confiança selvagem que eu nunca tinha visto nele antes. Ele falava de um futuro diferente para nossa família. Um futuro melhor. Só muitos anos depois eu soube por quê.

Paschal parou e olhou através do salão para o regente, que estava parado ao lado do Conselho em sua túnica de veludo vermelho.

– O Conselho vai se lembrar de como o regente aconselhou o rei a deixar a segurança do forte, dizendo que nossos números eram superiores, que não havia perigo em sair em campo aberto, e que um ataque surpresa contra os akielons iria terminar com a guerra rapidamente, salvando muitas vidas veretianas.

Damen olhou para o Conselho e viu que eles se lembravam disso, como ele. Quão covarde ele tinha achado aquele ataque. Quão medroso. Pela primeira vez ele se perguntou o que tinha acontecido por trás das linhas veretianas para provocá-lo. Ele pensou em um rei convencido de que aquela era a melhor maneira de proteger seu povo.

– Em vez disso, os veretianos tombaram. Eu estava perto

quando chegou a informação da morte de Auguste. Entristecido, o rei tirou o capacete. Ele estava descuidado. Acho que, em sua mente, não lhe restavam razões para ser cuidadoso. Uma flecha desgarrada o atingiu no pescoço. E com o rei e o herdeiro mortos, o regente subiu ao trono de Vere.

Os olhos de Paschal, como os de Damen, estavam no Conselho. Todos se lembravam dos dias após a batalha. Como membros do Conselho, eles haviam sancionado a criação da regência.

— Depois, eu procurei meu irmão, mas tinha desaparecido — disse Paschal. — Mais tarde fiquei sabendo que tinha fugido do campo de batalha. Ele morreu vários dias depois, em uma aldeia em Sanpelier, esfaqueado em uma briga. Os aldeões me contaram que havia alguém com ele quando ele morreu. Era um jovem soldado chamado Govart.

À menção do nome de Govart, Guion ergueu a cabeça. Ao lado dele, o Conselho se agitou.

— Será que Govart era o assassino de meu irmão? Eu não sabia. Eu observei, sem entender, conforme Govart ganhava poder na capital. Por que ele de repente era o braço direito do regente? Por que ele recebia dinheiro, poder, escravos? Ele não tinha sido expulso da Guarda do Rei? Ocorreu-me que Govart estava vivendo o futuro brilhante do qual meu irmão havia falado, enquanto meu irmão estava morto. Mas eu não entendia por quê.

Os papéis que Paschal tinha na mão eram velhos, amarelados, até o barbante que os prendia era velho. Ele os alisou inconscientemente.

— Até que eu li isto.

Ele começou a desamarrar o barbante, soltou-o e abriu os papéis. Eles estavam cobertos de palavras.

— Nicaise me deu este embrulho para que o guardasse em segurança. Ele o havia roubado de Govart e estava com medo. Eu o abri sem jamais imaginar o que iria descobrir. Na verdade, era uma carta para mim e, embora Nicaise não soubesse, era uma confissão, na letra de meu irmão.

Paschal parou, com os papéis desdobrados nas mãos.

— Foi isso que Govart usou para alcançar o poder por meio de chantagem durante todos esses anos. Foi por isso que meu irmão fugiu, e por isso que perdeu a vida. Meu irmão foi o arqueiro que matou o rei, um feito pelo qual o regente lhe prometeu ouro e lhe entregou a morte. Essa é a prova de que o rei Aleron foi morto por seu próprio irmão.

Dessa vez, não houve gritaria, nenhum confronto de sons, apenas silêncio enquanto os papéis amarrotados eram entregues por Paschal ao Conselho. Quando Herode os pegou, Damen se lembrou de que ele tinha sido amigo do rei Aleron. A mão de Herode estava tremendo.

Então Damen olhou para Laurent.

O rosto de Laurent estava completamente desprovido de cor. Não era algo que Laurent havia considerado antes, isso estava claro. Laurent tinha seu próprio ponto cego quando se tratava do tio. *Eu não achei que ele realmente fosse tentar me matar. Depois de tudo... mesmo depois de tudo.*

Nunca fizera sentido que o exército veretiano atacasse em campo aberto quando seu domínio estratégico sempre havia sido seus fortes. No dia em que Vere enfrentou Akielos em Marlas, havia três homens entre o regente e o trono, mas o que não podia ser alcançado na confusão caótica de uma batalha?

Damen pensou em Govart no palácio, fazendo o que queria com um dos escravizados akielons do regente. Chantagear o regente seria um ato perigoso, inebriante e aterrorizante. Seis anos olhando sempre por cima dos ombros, esperando que a espada caísse, sem saber quando nem como isso iria acontecer, mas sabendo que iria. Ele se perguntou se houvera uma época na vida de Govart antes que o poder e o medo acabassem com ele.

Damen pensou no pai lutando para respirar em seu leito, doente, e em Orlant, em Aimeric.

Ele pensou em Nicaise em roupas de cama grandes demais no corredor, metido em algo grande demais para ele. E morto agora, é claro.

– Vocês não podem acreditar nisso. As mentiras de um médico e de um garoto prostituto?

A voz de Guion soou estridente no silêncio. Damen olhou para o Conselho, cujo mais velho dos conselheiros, Herode, estava erguendo os olhos dos papéis.

– Nicaise tinha mais nobreza nele que você – disse Herode. – No fim, ele foi mais leal à coroa que o Conselho.

Herode deu um passo à frente. Ele usava o cetro de ouro como um cajado ao caminhar. Com os olhos de todos os presentes parados sobre ele, Herode atravessou o salão, parando apenas quando estava diante de Laurent, ainda segurado firmemente por um dos soldados do tio.

– Nós estávamos aqui para resguardar o trono em seu nome e falhamos com o senhor – disse Herode. – Meu rei.

E ele se ajoelhou, com o cuidado lento e compenetrado de um homem idoso, sobre as pedras de mármore do salão akielon.

Vendo o rosto chocado de Laurent, Damen percebeu que Laurent nunca imaginara o que estava acontecendo. Ninguém jamais lhe dissera que ele merecia ser rei. Como um garoto que recebia um elogio pela primeira vez, Laurent não sabia o que fazer. De repente, ele pareceu muito jovem, seus lábios entreabertos em silêncio, suas bochechas coradas.

Jeurre se levantou. Enquanto os observadores assistiam, Jeurre deixou seu lugar com o Conselho e atravessou o salão para cair sobre um joelho ao lado de Herode. No momento seguinte, Chelaut fez o mesmo. Depois Audin. E, finalmente, como um rato abandonando um navio, Mathe se afastou do regente e caiu apressadamente sobre um joelho diante de Laurent.

– O Conselho foi enganado e levado a cometer traição – disse o regente com calma. – Levem-nos.

Houve uma pausa na qual sua ordem devia ter sido cumprida, mas não foi. O regente se virou. O salão estava cheio de seus soldados, a Guarda do Regente, treinada sob suas ordens e levada até ali para fazer sua vontade. Nenhum deles se mexeu.

No silêncio estranho, um soldado deu um passo à frente.

– Você não é meu rei – disse ele. Puxando a insígnia do regente do ombro, ele a deixou cair aos pés do homem.

Então atravessou o salão como o Conselho tinha feito e parou ao lado de Laurent.

Seu movimento foi a primeira gota, que se transformou em um filete, depois em uma torrente. Outro soldado tirou sua insígnia do ombro e atravessou o salão, então outro e outro até que o salão se encheu com o barulho de pés cobertos por armadura, o ruído de insígnias atingindo o chão. Como a maré se afastando de uma rocha, os veretianos atravessaram o salão até que o regente ficou sozinho.

E Laurent ficou parado diante dele, com o apoio de um exército.

– Herode – disse o regente –, esse é o garoto que fugiu de seus deveres, que nunca trabalhou por nada em sua vida, que é de todas as maneiras inepto para governar o país.

Herode disse:

– Ele é nosso rei.

– Ele não é um rei. Ele não passa de um...

– Você perdeu. – As palavras calmas de Laurent interromperam as do tio.

Ele estava livre. Os soldados de seu tio o haviam soltado, removendo os ferros de seus pulsos. Em frente a ele, o regente estava exposto, um homem de meia-idade acostumado a comandar o espetáculo público e agora vendo-o se voltar contra si.

Herode ergueu o cetro.

– O Conselho agora vai tomar sua decisão.

Ele pegou o quadrado de tecido preto do escravizado que o havia carregado e o pôs sobre o topo do cetro.

– Isso é absurdo – disse o regente.

– Você cometeu crime de traição. Você será executado. Você não será enterrado com seu pai e seu irmão. Em vez disso, seu corpo será exibido nos portões da cidade como um alerta contra a traição.

– Vocês não podem me condenar – disse o regente. – Eu sou o rei.

Ele foi segurado com firmeza por dois soldados. Seus braços foram forçados às costas, e as correntes que tinham prendido Laurent se fecharam sobre seus pulsos.

– Você sempre foi apenas o regente – disse Herode – Nunca foi o rei.

– Você acha que pode me desafiar? – perguntou o regente para Laurent. – Acha que pode governar Vere? Você?

Laurent disse:

– Eu não sou mais um menino.

Quando os soldados o levaram, o regente riu, um pouco sem fôlego.

– Vocês esqueceram – disse o regente – que, se me tocarem, vou matar o filho de Damianos.

– Não – disse Damen. – Não vai.

E ele viu que Laurent entendia, que Laurent de algum modo sabia sobre o pedaço de papel que Damen encontrara naquela manhã na carroça vazia, com a porta aberta, no acampamento – o papel que ele carregara com cuidado na longa caminhada até a cidade.

O filho nunca foi seu, mas está em segurança.
Em outra vida, ele teria sido rei.

Eu me lembro de como você olhava para mim, no dia em que nos conhecemos. Talvez isso também, em outra vida.

Jokaste

— Levem-no — ordenou Laurent.

Houve sons metálicos quando todo o salão entrou em ação. Soldados veretianos se adiantaram para levar o regente; a guarda de honra akielon se moveu para proteger seu salão e seu rei. O regente foi empurrado com força de joelhos. Sua expressão de descrença se transformou em fúria; em seguida, em horror, e ele começou a se debater. Um soldado se aproximou com uma espada.

— O que está acontecendo? — perguntou uma voz jovem.

Damen se virou. O menino de 11 anos que estava sentado ao lado do trono do regente tinha se levantado do assento e estava olhando fixamente para a cena, com confusão nos grandes olhos castanhos.

— O que está acontecendo? Você disse que nós íamos cavalgar depois. Eu não entendo. — Ele tentou ir até os soldados que estavam segurando o regente no chão. — Parem com isso, vocês o estão machucando. Vocês o estão machucando. Soltem-no. — Um soldado o segurou e o menino lutou contra ele.

Laurent olhou para o menino, e em seus olhos havia o conhecimento de que algumas coisas não podiam ser consertadas. Ele disse:

— Tirem-no daqui.

Foi um único golpe limpo. O rosto de Laurent não se alterou. Laurent se virou para os soldados quando estava acabado.

– Ponham seu corpo nos portões. Desfraldem minha bandeira nos muros. Deixem que todo meu povo saiba de minha ascensão. – Ele ergueu os olhos e encontrou o olhar de Damen do outro lado do salão. – E soltem o rei de Akielos.

Os soldados akielons segurando Damen não sabiam o que fazer. Um deles soltou o braço de Damen quando os veretianos avançaram, dois outros o largaram e se afastaram em uma tentativa de fuga.

Não havia sinal de Kastor. Na confusão, ele aproveitara a oportunidade de escapar, levando consigo sua pequena guarda de honra. Haveria derramamento de sangue nos corredores quando os homens de Laurent se espalhassem. Todos aqueles que haviam apoiado Kastor agora estariam lutando por sua vida.

Damen de repente se viu cercado por soldados veretianos, Laurent com eles. Um soldado veretiano pegou suas correntes. As algemas de ferro caíram, deixando apenas a de ouro.

– Você veio – disse Laurent.

– Você sabia que eu viria – disse Damen.

– Se é preciso um exército para tomar a capital, parece que eu tenho um.

Damen soltou uma respiração estranha. Eles estavam olhando um para o outro. Laurent disse:

– Afinal de contas, eu te devo um forte.

– Encontre-me depois – disse Damen.

Pois restava ainda uma coisa a fazer.

Capítulo Dezenove

Os corredores estavam um caos. Damen pegou uma espada e abriu caminho por eles, correndo por onde podia. Grupos de homens estavam lutando. Ordens eram gritadas. Soldados golpeavam uma porta grossa de madeira. Um homem foi pego violentamente pelos braços e forçado a ficar de joelhos, e com um pequeno choque Damen o reconheceu como um dos homens que o haviam segurado – era traição botar as mãos no rei.

Ele precisava encontrar Kastor. Os soldados de Laurent tinham ordens para tomar os portões externos rapidamente, mas os homens de Kastor estavam defendendo a retirada dele, e se Kastor saísse do palácio e reagrupasse suas forças, isso significaria guerra.

Os homens de Laurent não seriam capazes de detê-lo. Eles eram soldados veretianos em um palácio akielon. Kastor sabia que não devia tentar sair pelos portões principais: ele ia escapar pelos túneis escondidos. E tinha uma dianteira.

Então Damen correu mesmo no calor da luta. Poucos tentaram detê-lo. Um dos soldados de Kastor o reconheceu e gritou que Damianos estava ali, mas não atacou Damen. Outro, vendo-se em seu caminho, afastou-se. Parte da mente de Damen registrou isso como o efeito de Laurent no campo em Hellay. Mesmo homens lutando por sua vida não podiam superar uma vida de treinamento e fazer um ataque direto contra seu príncipe. Ele tinha o caminho livre.

Mas, mesmo correndo, não ia conseguir chegar a tempo. Kastor ia fugir, e em algumas horas os homens de Damen estariam vasculhando a cidade, revistando casas com tochas ao longo da noite, enquanto Kastor era escondido por simpatizantes e reunia-se com seu exército – então a guerra civil assolaria seu país como chamas.

Ele precisava de um atalho, um jeito de cortar o caminho de Kastor, e então se deu conta de que conhecia um, um trajeto que Kastor jamais pegaria – jamais pensaria em pegar, porque nenhum príncipe usava essas passagens.

Ele virou à esquerda. Em vez de seguir na direção das portas principais, ele seguiu para o salão de observação, onde os escravizados eram exibidos para seus mestres reais. Ele entrou nos corredores estreitos pelos quais tinha sido levado naquela noite tanto tempo atrás. A luta se transformava em gritos e estrondos distantes às suas costas, os sons ficando abafados à medida que ele corria.

E, dali, ele desceu para os banhos dos escravizados.

Ele entrou em um grande salão de mármore com banheiras abertas, a coleção de frascos de vidro contendo óleos, o túnel estreito na outra extremidade e as correntes penduradas do teto bastante familiares. Seu corpo reagiu; o peito se apertou e o coração bateu forte. Por um momento, ele estava suspenso por aquelas correntes outra vez e Jokaste se aproximava dele pelo mármore.

Ele piscou para conter a visão, mas tudo ali era familiar: os arcos amplos, os sons da água que se refletia sobre o mármore, as correntes nas paredes que pendiam não apenas do teto, mas decoravam cada câmara em intervalos, o vapor pesado que pairava.

Ele se forçou a avançar pela câmara. Passou por um arco, depois outro, e então estava no lugar onde precisava estar, coberto de mármore e branco com um conjunto de degraus esculpidos contra a parede oposta.

Então ele precisou parar, e houve um intervalo de silêncio. Tudo o que podia fazer era esperar que Kastor aparecesse no alto da escada.

Damen ficou parado com a espada em riste e tentou não se sentir pequeno como um irmão mais novo.

Kastor chegou sozinho, sem nem mesmo uma guarda de honra. Quando viu Damen, ele deu um riso baixo, como se a presença de Damen satisfizesse nele alguma sensação de inevitabilidade.

Damen olhou para as feições do irmão; o nariz reto, as maçãs do rosto altas e salientes, os olhos escuros e brilhantes agora voltados para ele. Kastor se parecia ainda mais com o pai do que Damen, agora que deixara a barba crescer.

Ele pensou em tudo o que Kastor tinha feito – o envenenamento longo e lento do pai, o massacre dos criados, a brutalidade de sua própria escravidão – e tentou entender que essas coisas não tinham sido feitas por outra pessoa, mas por aquela, seu irmão. Mas quando olhou para Kastor, tudo de que conseguiu se lembrar foi de que ele o ensinara a segurar uma lança; que se sentara com ele quando seu primeiro pônei quebrou a pata e teve de ser sacrificado; que, depois de seu primeiro okton, Kastor despenteara seu cabelo e lhe dissera que ele tinha ido bem.

— Ele amava você — disse Damen. — E você o matou.
— Você tinha tudo — disse Kastor. — Damianos. O filho legítimo, o favorito. Tudo que teve de fazer foi nascer, e todo mundo o mimou. Por que você merecia isso mais que eu? Por que era melhor lutador? O que brandir uma espada tem a ver com a realeza?
— Eu teria lutado por você — disse Damen. — Eu teria morrido por você. Eu teria sido leal e o mantido ao meu lado. — Ele disse:
— Você era meu irmão.
Ele se obrigou a parar antes de dar voz às palavras que nunca se permitira dizer: eu amava você, mas você queria um trono mais do que queria um irmão.
— Você vai me matar? — perguntou Kastor. — Sabe que eu não sou capaz de derrotá-lo em uma luta.
Kastor não se movera do alto da escada. Ele tinha sacado sua espada também. A escada seguia a parede, sem corrimão, mármore esculpido com uma inclinação para a esquerda.
— Eu sei — disse Damen.
— Então deixe-me ir.
— Não posso fazer isso.
Damen deu um passo sobre o primeiro degrau de mármore. Não era taticamente vantajoso lutar contra Kastor na escada, pois a altura dava a Kastor a posição superior. Mas Kastor não ia abrir mão da única vantagem que tinha. Lentamente, ele começou a subir.
— Não queria fazer de você um escravo. Quando o regente o pediu, eu recusei. Foi Jokaste. Ela me convenceu a mandá-lo para Vere.
— Sim — disse Damen. — Estou começando a entender que ela fez isso.

Outro degrau.

– Eu sou seu irmão – disse Kastor enquanto Damen subia mais um degrau, e mais um. – Damen, é uma coisa terrível matar sua própria família.

– Você está abalado pelo que fez? Chega a pensar nisso por um momento que seja?

– Você acha que não? – perguntou Kastor. – Acha que eu não penso todo dia sobre o que fiz? – Damen, agora, estava próximo o bastante. – Ele era meu pai também. Isso é algo que todo mundo esqueceu, no dia em que você nasceu. Até ele – disse Kastor. – Vá em frente. – E Kastor fechou os olhos e largou a espada.

Damen olhou para Kastor, com o pescoço curvado, os olhos fechados e as mãos desarmadas.

– Não posso libertá-lo – disse Damen. – Mas não vou acabar com sua vida. Achou que eu seria capaz disso? Podemos ir juntos para o grande salão. Se me jurar obediência lá, deixarei que viva em prisão domiciliar aqui em Ios. – Damen baixou a espada.

Kastor levantou a cabeça e olhou para ele. E Damen viu mil palavras não ditas nos olhos escuros do irmão.

– Obrigado – disse Kastor. – Irmão.

E ele sacou uma faca do cinto e a enfiou no corpo desprotegido de Damen.

O choque da traição o atingiu um momento antes que a dor física, que o fez recuar um degrau. Foi um passo em falso. Ele cambaleou para o nada, uma queda longa até atingir o mármore, o ar expulso de seus pulmões.

Atordoado, ele tentou se situar, tentou respirar e não conseguiu, como se tivesse levado um soco no plexo solar, exceto que a dor era mais profunda, não diminuía e havia muito sangue.

Kastor estava no alto da escada com a faca suja de sangue em uma mão, abaixando-se para pegar sua espada com a outra. Damen viu sua própria espada, que devia ter caído na queda. Ela estava a seis passos de distância. O instinto de sobrevivência lhe disse que precisava chegar a ela. Ele tentou se mover, chegar mais perto. O calcanhar da sandália deslizou pelo sangue.

– Não pode haver dois reis de Akielos. – Kastor estava descendo os degraus em sua direção. – Você devia ter permanecido como escravo em Vere.

– *Damen.*

Uma voz chocada e familiar à sua esquerda. Ele e Kastor viraram a cabeça.

Laurent estava parado sob o arco aberto, com o rosto branco. Ele devia ter seguido Damen desde o grande salão. Estava desarmado e ainda usando aquele quíton ridículo.

Ele precisava dizer a Laurent para sair dali, para correr, mas Laurent já estava de joelhos ao seu lado. A mão de Laurent passou por seu corpo. Laurent disse, em uma voz estranhamente neutra:

– Você tem um ferimento de faca. Precisa estancar o sangue até que eu possa chamar um médico. Aperte aqui. Assim. – Ele levantou a mão de Damen para apertar sua barriga.

Então ele tomou a outra mão de Damen na sua, entrelaçando seus dedos e segurando sua mão como se fosse a coisa mais importante no mundo. Damen pensou que, se Laurent estava segurando sua mão, ele devia estar morrendo. Era a mão direita, o pulso envolto pela algema de ouro. Laurent a segurou com mais força e a puxou em sua direção.

Houve um *clique* quando Laurent trancou a algema de ouro de Damen em uma das correntes de escravizados espalhadas pelo chão. Damen olhou para o pulso recém-acorrentado, sem entender.

Então Laurent se levantou, a mão se fechando em torno do cabo da espada de Damen.

— Ele não vai matá-lo — disse Laurent. — Mas eu vou.

— *Não* — disse Damen. Ele tentou se mexer e atingiu os limites da corrente. — Laurent, ele é meu irmão.

Então ele sentiu todos os pelos de seu corpo se arrepiarem quando o presente desabou e os pisos de mármore se tornaram um campo distante onde irmão enfrentava irmão através dos anos.

Kastor tinha chegado ao pé da escada.

— Vou matar seu amante — disse ele para Damen. — Depois vou matar você.

Laurent estava em seu caminho, uma figura esguia com uma espada grande demais para ele, e Damen pensou em um garoto de 13 anos com a vida prestes a mudar, parado no campo de batalha com determinação em seus olhos.

Damen já tinha visto Laurent lutar. Ele vira o estilo econômico e preciso que Laurent usava no campo. Vira o jeito diferente e altamente intelectual com que abordava um duelo. Ele sabia que Laurent era um exímio espadachim, até mesmo um mestre, de seu próprio estilo.

Kastor era melhor. Laurent tinha 20 anos, ainda a um ou dois anos de seu ápice físico. Kastor, aos 35, estava no fim do seu. Em termos de forma física, havia pouca diferença entre eles, mas a diferença de idade dava a Kastor 15 anos de experiência que Laurent não tinha, e Kastor passara todos eles lutando. Kastor tinha a mesma estrutura de Damen – mais alto que Laurent, com um alcance maior. E Kastor estava descansado, enquanto Laurent estava exausto, depois de permanecer em pé, com os músculos tremendo sob o peso de ferros, por horas.

Eles se encararam dentro do espaço limitado. Não havia exército, apenas a caverna de mármore dos banhos, com seu chão liso. Mas o passado estava ali em uma simetria assustadora, um momento vivido há muito tempo quando o destino de dois países fora decidido em uma luta.

Tinha acontecido. Estava ali, tudo o que havia entre eles. Auguste, sua honra e determinação. E o jovem Damianos, cavalgando com arrogância para a luta que iria mudar tudo. Acorrentado, com a mão sobre a barriga, Damen se perguntou se Laurent ao menos via Kastor, ou se simplesmente via o passado, duas figuras, uma escura e outra iluminada, uma destinada a viver; a outra, a cair.

Kastor levantou a espada. Damen puxou inutilmente a corrente à medida que Kastor avançava. Era como ver uma versão antiga de si mesmo, incapaz de deter as próprias ações.

Então Kastor atacou, e Damen viu o que uma vida de dedicação obstinada forjara em Laurent.

Anos de treinamento, forçando um corpo nunca destinado a atividades militares ao seu limite em horas de treinos incessantes. Laurent sabia como enfrentar um adversário mais forte, como responder a um alcance maior. Ele conhecia o estilo akielon. Mais que isso: conhecia séries exatas de movimentos, linhas de ataque ensinadas a Kastor pelos treinadores reais que ele não podia ter aprendido com os seus próprios mestres espadachins, apenas assistindo a Damen com atenção meticulosa enquanto ele treinava, e catalogando cada movimento, preparando-se para o dia em que eles iriam lutar.

Em Delpha, Damen duelara com Laurent na arena de treinamento. Na ocasião, Laurent estava apenas parcialmente curado de um ferimento no ombro e dominado pela fúria, dois obstáculos à luta. Agora ele estava com a visão clara, e Damen viu a infância que lhe havia sido tirada, os anos em que Laurent tinha se transformado com um único objetivo: lutar contra Damianos e matá-lo.

E como a vida de Laurent tinha sido arrancada de seu curso, como ele não era o jovem intelectual e doce que devia ter sido, mas em vez disso duro e perigoso como um estilhaço, Laurent ia enfrentar a esgrima superior de Kastor e forçá-la a recuar.

Uma saraivada de golpes. Damen se lembrou daquela finta de Marlas e daquele passo para o lado, aquele conjunto particular de defesas. O treinamento inicial de Laurent imitara o de Auguste e havia algo tocante no jeito como ele o conjurava naquele momento, incorporando parcialmente seu estilo assim como Kastor incorporava o de Damen, uma luta entre fantasmas.

Eles se aproximaram da escada.

Foi um simples erro de cálculo cometido por Laurent: uma reentrância no mármore alterou seu equilíbrio e afetou sua posição, e sua lâmina foi demais para a esquerda. Ele não teria cometido esse erro se não estivesse cansado. O mesmo fora verdade para Auguste, depois de lutar por horas na linha de frente.

Com os olhos voando para Kastor, Laurent tentou corrigir o erro, fechar o espaço no qual um homem poderia enfiar sua espada se fosse implacável e estivesse disposto a matar.

– *Não!* – exclamou Damen, que vivera isso também, puxando com força seus grilhões, ignorando a dor em seu flanco quando Kastor aproveitou a abertura e se moveu com velocidade impiedosa para atingir Laurent.

Morte e vida; passado e futuro; Akielos e Vere.

Kastor emitiu um som engasgado, seus olhos chocados e arregalados.

Porque Laurent não era Auguste. E o tropeço não foi um erro, mas uma finta.

A espada de Laurent se encontrou com a de Kastor e a forçou para o alto; então, com um movimento limpo e mínimo do pulso, ele a enfiou no peito de Kastor.

A espada de Kastor atingiu o mármore. Ele caiu de joelhos, olhando cegamente para Laurent, que por sua vez o encarava fixamente. No momento seguinte, Laurent passou a espada uma vez pela garganta de Kastor.

Kastor se curvou e caiu. Seus olhos estavam abertos e não se fecharam outra vez. No silêncio dos banhos de mármore, Kastor jazia imóvel e morto.

Estava acabado; como um equilíbrio restaurado, o passado posto para descansar.

Laurent já estava se virando, já estava ao lado de Damen, de joelhos, com as mãos firmes e fortes no corpo de Damen como se nunca tivesse se afastado. O alívio de Damen por Laurent ainda estar vivo por um momento eliminou todos os outros pensamentos, e ele apenas sentiu – as mãos de Laurent, a presença luminosa de Laurent ao seu lado.

Então ele sentiu a morte de Kastor como a morte de um homem que ele não conhecia, nem entendia. Perder o irmão – isso tinha acontecido muito tempo antes, como a perda de outro eu que não tivesse entendido a natureza falha do mundo. Mais tarde, ele iria lidar com isso.

Mais tarde eles iriam tirar Kastor dali, levá-lo pelo longo caminho e sepultá-lo onde ele deveria ficar, com seu pai. Mais tarde ele iria chorar pelo homem que Kastor era, pelo homem que poderia ter sido, por cem passados diferentes e possíveis futuros.

Agora, Laurent estava ao lado dele. O distante e intocável Laurent estava ao seu lado, ajoelhado sobre o mármore molhado a centenas de quilômetros de casa, com nada nos olhos além de Damen.

– Tem muito sangue – disse Laurent.

– Por sorte – disse Damen –, eu trouxe um médico.

Doía falar. Laurent exalou, um som estranho e ofegante. Ele viu uma expressão nos olhos de Laurent que fez se lembrar de si mesmo. Laurent não se esquivou dela.

– Eu matei seu irmão.

– Eu sei.

Damen sentiu uma empatia estranha passar entre eles, como se eles estivessem conhecendo um ao outro pela primeira vez. Ele olhou nos olhos de Laurent e se sentiu compreendido, mesmo enquanto começava a compreender Laurent. Os dois eram órfãos agora, sem família. A simetria que governava suas vidas os levara até ali, ao fim de sua jornada.

Laurent disse:

– Nossos homens tomaram os portões e os salões. Ios é sua.

– E você – disse Damen. – Com a morte de seu tio, não vai haver resistência. Você tem Vere.

Laurent estava muito imóvel, e o momento pareceu se prolongar, o espaço entre eles privado nos banhos silenciosos.

– E o centro. Nós dois detemos o centro – disse Laurent. Em seguida: – Antigamente, era um único reino.

Laurent não estava olhando para ele quando disse isso, e houve um longo momento antes que ele erguesse os olhos para os de Damen, que estavam à espera. Damen perdeu o fôlego com o que viu ali, uma estranha timidez, como se Laurent estivesse perguntando em vez de afirmando.

– Sim – disse Damen, sentindo-se atônito com a pergunta.

Então ele se sentiu mesmo atônito, porque o rosto de Laurent foi tão transformado pela nova luz em seus olhos que Damen quase não o reconheceu com aquela expressão cheia de alegria.

– Não, não se mexa – disse Laurent quando Damen se ergueu sobre um cotovelo. Em seguida, quando Damen o beijou: – Idiota.

Ele empurrou Damen com firmeza para trás. Damen deixou que ele fizesse isso. Sua barriga doía. Não era um ferimento mortal, mas era bom ter Laurent cuidando dele. A ideia de dias de repouso na cama e de médicos ficou mais agradável ao pensar em

Laurent ao seu lado, fazendo observações espinhosas em público e, em particular, dispensando aquela nova delicadeza. Ele pensou em Laurent ao seu lado pelo resto de seus dias. Ergueu os dedos para tocar o rosto dele. Elos de ferro se arrastaram pelo mármore.

– Você sabe que vai ter de me soltar em algum momento – disse Damen. O cabelo de Laurent estava macio.

– Eu vou. Em algum momento. O que é esse som?

Ele podia ouvi-lo mesmo nos banhos dos escravos, abafado mas audível, o som ecoando do pico mais alto, um badalar de notas proclamando um novo rei.

– Sinos – disse Damen.

Agradecimentos

Príncipe Cativo nasceu de uma série de conversas telefônicas nas noites de segunda-feira com Kate Ramsay, que disse, em determinado momento: "Acho que essa história vai ser maior do que você imagina".

Obrigada, Kate, por ser uma ótima amiga quando mais precisei. Sempre vou me lembrar do som do velho telefone vacilante tocando em meu pequeno apartamento em Tóquio.

Tenho a sorte incrível de ter a ajuda de um grupo de amigas talentosas e extraordinárias. Vanessa, Beatrix, Bae, Anna Cowan e Ineke Chen-Meyer, obrigada a todas vocês pela generosidade, pela troca de ideias, risos e por sempre me inspirarem a ser melhor. Esta história não seria o que é sem vocês.

Minha agente, Emily Sylvan Kim, e Cindy Hwang, da Penguin, que acreditaram e defenderam *Príncipe Cativo*. Sou muito grata por tudo o que vocês fizeram pelo livro. Obrigada às duas por apostarem em uma nova escritora e em um novo tipo de história.

À minha maravilhosa editora Sarah Fairhall e à equipe da Penguin Austrália, muito obrigada por sua excelência inspiradora, e por todo seu trabalho duro para melhorar cada detalhe do livro.

Príncipe Cativo começou sua vida como uma série ficcional *online*, e devo tudo ao estímulo e apoio de seus leitores naqueles primeiros dias. Quero agradecer pessoalmente a todos os seguidores – os que comentavam e a comunidade inicial – que costumavam se reunir para compartilhar seu amor pela história.

Por isso, obrigada:

karene, 12pilgrims, 19crookshanks, 1more_sickpuppy, 1orelei, 2nao3_cl2, 40_miles, abrakadabrah, abraxas_life, absrip, acchikocchi, adarkreflection, addisongrey, adonelos, aerryynne, aeura, agnetalovek, agr8fae, ah_chan, ahchong, aireinu, airgiodslv, akatsuki_2007, al_hazel, alasen, alby_mangroves, alethiaxx, alexbluestar, alexiel_87, alexis_sd, alice_montrose, alienfish, alijjazz, alina_kotik, alkja, alliessa, allodole, almne, aloneindarknes7, alterai, altri_uccelli, altus_lux_lucis, alwayseasy, alythia_hime, amalc, Amanita Impoisoned, amazonbard88, amberdreams, amberwinters, amindaya, anastasiafox, anatyne, andra_sashner, aneas, anelma_unelma, angelwatcher17, angiepen, angualupin, animeaddict666, animeartistjo, animegurl916, animewave, annab_h, anne_squires, annkiri, annnimeee, anulira, aolian, apyeon, aquamundo, aquariuslover, aracisco, arctowardthesun, arisasira, arithonrose, arnaa, arrghigiveup, artemidora, artemisdiana9, arunade, aserre, asherlev1, ashuroa, askmehow, asmodexus, asnstalkerchick, asota, astrael_nyx, atomic_dawn, atomicink, aubade_saudade, aubergineautumn, Auren Wolfgang, aurila, aurora_84, aveunalliv, avfase, avidanon, axa3, ayamekaoru, ayune01, ayuzak,

A ASCENSÃO DOS REIS

azazel0805, azryal, azurelunatic, b_b_banana, baby_jeans, babysqueezer, bad_peppermint, badstalker, Barbara Sikora, bascoeur, bathsweaver, beachlass, bean_montag, eccaabbott, beckybrit, bel_desconneau, bellabisdei, bellaprincess9, bellona_rpg, bends, berylia, biffes, bj_sling, bl_nt, black_samvara, black_trillium, blackcurrent08, blackmambaukr, blind_kira, blissbeans, bloodrebel333, bluebombardier, bluecimmers, bluegoth, bluehyacinthe, bob_the_unicorn, boomrobotdog, bordedlilah, bornof_sorrow, bossnemo, boudour, boulette_sud, brainorgan, Brandon Trenkamp, breakfastserial, brianswalk, brille, britnit, brknhalo241, brown_bess, bubblebloom, bubblesnail, buddha_moon, bulldogscram, buto_san, caethes_faron, cali_cowgirl08, callistra, Camila Torinho, canaana, canttakeit92, carine2, carodee, casseline, cassiopeia13, cat_eyed_fox, cat85, catana1, cathalin, catnotdead, catterhey, caz_in_a_teacup, cazsuane, ccris3, celemie, celes101, censored_chaos, cgravenstone, chajan, chants_xan, chaoskir, chaosmyth, chaotic_cupcake, char1359, charisstoma, cheezmonke, cherusha, cheryl_rowe, chokobowl, Chonsa Loo Park, christangel13, cin425, cirne, cjandre, clannuisnigh, claudine, clodia_metelli, cmdc, cobecat, comecloser4, conclusivelead, crabby_lioness, crkd_rvr, croquelavie, cybersuzy, cynicalshadows, d0rkgoddess, dana_aeryn, danielhoan, daraq, darcyjausten, darcyjausten, darkangel_wings, darkangeltrish, darkblue_ice, darkdianora, darkmanifest, darth_cabal, dauntdraws, ddrwg_blaidd, ddz008, deadshiroi, debbiiraahh, deelol, deewhydeeax, deirdre_c, dejasue, deservingwings, dharma_slut, diac, diamondduchess, dimestore_romeo, dm_wyatt, doe_rae_me, doomcake, dr_schreaber, draconiccharade, dragongirl_g, drelfina, droolfangrrl, drunkoffwooder, duchess5492, duckyone, dumbadum, dureeena, dvslj, earis, ebbingnight, edinarose, effingeden, eien_kiseki, eien_liv, eileanora, eisheth_zenunim, elandev, electricsong, elezbed, elfiepike, elfling_eryn, elfscribe5, elincubus, elisebanana, elizaben, elizardbits, elizaria, elizaria, eljadaly, elkica, elksa, ellipsisaddict, elmyraemilie, ely_wa, Emily Engesser, end_ofthe_earth, enderwiggen24, envyofthestage, esda, espada0arani, essene, esteliel, eternityras, etharei, etrangere, evalangul, eve_n_furter, eveofnigh, eviefw, evilstorm, eyebrowofdoom, fable, faerylore, fair_e_nuff69, fairy4_u, falconer007, fanarts_series, faradheia, Faridah Namutebi, farringtonadams, fatomelette, faydinglights, fecheta, fedaykin_here, feministfangirl, fer_de_lance, feverfewmole, fhar, fi_chan, ficwhore, fiddery, fiercelynormal, fierydragonsky, fifi_bonsai, filaphiera, filenotch, filterpaper, fioool, fireanjel116, firehawk1377, firehead30, firehorse2006, firesprite1105, flammablehat, flighty_dreams, floopy3, fluffylayout, fluterbev, fmadiva, fodian, forestgreen, fork_off, foudebassan, fourteenlines, fowl_fan, foxgloves42, frabjously, frantic_mice, fredbassett, freddie_mac, fredericks, freedomfox11, frolic_horror, frostedelves, fullmoonbites, furtivefury, futago_02, futuere, fuumasfrog, geisha_x, geneva2010, genlisae, gfiezmont, ghosst, ghost_guessed, ghostmoondancer, giandujakis, giggledrop, gilli_ann, girl_wonder, girlconspirator, godofwine, golden_bastet, goldtintedspecs, goodnightbunny, gossymer, gothicauthor, graveyardgrin, gray_queen, greenhoodloxley, grrrotesque, haius, half_imagined, hand2hand, hapakitsune, Harris Bren Telmo Escabarte, harunotenshi, hawk_soaring, haydenyune, heartofshun, heidicullinan, helga1967, helga1967, hermione_panic, herocountry, hihotiho, hikeswithdogs, hiroto, hiruki_demon, hms_yowling, hockeychick57, hollyxu, hongdae, hopeofdawn, hpaa, hpfan12, hpstrangelove, i_louvre_art, i0am0crazy, iambickilometer, iamnotnormal, icarus_chained, ice_is_blue, idle_devil, idolme922, idylliccliches, idyllsoflife, ijin_yoru, illereyn, ilovetobefree, iluvlynx, imagina, incandescent, incoherent, inehmo, inkanaitis, inmyriadbits, inoru_no_hoshi, irish_eyes11, irishjeeper, irishnite4, irlyneedaname, isabel_adler, isagel, isolde13, istappen91, isweedan, itsplashes, jackycomelately, jadyuu, jagough, jamethiel_bane, jamfase, japanimecrazed, jayanx, jazzyjinx, jinxbrand, jojo0807, jolielaide, josselin, jubei_bishoujo, julad, julesjulianne, juliandahling, juliet_ros, julitina, julyrune, juniper617, ka_imi, kaaha, kadajuuta, kalldoro, kana_go, kaneko, kannnichtfranz, karala, karasucream, Karen Barber, kaykayone, kaylashay, keenoled, keerawa, keerawa, keiko46, kelahnus_24, keleosnoonna, kellyzat, kennestu, keri87, keroppon, kestrelsan, kestrelsparhawk, khalulu, khyie, kiaharii, kimhd, kingbird, kiriana, kitsune_kitana, kitsuri_chan, kitty3669, kkathyslash, kkcatnip, kleat, kleio_caissa, klmhd, kogitsunelub, kotofeika, kotsuki_chan, krismc09, Krista MadScience Reynolds, kuhekabir, kukolpolny, kuro_yuki, kurokurorin, kynthosyuat, kysk, la_vie_noire, ladyastralis, ladyelleth, lal111, lambent, lambentfiction, lambertlover, lamboyster, lamerezouille, lamis_p, laurapetri, le_shea, lea_89, leafaen, learntobreathe4, lee_777, lelouch7, lemmus_egregius, lenarabella, lenora_rose, letswriting, lettered, lian_li, liathchan, lightsearing, lil_litworm, lilian_cho, lillywolfsbane, limit_the_sky, lindentreeisle, lirineth, lisan, lisasanmin, lishel_fracrium, lisiche, Lituana Rego, liztaya, llamara, lob_lolly_pine, locknkey, lolapandi, lolochan, lothy, lovelyheretic, lubicino, luci0logy, lucifer2004xx, lucinda2k, lucre_noin, luminacaelorum, luminary_87, lunatic_aella, lunje, lunulet1, luredbyvenus, luthien123, lynati_1, ma_belle_nuit, machi_sama, maculategiraffe, maemae133, magnolia822, mahaliem, maichan, makealimb, makusrocks101, malaika_79, maleficently, maliyawong, mangosorbet007, manon_lambic, manuuchin, marbleglove, Maria Huszovszky, maria_chan, maria_niks, Mariana Dineva, Mary Calmes, marysue007, matchasuki, matosatu, max_h, mdbl, mdzw, me_ya_ri, mechante_fille, meddie_flow, mee_eep, meek_bookworm, megamom2, melithiel, meltedbones, merkuria, methosdeb, metraylor, mewenn, mexta, miaruma, Michelle Peskin-Caston, midiilovesyou, midnightsscream, midnightwolf112, midorienpitsu, mihaelitka, miikarin, milady_darken, mini_menace, minna, mintyfresca, miraba, miri_thompson, mirror_mirrin, missingkeys, misspamela, missyxxmisch, mistress_tien, mjacobs141, mllesatine, mllsatine, moia, momcalling, mona_may56, monikkk, monster_o_love, moogle62, moonriddler_mim, moonvoice, moothoot, moraph, morethan_less, morgan_cian, morij2, motty123, mrrreye, mssdare, multiversum_4, musespet, muthine, myalexandria, mykatinstar, myscus, n0w0n, naatz, nadikana, nagasvoice, Naila Nur, nalmissra, nebulia, nekochan23, nel_ani, nello88, nemesis1108, nemo_r, nerdgirl27, nevadafighter, newtypeshadow, nextian, nga130, niandra_joan, nianna_j, nickolympus, nicky69, nicolasechs, nigeltde, night_reveals, nightmarea, nikethana, ninjaskillset, niquita_gia,

A ASCENSÃO DOS REIS

nixieintouch, no_on_louse, nola_nola, nolagal, nonajf, nookiedookie, notadancinggirl, nox_invictus, nreddon, nyahko, nyn17, nyoka, occreater, oconel, ocotillo_dawn, ocue_naem, offdutydane, oflittlebrain, okaasan59, okkitten, Olga Yun, oloriel, olukemi, ondin, onewaytrackk, onewinkinglight, operativepsycho, originalpuck, outlandogirl, owlartist, owlrigh, ozlemgur, painless_j, pandarus, paper_papillon, papered, paradayto, paranoidmuch, pc1739, pea02, penguin_attie, pennywish, penrith1, petite_reina, petiti_baobab, petronia, phamalama, phantom_colapse, phoenix_of_hell, phonoi, phoquess, pierrot_dreams, pinkpenguin763, pirate_mousie, pixie_pan, pixie_pen, pkai7, plotting_pen, plutos_daughter, pluvial_poetry, poemwithnorhyme, popcorn_orgasms, popebunny, poppypickford, praiseofblood, prettybydesigns, prikliuchenie, privatebozz, pun, purple_snitch, purplenails10, qem_chibati, queiry, quetzal, quill_lumos, qxn, rabbitwarren, rachelmorph, raffie79, raincitygirl, raintree123, rambos_wife, randomalia, randomeliza, ras_elased, raspukittin, ravenholdt, ravenmorrigan, ravyn_09, reader_02, readingreadhead, readsatnight, realolacola, regnet, reikokatsura, rethzneworld, rhianon76, riayl, ricekingrx, riddledice, roadtoanywhere, roamercorridors, roba_3913, rocketsprout, rogalianth, rondaview, roseguel, rosieroo123, rubymiene, rue_avalon, runnerlevelred, runningtofu, rurutia88, rusty76, saba1789, sagejupiter, saintdevil_9, sairobi, sakurazukamory, saliel, saltscent, salvamisandwich, salviag, samtyr, samy3dogs, sandinmyhair, santina82, sarapfb, sarashina_nikki, sarasusa, sarcastic666, sarkastic, sarkka, Sassy Lane, savingcolours, sawyersparrow, sbbo, scarborough1, scarface_, scherzi, schlapa, schneefink, sealim123, seisei_ftw, seleneheart, semivowel, senex_incitatus, senseofpeace, serenia, sesame_seed, sfjwu, shadeheyr, shadowclub, shadowfireflame, shantalanadevil, shape5, sharpest_rose, sharz, shayzmom, she_recs, shezan, shifty_gardener, silentflux, silvergreen98, sinclair_furie, singing_witch, sinisterf, sinjah, siobhancrosslin, siosan80, sirfeit, sirfix, sirhin, sirius_luva, skeptics_secret, slashbluegreen, sleepingfingers, smidgeson, snabur, snarkisaur, snowish_eostre, snowy_owl_000, sofi19, softestbullet, sogasso, sohym, solesakuma, solvent90, sometimesophie, sonsofsilly, Sophie Renê, sophie84, souls_ebola, soulsakuma, spae, spark_of_chaos, sparrow_wings, sparrow2000, spatz, spazzy06, spike7451, spyinak, squashedrosie, st_aurafina, star54kar, starbolin, starlite_gone, steinsgirrl, stephanei, stephanie139, stephmayo, stolen_hybris, straycovenant, strghtn_up, stultiloquentia, stungunbilly, sugarcakey, sukimcshu, summerrain50, super_seme04, supercute90, supergreak, supplanter, surreal_demon, svmadelyn, sweet_sass, tahariel, takenoko, talaco, tameladb, tanaiel, tangerine_haze, tani, tari_sue, tarisu, tasha18, tdorian, teabag_soup, tealeaf523, teastory, tellytubby101, ten_youko, tenismoresonic, teot, terraplan, tex117, thalassa_ipx, thandie, thatie_daclan, the_moonmoth, the_oddkitty, theos99, theprd, thetammyjo, thetowerxvi, thimpsbags, thismaz, thraylocia, tigrin, time_testudinem, tippinbritches, tiredswede, tmelange, toni_luv, topzeezee, torkvenil, toyakoya, tranquiltrouble, transient_cin, tresa_cho, trickanery, trimethoprim, trinity_clare, trinolek, trustingfrndshp, tsarinakate1, tsuzukeru, tuawahine, turnonmyheels, tviyan, twelve_pastels, twicet, twigged, twishite, txilar, ulkis, unavee, undeny, undomielregina, ura_hd, v_lisanna, Veera Vilja Nyakanen, velvet_mace, velvetburrs, venusmayaii, vera_dicere, vesper_cat, vettithoughts1, vexatingjinx, Vickie Dianne, vita_ganieda, vito_excalibur, vivid_moment, vofpracticality, voidmancer, w_wylfing, walkerwhisperer, wellingtongoose, weltea, wemblee, werdrachin, werty30, whitsun, who_favor_fire, why_me_why_not, wildestranger, windfallswest, windlion, winhall, winstonmom, wittyilynamed, wizardesslyn, wordyma, wrenboo, written_affair, wusswoo, x0miseria0x, xsmoonshine, xynnia, yanyixun, yekoc, yellow_jubilee, yinkawills, ynm, your_hucklebery, yourlibrarian, yuki_3, yukimiya87, yuminoodle, yuysister01, zahja, zazreil, zebrui, zeffy_amethyst, zhandra_ahni, zilentdreamer, Zombetha Vexation.

E obrigada também aos anônimos, os escondidos e a todos os leitores que acompanharam a série *Príncipe Cativo* ao longo dos anos. Foi uma jornada incrível.

SUA OPINIÃO É MUITO IMPORTANTE

Mande um e-mail para **opiniao@vreditoras.com.br**
com o título deste livro no campo "Assunto".

2ª edição, fev. 2023

FONTE   Adobe Caslon Pro 11/16pt;
         Trajan Pro Bold 14/21pt
PAPEL   Pólen® Natural 80g/m²
IMPRESSÃO   Lisgráfica
LOTE   LIS211222